OMBRE DI SPADA E DI VENTO

POPPY KUROKI

OMBRE DI SPADA E DI VENTO

Traduzione di
FRANCESCA CARBOTTI

PIEMME

Questo romanzo è un'opera di fantasia. Personaggi e situazioni sono invenzioni dell'autrice e hanno lo scopo di conferire veridicità alla narrazione e sono quindi utilizzati in modo fittizio. Qualsiasi analogia con fatti, eventi, luoghi e persone, vive o scomparse è puramente casuale.

Pubblicato per

PIEMME

da Mondadori Libri S.p.A.

Gate to Kagoshima

ISBN 978-88-566-9791-9

I Edizione aprile 2025

Anno 2025-2026-2027 – Edizione 1 2 3 4 5 6 7 8 9 10

A mamma, che ha sempre creduto in me.
E a Jack Valentine, la mia ispirazione

MEMORIA

La verità non è ciò che vuoi che sia;
è ciò che è, e devi piegarti al suo potere
o vivere una menzogna.

Musashi Miyamoto

1

Discendo dai samurai.

Sembrava la frase più bella del mondo, non che Isla MacKenzie avrebbe mai osato dire una cosa del genere ad alta voce.

Finalmente, dopo un lungo periodo di pianificazione, era arrivata a Kagoshima. La vivace città giapponese era incastonata tra fitte foreste e colline rocciose, all'ombra di un grande vulcano attivo, il monte Sakurajima. Isla fu investita da una secca brezza invernale. Profumava di terra, di pietra e di fiume. Inspirò profondamente, un sorriso sulle labbra.

Il suo quadrisavolo aveva calcato quella stessa terra quasi centotrenta anni prima. Secondo le storie tramandate nella famiglia MacKenzie, doveva essere uno dei guerrieri che avevano lottato al fianco di Takamori Saigō, il capo ribelle dei samurai che aveva combattuto fino alla morte contro l'esercito dell'imperatore nel 1877. Un guerriero coraggioso, forse persino un grande eroe. Le piaceva pensare che il suo sangue continuasse a scorrerle nelle vene.

Lanciò un'occhiata alla grande montagna nascosta dalla pioggia invernale. La cima era avvolta dalla nebbia.

Sbuffava frequenti pennacchi di fumo e faceva piovere cenere sulla città. Quel giorno, il vulcano era silenzioso.

Takamori Saigō era *ovunque*, persino nel piccolo aeroporto a dare il benvenuto ai turisti. Quel volto rotondo con il suo segno distintivo, le folte sopracciglia nere, compariva su manifesti, cartelli, pubblicità e articoli nei negozi di souvenir. Ironia della sorte, visto che in vita non si era mai fatto fotografare da nessuno.

Isla MacKenzie camminava lungo la riva del fiume. Dei fili d'erba galleggiavano pigramente, trascinati dalla corrente, e una pioggerella faceva danzare le acque. Era lì per un motivo: scoprire la storia del suo quadrisavolo. Anche suo nonno, buonanima, aveva intrapreso delle ricerche, sperando di scoprire la verità su Hisakichi Kuroki, ma non era più tornato in Giappone da quando i suoi genitori lo avevano ripudiato per aver sposato una straniera. E così aveva spezzato il legame con il passato, facendo sprofondare nell'oscurità i ricordi delle vite dei suoi antenati.

Il solo pensiero di suo nonno fece sbocciare una fitta di dolore che le schiacciò il petto, pesante come una pietra. Si fermò sulla riva del fiume per aprire la sua fotografia, la piega centrale ormai bianca. Si perse nei ricordi di quando sedeva sulle sue ginocchia, nel ricordo di quel profumo di vaniglia e caffè e della sua risata, che finiva sempre per contagiare chiunque avesse intorno.

«Ai-la, Ai-la» le diceva, semplificando la pronuncia del suo nome, accompagnando ogni sillaba con un colpetto alle sopracciglia e al naso.

«Tom, Tom, Tomo» rispondeva lei ridacchiando, picchiettando di rimando le sue orecchie. Il nonno di Isla si chiamava Yoshitomo, ma tutti in Scozia lo chiamavano Tom.

Finirò quello che hai iniziato, nonno.

Avrebbe scoperto la verità su Hisakichi Kuroki. Era un samurai o un umile contadino? Aveva combattuto al fianco di uno dei più famosi personaggi storici giapponesi di tutti i tempi? Suo nonno non l'avrebbe mai saputo, ma lei sì. Una parte di Isla era pronta a giurare che non sarebbe tornata al suo studentato a Tokyo finché non avesse ottenuto le risposte che cercava. Quel pensiero le richiamò alla mente il volto severo di sua madre. Meglio fare in fretta.

Anche se era per un quarto giapponese, Isla aveva ereditato i capelli rosso vivo del lato scozzese della famiglia, quello paterno, e i ricci di fuoco le incorniciavano il viso scendendo scalati sopra le spalle. Si sistemò una ciocca ribelle dietro l'orecchio e controllò l'ora sul telefono. Era un Motorola nuovo di zecca, glielo aveva regalato suo padre poco prima che partisse per iniziare il suo anno di studio in Giappone. Non che avesse avuto bisogno di un cellulare nuovo, ma questo faceva delle belle foto. Notò che era quasi scarico e si appuntò mentalmente di rimediare una volta arrivata in albergo.

Continuò a vagare in solitudine lungo la riva del fiume, con le pietre che scricchiolavano sotto le scarpe da ginnastica e il vento freddo sulla pelle. Le faceva bene stare lì, lontano dai drammi di casa. Un dolore acuto che non aveva nulla a che fare con suo nonno andò a raggiungere la malinconia nel suo cuore. Forse, adesso che aveva la possibilità di stare lontana per un po', avrebbe imparato a dimenticare... *lui.* Si incupì e puntò lo sguardo sulle linee indistinte della città che si indovinavano da lontano. Non avrebbe permesso al suo ex fidanzato di rovinare un momento così speciale.

Isla si avvicinò al Museo della Restaurazione Meiji, un edificio modesto e senza pretese, completamente diverso dagli imponenti grattacieli di Tokyo. Forse lì avrebbe trovato delle risposte. Lungo il percorso c'erano cartelli che davano informazioni su avvenimenti e figure storiche. C'era persino una dimora tradizionale di samurai, con i pavimenti in legno, il tetto d'ardesia e le porte scorrevoli in carta *washi*. Isla diede una rapida occhiata all'interno.

Un uccello le passò accanto e si posò sul ramo scheletrico di un albero, cinguettando. Anche se era un fine settimana, la zona era silenziosa, lontana dal quartiere di Tenmonkan dove la gente girava per bar o portava a spasso il cane tra il profumo del ramen e dei dolcetti di riso. Gennaio era un periodo perfetto per viaggiare. Dopo la frenesia delle vacanze di Capodanno, non c'era quasi nessuno in giro. La folla di Tokyo la rendeva spesso impaziente. La gente si muoveva troppo lentamente, per i suoi gusti.

Visitare un museo per cercare informazioni su un oscuro personaggio del passato era un salto nel buio, se ne rendeva conto lei per prima. Aveva spulciato libri e archivi di quotidiani ma non aveva trovato una parola sul suo quadrisavolo. Citavano solo i samurai più famosi e influenti. Isla, però, sentiva dentro di sé che era importante per lei essere lì, assaporare la storia, camminare nelle terre dei suoi antenati. Non si trattava solo di soddisfare la volontà di suo nonno: anche lei aveva ben più di un pizzico di curiosità riguardo alle proprie origini.

Lesse tutto quello che trovò nel museo, affrontò persino i lunghi brani in giapponese, rimpiangendo per l'ennesima volta di non conoscere meglio i *kanji*, l'alfabeto più complicato.

Scoprì che i samurai tentarono senza successo di conquistare il Castello di Kumamoto e che passarono mesi interi a combattere contro i soldati dell'imperatore. Tutto aveva avuto inizio dopo che l'esercito aveva inviato una nave da guerra alla città di Kagoshima, nella provincia di Satsuma, come veniva chiamata allora, alla fine del gennaio del 1877, per confiscare le loro armi e munizioni. Qualcuno li aveva scoperti e aveva dato l'allarme, scatenando l'ira dei samurai di Takamori Saigō. Un'immagine che aveva dell'incredibile: centinaia di samurai infuriati, armati di qualsiasi cosa avessero sottomano, che inseguivano i soldati dell'imperatore fino a farli fuggire in mare aperto.

Al museo era possibile trovare esempi del dialetto dell'antica Satsuma, del tutto diverso dal giapponese standard. Isla riusciva a capirlo solo in parte. L'aiuto del nonno e della mamma e i due anni di giapponese all'Università di Edimburgo non l'avevano preparata a quelle sfumature culturali. Una piccola vignetta con Takamori Saigō e il suo cane riportava il testo sia in forma standard sia in quella di Satsuma, in caratteri giapponesi e in alfabeto latino. Un piccolo sorriso le spuntò sulle labbra. Chissà come si sarebbe sentito quel grande personaggio storico se fosse venuto a sapere di essere stato ritratto in così tante caricature.

WATASHI WA ANATA NO KOTO GA DAISUKI DESU, era la versione giapponese standard della didascalia. «Mi piaci un sacco», che in dialetto di Satsuma era invece: OI WA OMANSA GA WAZZE SUJJA.

Isla studiò il testo nelle due forme, annotando le frasi sul suo taccuino. Le sue conoscenze linguistiche non erano affatto male, ma era chiaro che aveva ancora molta strada da fare. La sua mamma metà giapponese sarebbe stata molto orgogliosa se fosse riuscita a trovare informazioni su Hisakichi Kuroki.

In una teca di vetro era esposto un *biwa*, un liuto a forma di goccia realizzato in legno di gelso, con quattro corde di seta. L'incisione dettagliata di un elmo e di una spada da samurai ne decorava il centro. Accanto alla vetrina c'era un gioco: l'obiettivo era spingere il più forte possibile la caricatura di un lottatore di sumo disegnata sulla parete. Isla fu piuttosto orgogliosa perché ottenne un ottimo punteggio.

L'atmosfera si faceva più cupa man mano che si avanzava. C'era una piccola raffigurazione tridimensionale di Saigō su una montagna, in ginocchio, circondato dagli amici sopravvissuti, tutti seduti a testa bassa, i pugni stretti e i volti addolorati. Nell'immortalare il momento, l'artista era riuscito a catturare anche la serenità con cui accoglievano il proprio destino. Sapevano che stavano per morire.

Isla osservò attentamente le statuine. Era possibile che Hisakichi Kuroki fosse tra loro, consapevole che quella guerra così lunga ed estenuante era giunta al termine e che presto avrebbe esalato il suo ultimo respiro? Oppure era morto prima, magari nella battaglia per il Castello di Kumamoto o in una delle tante imboscate?

L'unica cosa che suo nonno sapeva di Hisakichi Kuroki era il nome e che era originario di Kagoshima. La data della morte e il nome della moglie erano un mistero. Isla avrebbe voluto avere qualche dettaglio in più per la sua ricerca, ad esempio la data di nascita del figlio – il suo trisavolo – perché le avrebbe permesso di stabilire se Hisakichi Kuroki era morto durante la ribellione di Satsuma oppure no.

Molti giapponesi avevano una visione romantica della fine della guerra. I samurai, ormai logorati dalle battaglie e quasi morti di fame, avevano disceso il versante della montagna all'alba, katana alla mano, per andare incontro a morte certa con l'impavido coraggio che apprendevano e praticavano sin dall'infanzia.

Isla lesse qualcosa sulle scuole in cui i giovani uomini venivano istruiti in lingua e letteratura e nelle arti marziali, e apprendevano principi morali immutabili come la pietra. Grazie a Takamori Saigō, i giovani samurai avevano avuto posti in cui studiare e allenarsi. Delle statuine raffiguravano bambini che lottavano in perizoma, o seduti ad ascoltare rapiti il loro *sensei*.

Nel pannello informativo, il loro mantra: NON MENTIRE. NON MALTRATTARE I DEBOLI. E NON ESSERE MAI SCONFITTO.

Isla pensò che non fosse male, come filosofia di vita.

Un cinghiale grufolava sul fianco della collina, spostava terra e ramoscelli con il grugno in cerca di cibo. La fame lo rendeva del tutto inconsapevole dei due giovani appostati accanto a lui.

Maeda Keiichirō e Mori Toramasa si abbassarono ancora di più, nascosti tra i cespugli. Soffiava un vento gelido, l'aria secca portava con sé il profumo di terra ed erba.

La schiena di Keiichirō iniziò a protestare, ma lui non si mosse. Gli ampi pantaloni *hakama* svolazzavano al vento, ma lui restava immobile, a osservare il cinghiale.

«Fermo» sussurrò il suo migliore amico Toramasa, le lunghe dita strette sull'elsa della spada. La piccola fossa preparata come trappola era solo a due metri dal cinghiale, sulla sinistra, ma l'animale non sembrava mostrare alcun interesse per l'esca che avevano piazzato all'interno.

La bocca di Keiichirō si riempì di saliva. Quel cinghiale significava carne per giorni.

Il tozzo *inoshishi* trotterellò per la radura, il grugno che fremeva. Per un attimo sembrò finalmente aver puntato l'esca. Ma una folata di vento li investì da dietro, e il cinghiale sentì l'odore dei cacciatori. Alzò il muso e i suoi occhietti malevoli guardarono dritto nella loro direzione.

Prima che Keiichirō potesse fermarlo, Toramasa scattò in piedi. Con la sua alta statura proiettò un'ombra sulla schiena del cinghiale, e sfoderò la katana con un solo gesto fluido. La lama brillò al sole in un lampo di luce prima di tuffarsi nella bestia. Il sangue schizzò sulla gamba di Toramasa.

Ma invece di stramazzare a terra, il cinghiale strillò e si allontanò, correndo fra i cespugli e sparendo dalla loro vista, lasciando una scia di gocce di sangue sui ramoscelli e le foglie morte.

«*Bakamono*» ammonì Keiichirō, raddrizzandosi. «Il primo colpo deve sempre uccidere. Dovevamo portare dei fucili.»

«E magari anche avvisare il contadino?» Toramasa sbuffò. Scosse con un gesto secco il grosso del sangue dalla lama, poi la pulì sull'erba. La infilò di nuovo nella cintura, accanto alla più corta *wakizashi*.

Keiichirō lo guardò negli occhi. «Il contadino?»

Toramasa gli rifilò un sorriso sfacciato. Era uno sguardo che Keiichirō conosceva fin troppo bene. «Non avresti accettato di venire, se avessi saputo che...»

«Chi è là?» ruggì una voce tra gli alberi. «Cacciatori di frodo?»

Keiichirō imprecò.

L'erba sferzava i loro sandali mentre correvano. Keiichirō stringeva le sue spade contro il fianco sinistro. I rami gli graffiarono il viso e i capelli non appena si fiondarono nel bosco.

Udirono i latrati di un cane alle loro spalle, che echeggiavano come se un'intera muta sciamasse tra gli alberi.

«Non mi hai detto che il terreno apparteneva a un contadino» ansimò Keiichirō «e neppure che aveva un cane.»

Abbandonarono la macchia e si lanciarono ridendo nella boscaglia. Il cane irruppe dal fogliame, abbaiando e ringhiando.

«Corri!» gridò Keiichirō.

Si fermarono solo dopo essersi infilati tra i tetti bassi della città e aver raggiunto un quartiere che conoscevano.

Il monte Sakurajima si stagliava all'orizzonte, il possente vulcano da cui l'isola prendeva il nome. Quel giorno non c'era un filo di nebbia sulla cima. Una sottile scia di fumo sbucava dal punto più alto per confondersi con le nuvole.

«Il cane è ancora lì?» Keiichirō lo immaginò digrignare le zanne prima di serrarle sulle sue caviglie.

«Non credo. Comunque... andiamo di qua.»

Si infilarono in un vicolo tra le case di legno, i sandali adesso sbattevano sulla strada sterrata. Presto si ritrovarono a oltrepassare ristoranti di *soba* con il loro profumo di salsa di soia e cipollotti, le tende *noren* che svolazzavano all'ingresso con il menù del giorno dipinto in bianco o in oro.

Alla fine, raggiunsero il fiume.

Toramasa si sistemò ansiosamente i capelli e Keiichirō scoppiò a ridere.

Delle donne erano inginocchiate sulla riva, impegnate a lavare kimono di seta e a battere futon, gli *obi* legati in vita e chiusi in grandi fiocchi sulla schiena. Alcune di loro alzarono lo sguardo e quelle più anziane si scambiarono un'occhiata.

Keiichirō capì perché Toramasa si era sistemato i capelli tanto in fretta.

Ikeda Uhei, uno degli allievi più anziani delle scuole per samurai del grande Saigō-sama, che loro frequentavano, si stava avvicinando, tranquillo e sicuro di sé. Aveva sempre preferito Toramasa, con la sua pelle chiara d'alabastro e gli zigomi delicati. Anche le ragazze ridacchiavano sempre tra loro commentando la sua bellezza.

Toramasa deglutì, lanciando un'occhiata a Keiichirō come per chiedere soccorso, mentre si piegavano in un profondo inchino per salutare lo studente più grande.

«Buon pomeriggio, Ikeda-san» esordì Keiichirō per rompere il silenzio che era calato tra loro.

Ikeda Uhei aveva i modi di fare di un uomo fatto e finito, nonostante avesse solo ventisei anni. Li salutò con un piccolo inchino, mentre alcune ciocche dei suoi capelli lisci si muovevano al vento. Gli angoli della sua bocca si piegarono in un sorriso enigmatico. La voce era di seta.

«Maeda-san. Mori-san. Non starete combinando guai, mi auguro.»

«Nient'affatto, Ikeda-san» squittì Toramasa.

Ikeda li osservò ancora per un momento, e poi si allontanò, lasciandosi alle spalle un fresco profumo di aghi di pino.

Toramasa fece un lungo respiro, come se quell'incontro lo avesse stremato.

«E ora che facciamo?» chiese Keiichirō. Si sforzò di evitare di guardarsi alle spalle alla ricerca del contadino e del suo cane, anche se sentiva uno strano prurito alla nuca. Non erano riusciti a uccidere il cinghiale, e in compenso adesso il contadino sapeva che dei bracconieri vagavano per il suo terreno. Era stato uno sciocco a seguire ciecamente Toramasa. Fin da quando erano ragazzi, il suo migliore amico lo aveva sempre coinvolto in imprese fallimentari, e lui non aveva ancora imparato la lezione.

«Siamo di nuovo senza cibo. Kana si arrabbierà.»

«E avrà tutte le ragioni per farlo. Andiamo a pescare, allora.» Toramasa distolse lo sguardo imbambolato da Ikeda-san e sorrise all'amico. «C'è sempre una soluzione.»

«E di solito ci mette nei guai» mormorò Keiichirō, però lo seguì lo stesso.

Quando ormai il sole era scomparso all'orizzonte, prosciugando l'ultima goccia di calore da quella giornata, e le prime stelle si erano affacciate in un cielo color inchiostro, la pelle d'oca punteggiava le mani e il collo di Keiichirō, che tornava a casa con tre pesci nella borsa e il morale alto. Lui, Kana e Yura avrebbero mangiato, quella sera, e per come andavano le cose era una vera benedizione. Il Giappone era in guerra, il riso scarseggiava e persino i samurai a volte erano costretti a cacciare di frodo per sfamare le loro famiglie.

Un bambino tirò su col naso mentre lui e Toramasa gli passavano accanto. Stringeva una canna da pesca e una borsa vuota. Strascicava i piedi, curvando le spalle magre. Fece un passo in avanti e un profondo inchino al loro passaggio, mormorando un saluto.

«È meglio che torni a casa, piccolo. Si sta facendo buio» lo ammonì Toramasa allegramente, lanciando giusto un'occhiata al bambino.

«Tieni.» Keiichirō tirò fuori uno dei pesci che portava con sé e glielo offrì.

«Non posso.» Il bambino indietreggiò. Qualcosa tra l'ansia e l'allarme gli attraversò il viso. Strinse la borsa sullo stomaco come se lo mettesse in imbarazzo.

«Certo che puoi.» Keiichirō si inginocchiò davanti a lui. «Quanti anni hai?»

«Sette.»

«Hai già ricevuto la tua *wakizashi*» osservò Toramasa, indicando con un cenno la lama che portava alla cintola.

«*H-hai*. La settimana scorsa.» La timidezza lasciò il posto all'orgoglio.

«Meriti una ricompensa, allora.» Keiichirō gli prese la borsa e ci mise dentro il pesce. «Ecco. Hai bisogno di mangiare per essere forte e proteggere la tua famiglia, *ne*?»

Il bambino si inchinò e corse via nell'oscurità con il suo trofeo.

«Avrai fame stasera» commentò Toramasa.

«Io sì» concordò Keiichirō. «Ma lui no.»

2

Quando Isla uscì dal museo, pioveva. Trovò un bar nelle vicinanze e ordinò un caffè in giapponese, anche se la prima volta non riuscì a farsi capire.

Il giovane barista si scusò ripetutamente con un sorriso che lei non poté fare a meno di ricambiare. Forse era l'uniforme, o quello sguardo durato giusto un attimo di troppo, ma il suo stomaco ebbe un breve sussulto quando le assicurò che le avrebbe portato il caffellatte alla cannella il prima possibile.

Quel fremito di piacere fu immediatamente sovrastato da qualcosa di più oscuro. Isla non si fidava più di sé stessa. Non da quando... Be', non aveva sicuramente cancellato il suo account MySpace né preso un aereo diretto dall'altra parte del mondo per niente. Doveva mantenere la promessa e scoprire la storia dei suoi antenati, certo, ma il fatto di allontanarsi in sé aveva anche un altro significato dato che, in quel momento, più chilometri riusciva a mettere tra lei e Will, meglio era. Il bisogno di curare un cuore spezzato e di dimenticare un amore finito male era più che sufficiente a tener lontana la nostalgia di casa e delle persone che si era lasciata alle spalle.

Isla aprì il taccuino a una pagina a caso per distrarsi

da possibili riflessioni pericolose; la sua relazione non valeva abbastanza per essere salvata, doveva continuare a ripeterselo. Il genere maschile sarebbe stato fuori discussione per un bel po' di tempo. Ne era consapevole e le andava benissimo così.

La visita era durata a lungo ma, proprio come aveva sospettato, non aveva trovato neanche un singolo accenno a Hisakichi Kuroki nel Museo della Restaurazione Meiji. D'altra parte, il museo celebrava solo i samurai più famosi.

Il che non significava che il suo antenato non avesse preso parte alla ribellione. Del resto, migliaia di samurai avevano combattuto al fianco di Takamori Saigō.

Arrivata alle ultime sale, Isla si era inaspettatamente emozionata di fronte alla statua a grandezza naturale del leggendario condottiero ai piedi del monte Shiroyama. Era più alto di quanto si aspettasse, anche se in generale gli abitanti di Satsuma superavano la media giapponese grazie alla loro dieta ricca di carne.

Takamori Saigō era stato rappresentato accanto al suo cane Tsun, e vantava spalle larghe e un fisico imponente. La statua lo raffigurava con l'uniforme da soldato in stile occidentale, risalente al tempo in cui combatteva per l'imperatore. Era possibile che avesse conosciuto il quadrisavolo di Isla? Aveva la minima idea, allora, che un giorno il suo volto sarebbe stato affisso ovunque nella sua città natale, e che avrebbero eretto una sua statua vicino al luogo della sua morte per ricordarlo come «l'ultimo samurai»?

Conoscevi un uomo di nome Hisakichi Kuroki?

Isla aveva immaginato Takamori Saigō che si voltava verso di lei dal suo piedistallo e, con un sorriso impassibile, le spiegava che aveva ereditato gli occhi castani da uno dei suoi soldati più coraggiosi.

Mentre aspettava che il barista preparasse il suo caffè, Isla decise che la mattina seguente sarebbe salita sul monte Shiroyama. C'era un osservatorio che si affacciava sul vulcano e sulle grotte dove i samurai si erano nascosti subito prima della loro fine.

E se non avesse smesso di piovere... be', avrebbe tirato su il cappuccio e via. Gli scozzesi non avevano paura della pioggia.

«Ti chiedo scusa per l'attesa.»

Isla alzò lo sguardo e vide il giovane barista.

«Mi dispiace davvero di non averti capita prima» si giustificò in un giapponese lento e semplice, posando con cura la tazza. In cima aveva disegnato un cuore con la schiuma. Le fece un inchino. Aveva i capelli neri e setosi legati in uno chignon. Gli stava bene.

«Nessun problema» rispose Isla «nessuno mi capisce. La mia pronuncia non è molto buona.»

Il barista fece un sorriso educato e tornò al bancone.

Isla sorseggiò lentamente il caffellatte, lasciando che la riscaldasse. Scriveva, o meglio fingeva di farlo, mentre la pioggia batteva contro la finestra. Il barista salutava ogni cliente con un chiaro *irasshaimase* per dargli il benvenuto, con il tono professionale e amichevole che ogni cliente si aspetta in Giappone.

Isla si avvicinò di nuovo al bancone e comprò un dolcetto mentre aspettava che smettesse di piovere. Nel frattempo, rilesse i suoi appunti finché non furono quasi le tre, l'ora in cui avrebbe potuto finalmente fare il check-in in albergo. Non appena si alzò per andarsene, zaino alla mano, il barista si fece strada tra i tavoli.

«Hai mai provato il bubble tea? Quello con le perle di tapioca?»

«Direi di no.»

«Lascia che ti prepari un bubble tea al matcha.»

Isla si rimise a sedere e batté piano la penna sul tavolo, togliendosi timidamente le briciole incollate alle labbra. Il barista tornò con un bicchiere di plastica trasparente con il logo del bar e una cannuccia larga. La metà inferiore era piena di palline scure, dovevano essere le perle di tapioca. La bevanda più in alto era di un verde intenso.

Il ragazzo poggiò il bicchiere davanti a Isla, dicendo: «Offre la casa».

Isla bevve cautamente un sorso. Diverse perle di tapioca si fecero strada nella cannuccia, morbide e leggermente gommose. Era una consistenza strana, ma le piaceva. Era come un dessert da bere.

Il barista sorrise e lei fece un cenno di approvazione. «Cosa fai a Kagoshima? Sei qui in vacanza?» le chiese.

Isla non riusciva a trovare le parole. A parte le conversazioni con la mamma, il nonno o l'insegnante all'università, non aveva avuto quasi mai occasione di parlare in giapponese, o comunque non con un madrelingua che avrebbe colto subito ogni errore.

«Voglio sapere di più sulla vostra città» spiegò infine. «Sono andata al museo e ho letto la storia sulla ribellione di Satsuma.»

Dolorosamente consapevole della propria pronuncia zoppa e del fatto che forse stava sbagliando tutte le preposizioni, sperò di non essersi messa troppo in imbarazzo. Avrebbe dovuto portare con sé un bigliettino formale, scusandosi in anticipo per le eventuali offese causate dall'uso di qualche termine sbagliato.

«Conosci Saigō Takamori? È un eroe da queste parti. Sono davvero felice che anche gli stranieri siano interessati a lui.»

«Ti va di farmi compagnia per un minuto?» gli domandò Isla.

Il barista si guardò intorno, ma tutti i tavoli liberi erano già sparecchiati e non c'era nessuno in attesa al bancone, così accettò.

«Sei di Kagoshima?» Isla bevve un altro sorso di bubble tea.

«Sì. Tutta la mia famiglia vive qui» rispose lui con orgoglio.

Chiacchierarono ancora un po'. Isla notò con piacere che pioveva ancora più forte. Non c'era molta gente per strada a sfidare quel diluvio e il bancone era ancora deserto. Non ebbe nemmeno bisogno di inventarsi una scusa per spiegare perché non se n'era ancora andata.

«Cosa fai domani?» gli chiese, lei stessa sorpresa da quella domanda. «Mi piacerebbe vedere meglio Kagoshima e saperne di più sulla ribellione. Se non hai da fare e hai voglia di...» Si interruppe, imbarazzata.

«Domani finisco il turno all'una. Ti va se ci incontriamo qui?» propose gentilmente il barista, prima di alzarsi per tornare al bancone.

Fu solo dopo aver fatto il check-in ed essersi sistemata in camera che Isla si rese conto che non gli aveva chiesto come si chiamava.

Nella piccola e semplice stanza del *business hotel*, si sentiva irrequieta, e la sua mente rifiutava di calmarsi.

Quella era la città dei suoi antenati e lei aveva tre giorni per esplorarla. Mentre camminava distrattamente avanti e indietro, sbatté lo stinco contro l'angolo del letto.

Con gli occhi che lacrimavano, si sedette sul materasso duro e si massaggiò la gamba dolorante. Una corsa le avrebbe schiarito le idee. Si cambiò e uscì dalla sua camera in leggings blu e felpa con cappuccio. Al ritorno si sarebbe goduta una doccia calda e una cena al ristorante dell'hotel. Sbucò sulla strada fredda e partì.

La pioggia torrenziale aveva lasciato il posto a una leggera foschia. Isla si spostò in una strada laterale perché ne aveva abbastanza di schivare gente con l'ombrello in mano. Dopo un po' cominciò ad apprezzare il bruciore dei muscoli e il rumore delle scarpe da ginnastica contro il cemento. Tenersi in esercizio la faceva stare bene, e non aveva alcuna intenzione di smettere. Tutti dicevano che trasferirsi in Giappone era come far la dieta, una specie di cliché, peccato che i giapponesi non si nutrissero solo di zuppa di miso e verdure, e più di una volta avevano dovuto dirle di andarci piano con la birra economica e il pollo fritto dei supermercati. Ma il suo peso non la preoccupava. In Scozia amava fare escursioni, e il suo fratellino Douglas l'avrebbe presa in giro per tutta la vita se al suo ritorno fosse rimasta indietro e senza fiato durante una delle scampagnate di famiglia. Dovevi allontanarti parecchio da Tokyo per fare delle vere e proprie escursioni, e allora la corsa era il modo migliore per non perdere l'allenamento.

In quel momento, poi, aveva bisogno di liberarsi della strana energia nervosa che l'aveva invasa, forse dovuta al fatto di essere nella città dei suoi avi, forse all'appuntamento che l'aspettava il giorno dopo. In ogni caso, non riusciva a stare ferma.

Con l'aria gelida nei polmoni, oltrepassò qualche altra casa, lanciando di tanto in tanto un'occhiata alla pioggia che ancora gocciolava dai tetti. Un simpatico shiba inu trotterellava, guidato da un vecchietto imbronciato che impugnava il guinzaglio bagnato e borbottava per il freddo.

Isla raggiunse una zona antica della città, una stretta collina dove gli edifici avevano tetti spioventi e recinzioni di bambù. Il bagliore delle lanterne rotonde illuminava il suo cammino. Aveva i piedi bagnati, ma adesso sentiva il corpo indolenzito da una piacevole stanchezza. Decise di proseguire solo un altro po' prima di tornare indietro.

Poco dopo, si trovò alle porte di un santuario che non aveva visto prima. Rallentò per osservarlo, ansimando. Quel santuario aveva qualcosa di strano, pensò, o comunque aveva catturato la sua attenzione più di quelli che aveva visto fino ad allora. Un portale *torii* rosso separava la strada da un sentiero di pietra in cui tintinnavano delle campane a vento, mentre un nuovo scroscio di pioggia crepitava sul metallo e sulle pietre. Statue di leoni mostravano i denti ai lati del sentiero, che conduceva a un elegante edificio con il tetto spiovente. Una corda pendeva da una grande campana all'ingresso, affiancata da lanterne giapponesi in legno dipinte di rosso. Un ricordo del passato nel bel mezzo della città.

Isla voleva vedere di più, ne aveva bisogno. Quando viveva in Scozia, amava guardare le foto di santuari e templi, le vedute del monte Fuji o i fiori di ciliegio. Era lo stesso amore profondo che provava per le montagne della sua terra, con i vasti campi di erica e i colli che brillavano di nero e oro. Non era possibile esprimerlo a parole, così come non riusciva a spiegare perché mai stesse andando in giro per un luogo di culto che non conosceva, nonostante il clima fosse decisamente inospitale.

Una raffica di pioggia la investì come una cortina di ghiaccio e le inzuppò completamente i capelli, mentre delle gocce gelide le scendevano sul collo facendola trasalire. Un'occhiata al volo e poi avrebbe fatto marcia indietro per fare la doccia che si meritava, si disse.

Ma più si guardava intorno, più non poteva negare che quel piccolo santuario avesse qualcosa di incredibilmente intrigante. Figure scolpite spuntavano indistinte da quel diluvio, statue bizzarre, vecchie lanterne in pietra e alberi spogli. Per un attimo fu facile dimenticare che si trovava nel bel mezzo di una città e un'ondata imprevista di emozioni la investì. Provò un profondo affetto per il pezzo di storia che la circondava.

Si avvicinò al cuore del santuario, ma a ogni passo il vento e la pioggia si facevano più violenti. Ma a Isla sembrava non importare nulla di quella specie di tifone fuori stagione. La tempesta sferzava il santuario, le folate facevano oscillare avanti e indietro la corda della campana, che vibrò di un rintocco profondo e minaccioso mentre le statue erano scosse da quella pioggia implacabile. Ma Isla continuava a procedere, con il cappuccio e i capelli incollati al viso. Era come se la tempesta stesse cercando di tenerla lontana da quei luoghi, e dai loro segreti.

Infilò le mani sotto le ascelle, abbracciandosi mentre un muro di acqua la inghiottiva. A quel punto ebbe un fremito di paura e decise finalmente di voltarsi, facendo marcia indietro, ma per poco non andò a sbattere contro un muro.

Si sentì pervadere dalla confusione.

Non era quella l'uscita?

Era la strada che aveva appena percorso. Com'era possibile che fosse spuntato un muro dal nulla?

Si guardò intorno, in cerca di una via di fuga. Quella situazione le piaceva sempre meno. Il piccolo seme di paura che aveva cominciato a mettere radici dentro di lei rischiava di sbocciare impetuosamente.

Intorno a lei era tutto bianco, come se una fitta nebbia fosse calata sulla città. Il vento ululava e le strattonava i vestiti, spintonandola da una parte all'altra.

«Me ne sto andando!» gridò. *Se solo riuscissi a capire come.* Il luogo che le era parso così affascinante fino a pochi minuti prima adesso era più che mai sinistro. Isla voleva solo fuggire da lì.

Aveva sempre creduto che, rispetto alla Scozia, le tempeste di Tokyo non fossero che giornate un po' più piovose del solito. Ce n'era stata una appena una settimana dopo il suo arrivo in Giappone, a settembre, e, anche se ne avevano parlato al telegiornale, per come la vedeva lei si era trattato solo di un po' di pioggia e di vento, niente di più.

In ogni caso, quello era il periodo dell'anno sbagliato. A gennaio la stagione dei tifoni era passata da un pezzo.

C'era qualcosa che non andava.

Sempre più disperata, avanzò incespicando tra tombe e statue sotto la furia degli elementi, ma il vento le mandava i capelli sugli occhi e non riusciva a trovare l'uscita. Più cercava di ripercorrere i suoi passi all'interno del santuario, più sprofondava nella confusione.

Sei un'idiota, si disse mentre si sforzava di restare calma e di ragionare. Ma fu inutile. Il panico la travolse e il santuario le sembrò sempre più un incubo, con quel sentiero di pietra che si snodava ai suoi piedi e pareva non finire mai, nessun punto di riferimento per orientarsi, le campanelle a vento che cantavano in tutte le direzioni facendosi beffe della sua disperazione. Di tanto in tanto un'ombra emergeva da quell'interminabile diluvio, ma era solo l'ennesima statua di un leone oppure una tomba. Le offerte – lattine di sakè, pacchetti di caramelle, fiori – giacevano a terra, sparpagliate dal vento, e ogni tanto Isla sentiva un oggetto bagnato sfiorarle la gamba, un rifiuto catturato e scagliato qua e là dalle raffiche.

Il freddo le si insinuò sottopelle, il corpo in preda a un tremito incontrollabile. *Doveva* ritrovare la strada, altrimenti presto avrebbe iniziato a mostrare i primi sintomi di assideramento. Inutile sperare di incrociare una macchina, l'allerta meteo doveva essere già arrivata su tutti i cellulari. Si ripeté che una volta per strada avrebbe trovato anche un riparo. Aveva perso completamente di vista l'edificio principale del santuario.

Ormai era del tutto accecata dalla pioggia sempre più intensa. Le sue mani protese sfiorarono un muro di pietra. Esausta, rimase lì dov'era con la testa china, ma la parete non offriva alcuna protezione dalla tempesta. Appoggiò la fronte contro il muro. Non sapeva da quanto tempo fosse persa sotto la pioggia. Potevano essere ore – sicuramente quella era la sua impressione – ma anche solo pochi minuti. Era completamente zuppa. Aveva i vestiti appiccicati alla pelle e riusciva a malapena a sentire le dita congelate.

Forse sarebbe stato meglio accucciarsi lì e aspettare che finisse. Il tifone o la tempesta, qualunque cosa fosse, la frustava e le faceva perdere l'equilibrio, un vortice feroce e improvviso nel bel mezzo della città.

Non aveva mai vissuto niente del genere.

Perché era uscita solo in leggings e felpa? Perché non era rimasta in hotel? Perché non era andata ovunque, ovunque tranne che lì?

Tirò fuori il telefono e lo aprì. Era morto, grosse gocce di pioggia schizzavano sullo schermo che rifletteva il suo volto spaventato. Si tirò il cappuccio sulla testa, il respiro sempre più corto.

Il vento urlava così forte che le sembrava di essersi persa in montagna, non in città. Una bestia infuriava tra le nuvole, ruggendo come in una battaglia tra dèi.

Isla strizzò gli occhi per scrutare il grigio che la circondava e notò qualcosa dietro il muro d'acqua. Eccolo! Un *torii*. Bianco, chissà come mai. Forse era un'entrata posteriore per il santuario?

Poco importava, voleva solo andarsene da lì. Nel giro di venti minuti, si rassicurò, sarebbe stata in albergo e pronta a farsi una doccia bollente. Il giorno dopo, invece, sarebbe tornata alla caffetteria per incontrare il simpatico barista e gli avrebbe raccontato quella storia assurda su come era riuscita a perdersi sotto la pioggia.

Mentre si dirigeva verso il *torii*, però, ebbe di nuovo l'impressione che qualcosa non andasse.

Le dita formicolavano, migliaia di spilli le pungevano i polpastrelli. Fu assalita dalle vertigini, si sentiva quasi ubriaca, e inciampò. Cadde contro un muro di pietra mentre la pioggia le sferzava di nuovo il viso.

Cosa stava succedendo?

Si aggrappò al muro, respirando a fatica. Dove si trovava? Aveva bisogno di andare... be', da qualche parte.

Aveva il vago ricordo di un hotel, del profumo del caffè, di un ragazzo che le sorrideva...

L'aria si riempì dei sussurri di voci sconosciute. Si rannicchiò su sé stessa. Forse stava avendo un'allucinazione. Si voltò per capire chi stesse parlando ma, per quanto si sforzasse, non riusciva a comprendere il senso di quel che veniva detto. Sembravano mormorii dall'aldilà, che la incoraggiavano e allo stesso tempo la prendevano in giro.

«Chi è?» urlò con voce rauca, facendo uno sforzo per mettersi in piedi. Avanzò barcollando di qualche passo. La tempesta la disorientava, non si sentiva più sicura di niente.

Voleva vedere delle auto, gente con gli ombrelli piegati dal vento, la luce dei lampioni. Ma il paesaggio attorno a lei era avvolto da una nebbia ultraterrena che non aveva alcun senso nel bel mezzo di quel diluvio. Isla continuò ad avanzare, trascinando i piedi. Doveva sbrigarsi a ritrovare la civiltà. Non era forse per quello che era lì? Aveva solo qualche vago ricordo.

Il formicolio aumentò. Adesso lo sentiva dalla testa ai piedi. Una voce le sussurrò qualcosa, facendola trasalire. Non riusciva a riflettere. Era la pioggia a colpirla come ghiaccio sulla pelle, oppure era quella voce a farla sentire così?

La sagoma di un albero emerse come un miraggio dalla nebbia. Isla si rifugiò sotto i suoi rami e si raggomitolò in posizione fetale, la confusione e la disperazione che diventavano una cosa sola nel suo cuore impietrito.

Le campanelle a vento tintinnavano come uno spaventoso requiem.

Doveva essersi addormentata.

Quando aprì gli occhi, il cielo era screziato di un

arancione intenso che incendiava le nuvole mentre il sole scendeva oltre l'orizzonte. Isla si sentiva rigida e indolenzita, il freddo e l'umidità le si erano insinuati fino al midollo. Si tirò in piedi. Il suo corpo rispondeva a malapena, lo sfinimento le paralizzava le ossa.

Rabbrividì nell'aria invernale. Aveva un disperato bisogno di tornare in hotel, togliersi i vestiti e farsi una bella doccia bollente. Era stata una tempesta fuori dal comune, ma almeno era finita.

Si guardò intorno. Le statue dei leoni ricambiarono le sue occhiate, un cipiglio immobile sui musi scolpiti, mentre cercava di decidere quale direzione prendere. Non riusciva più a vedere gli edifici di prima, probabilmente perché si stava facendo buio.

Si sentiva ancora confusa, ma non capiva perché. Poi, però, si rese conto che non c'erano lampioni né luci provenienti dagli edifici, e neppure il rumore del traffico. Com'era possibile? Quella non era certo una zona disabitata.

Si fece strada nell'oscurità che calava rapidamente. Cercava una luce, una voce, il motore di un'auto. Qualsiasi cosa.

La paura le stringeva il cuore. Non si era mai sentita così sola.

Era svenuta? Il tifone l'aveva scaraventata lontano? Possibile che avesse causato così tanti danni da provocare un blackout? Sì, doveva essere andata così.

Accelerò il passo.

Le nuvole si diradarono con una rapidità quasi innaturale. Le stelle brillavano sopra di lei, illuminandole il cammino. Ecco il muro del santuario. Per un attimo fu contenta di vedere qualcosa che riconosceva.

Sfiorò la pietra con le dita, assordata dal suo stesso respiro. Aveva i capelli schiacciati sul collo, e la felpa inzuppata non la aiutava molto contro il freddo. Tirò giù il cappuccio e si passò le dita tra le ciocche rosse.

Non voleva più vedere quel santuario per il resto della sua vita. Lanciò un'occhiata all'edificio, dove la corda oscillava dolcemente. Sul tetto c'erano dei simboli dipinti, una croce verticale all'interno di un cerchio.

Si voltò dall'altra parte e si sfregò le mani.

Davanti a lei, il nulla. Nessuna strada, nessun viale di cemento. Solo un sentiero di cenere, l'erba e la luce delle stelle.

L'erba alta le accarezzava le gambe. Era assurdo. Impossibile. Kagoshima era piena di bar, strade e negozi, con sgargianti minimarket aperti ventiquattr'ore su ventiquattro a ogni angolo.

Invece in quel momento la luce delle stelle illuminava soltanto una collina e una foresta di pallide canne di bambù. Una mezza luna emerse da una nuvola, tingendo d'argento tutto ciò che la circondava.

Un movimento in una macchia di alberi lì vicino attirò la sua attenzione. Una donna uscì dall'ombra. Indossava un kimono e un *obi*, entrambi grigi nell'oscurità: la debole luce della luna aveva rubato ogni traccia di colore al mondo. Isla sentì un peso in meno sullo stomaco. La donna aveva un viso giovane e i capelli raccolti in uno chignon. Sembrava diretta a qualche festival, i sandali di paglia che non facevano alcun rumore sull'erba. I suoi piccoli passi erano attenti e delicati, come se non volesse farsi notare. Forse Isla non era l'unica a essersi persa.

La ragazza sobbalzò violentemente e spalancò gli occhi quando la vide.

«Mi scusi» esordì Isla nel suo giapponese stentato. «Sa come arrivare a...»

La ragazza gridò e indietreggiò. Non cadde a terra per un pelo. La stretta gonna del kimono la ostacolava mentre si faceva strada tra gli alberi. Scappò via, urlando una parola a ripetizione.

«*Yōkai!*»

3

Keiichirō e Toramasa avevano quasi raggiunto la strada dove viveva la famiglia Mori quando sentirono le grida. In un primo momento, Keiichirō pensò fossero dei bambini che giocavano, poi capì che era la voce di una donna in preda al panico, che strillava di aver visto un demone.

«*Ndamoshitan!* Che succede?» esclamò Toramasa, guardandosi intorno.

Lo sguardo di Keiichirō scattò verso la strada sterrata da cui erano appena venuti. Si snodava tra case dai tetti spioventi e finestre illuminate dalla luce delle lanterne. Era tutto così ordinario, che la prospettiva di incontrare un vero *yōkai* sembrava improbabile. Eppure, qualcosa aveva chiaramente terrorizzato la donna. Forse si trattava di un *ronin*, un samurai senza padrone venuto dall'Est per creare scompiglio.

Toramasa poggiò una mano sulla spada e Keiichirō lo imitò, i loro piedi in posizione di combattimento.

La donna, che adesso singhiozzava, corse a fatica verso di loro, sollevando l'orlo del kimono. Alcune ciocche dei suoi capelli scuri come la notte erano sfuggite all'acconciatura e le si erano incollate al viso.

I due amici la riconobbero e si rilassarono, almeno un

po'. Hirayama Aiko si arrestò di fronte a loro, la sua mano pallida e delicata svolazzava per darsi aria.

«Hirayama-san. Cos'è successo?» chiese Toramasa.

Altri passi riecheggiarono per strada. Alcuni uomini erano accorsi all'urlo di Aiko, i primi con le spade già sguainate.

«C'è uno *yōkai* nella foresta. L'ho visto con i miei occhi!» gridò Aiko. Fece un cenno verso ovest, in direzione della collina vicino al bosco di bambù.

«Uno *yōkai*?» I nuovi arrivati misero via le armi, scambiandosi degli sguardi scettici.

Anche Toramasa lanciò un'occhiata a Keiichirō. La maggior parte di loro non credeva all'esistenza degli *yōkai*, ovvero gli spiriti che vagavano sulla Terra, e poi Aiko sembrava non essersi fatta nulla.

«Dovremmo dare un'occhiata» propose comunque Toramasa. «Non si sa mai.»

L'espressione impaurita di Aiko lasciò il posto a un'ondata di sollievo. «Oh, ti sono grata per la tua gentilezza, Mori-san» rispose con un profondo inchino.

«Vengo anch'io» annunciò Taguchi Hanzō, facendosi avanti. «Fai strada, Aiko-chan.» Aveva la mascella squadrata e dei baffi sottili che a Keiichirō ricordavano dei piccoli bruchi pelosi. I loro sguardi si incrociarono. Il volto di Taguchi non nascose il disgusto.

Si fissarono finché quest'ultimo non abbassò lo sguardo. Per poco Keiichirō non scoppiò a ridere.

Hirayama Aiko li guidò verso il punto in cui aveva visto il mostro, ignorando la gente che passava loro accanto, chi intento a ritirare i panni stesi e chi a preparare la cena, diffondendo un profumo di carne e pesce. Keiichirō cercò di ignorare il brontolio del suo stomaco vuoto.

«Aveva i capelli rosso vivo, come il fuoco» spiegò Aiko con voce spezzata «e lunghi artigli. Anche delle zampe blu. Era laggiù, vicino al vecchio santuario.»

Keiichirō non aveva mai sentito parlare di uno *yōkai* del genere. C'erano gli *ittan-momen*, i mostri che sembravano delle lenzuola bianche e cercavano di soffocarti se rimanevi fuori casa fino a tardi, oppure gli *utan*, che vivevano nelle pareti delle case abbandonate. In ogni caso, la gente si teneva lontana dal santuario, se possibile. Le anziane del luogo dicevano che era un posto malvagio, e loro ci credevano.

«Laggiù?» chiese Taguchi mentre imboccavano un sentiero tra la foresta di bambù e una macchia di alberi. Il cielo era sgombro e le stelle illuminavano la collina. Un gufo bubolava in sottofondo.

Aiko si fermò al margine della foresta di bambù, scuotendo decisa la testa. «Non ce la faccio a proseguire.»

Keiichirō le suggerì di tornare a casa. «Andiamo» borbottò al resto del gruppo quando fu ormai lontana. «Facciamola finita.»

Era fermamente convinto che non ci fosse alcun mostro da catturare. Non appena mossero i primi passi tra gli alberi, però, una sagoma apparve in lontananza.

Toramasa inspirò bruscamente. «Laggiù. Sta andando tra i boschi del contadino.»

Isla si sentiva sempre più confusa. Non c'era nemmeno l'ombra della città e la donna che aveva visto era fuggita in una foresta di bambù. Non si era azzardata a seguirla nel fitto degli steli che frusciavano nell'oscurità. Non sapeva cosa l'avesse spaventata, ma di certo l'intera situazione non era rassicurante.

Si strinse le braccia attorno al petto, serrando la mascella per non battere i denti. Era ancora bagnata e infreddolita, e non sentiva più le dita dei piedi nelle scarpe da ginnastica fradice. Meglio continuare a muoversi: non doveva far altro che andare sempre dritto, e prima o poi avrebbe trovato un segno di civiltà.

Qualche istante dopo, però, uno strano fruscio poco lontano la fece rabbrividire.

La luna spuntava dai rami tesi sopra di lei, ma era l'unica luce nel buio quasi assoluto. Isla si ritrovò improvvisamente in una radura nascosta.

Fece un passo in avanti e cadde nel nulla.

Gridò di paura, con il cuore in gola. Finì a terra con un tonfo e le gambe crollarono sotto il suo peso. Una fitta di dolore iniziò a pulsare nella caviglia. Nell'oscurità d'inchiostro che la circondava, ebbe l'impressione di avere tutto attorno a sé delle pareti di fango. Ma non aveva senso. Era ancora più assurdo di tutte le cose assurde che le erano capitate da quando era uscita dall'albergo.

Cercò di rimettersi in piedi spostando il peso sulla gamba buona, ma la caviglia ferita non voleva collaborare. Strinse i denti per il dolore. Sentì un milione di coltelli trafiggerle i tendini affaticati, e cercò di ignorare un'ondata di nausea.

Sibilò tutte le imprecazioni che le vennero in mente, mentre si stringeva la gamba.

Poi delle teste si stagliarono nel buio sopra di lei, scure contro la luce delle stelle. Tre uomini, tutti con i capelli legati, la stavano fissando.

«Che cosa state facendo? Fatemi uscire!» gridò Isla in inglese. Aveva capito cosa era successo. Era caduta in una buca.

Trasalì per una nuova fitta alla caviglia. Provò a poggiarla a terra, e il suo volto si contorse per il dolore. Si sentì invadere dalla rabbia. Era caduta in una stupida buca, aveva freddo ed era esausta, e come se non bastasse quella gente la stava guardando quasi fosse un animale in uno zoo.

Gli uomini borbottarono qualche parola, così bassa e rapida che Isla non riuscì a capire, anche se il tono non sembrava particolarmente aggressivo.

Si aggrappò alle pareti fangose di quella strana fossa e cercò di arrampicarsi per uscire, ma le scarpe da ginnastica scivolarono e si schiantò ancora una volta sul fondo della buca. Qualcuno sopra di lei cercò di soffocare una risata.

Provò con il giapponese. «Voglio uscire. Adesso!»

Uno degli uomini indietreggiò come se lo avesse schiaffeggiato. «*Nihongo wakaru.*»

E certo che lo parlo, il giapponese, pensò lei, anche se non ribatté nulla e si limitò a scoccargli un'occhiataccia.

Uno di loro si inginocchiò con un fruscio di vestiti e le tese una mano. Isla indietreggiò, ma quel palmo vuoto rivolto verso l'alto era comunque poco distante dal suo viso.

Un'ancora di salvezza? Sempre meglio che rimanere in quella fossa. Afferrò l'avambraccio tiepido dell'uomo, e lui il suo, tirandola fuori. Era molto forte.

Isla ricadde sul terreno della foresta e cercò di riprendere fiato, stringendo la caviglia dolorante mentre osservava gli uomini che la circondavano. Doveva avere un aspetto terribile, inzuppata com'era di pioggia, coperta di foglie e sporcizia e con i leggings strappati su un ginocchio. Due degli uomini indossavano giacche e ampi pantaloni a vita alta, con delle fasce come cinture. Ai loro fianchi, scintillavano le else delle katana.

Un classico. Proprio il giorno in cui aveva incontrato un ragazzo che sembrava carino, ecco che andava tutto a rotoli. Al diavolo, pensò, furiosa. Non le passò neanche per la mente che forse era il caso di sentirsi almeno un po' intimorita dalla situazione.

«Immagino avrai freddo» le disse l'uomo che l'aveva tirata fuori dalla buca. La sua voce era piena e dolce, stranamente rassicurante. Aveva una lentiggine vicino alla bocca. Nel momento in cui una nuvola si spostò dalla luna, Isla scorse anche i suoi occhi seri e gli zigomi affilati. L'uomo si tolse lo strato esterno del kimono, una giacca *haori*, e gliela mise sulle spalle.

Isla lo fissò in silenzio. Ormai si era convinta di essere nel bel mezzo di un sogno particolarmente realistico.

«Che stai facendo?» tuonò uno degli altri, un uomo con la mascella squadrata e i baffi. La guardò accigliato, come se Isla fosse un rifiuto disgustoso che aveva appena calpestato. «Dobbiamo ucciderlo.»

«Questo non è uno *yōkai*» protestò il soccorritore di Isla. L'uomo con i baffi brontolò in disaccordo, ma lui lo ignorò, continuando con fermezza: «È una donna. Dobbiamo aiutarla».

In tutta risposta, uno sbuffo di rabbia ancora più deciso.

La giacca le pesava sulle spalle. Isla notò uno stemma bianco cucito sulla parte anteriore: un cerchio con una croce verticale all'interno. Lo stesso simbolo del santuario.

Forse era nei guai, ma almeno aveva addosso qualcosa di caldo.

«Perché Hirayama-san pensava che fosse uno *yōkai*?» si interrogò Toramasa, mentre lui e Keiichirō guidavano la donna verso la città, tenendole entrambi una mano sul braccio, non che sembrasse in grado di scappare chissà quanto lontano. La ragazza, chiaramente straniera e con i capelli di un rosso intenso, zoppicava e sussultava di tanto in tanto per il dolore, quando poggiava il peso sul piede sinistro.

Keiichirō si era aspettato di trovare una creatura enorme, dai lineamenti brutti e contorti e con il volto di un demone, non una donna spaventata. Però gli *yōkai* erano furbi, o almeno così aveva sentito dire. Forse il demone aveva preso le sembianze di una straniera.

Il solo pensiero gli fece ribollire il sangue nelle vene. La guardò ancora una volta e decise che era una sciocchezza: se anche si fosse trattato di un mostro, allora doveva essere un mostro debole e per nulla spaventoso. «Portiamola all'accademia. Kirino-san saprà cosa fare» propose Keiichirō.

Kirino-san, ex generale dell'esercito imperiale e uno degli amici più stretti di Saigō-sama, non sembrava troppo felice di essere stato svegliato a quell'ora. Con i suoi occhi stretti e la mascella decisa, ordinò loro di portare la ragazza in una delle stanze sul retro. Profumava intensamente di acqua di colonia, anche nel cuore della notte. Gli studenti della *shi-gakkō* scherzavano sempre sul fatto che Kirino-san lo *sentivi* prima di vederlo.

«Non dovremmo dirlo a Saigō-sama?» chiese Toramasa.

«Non essere sciocco. Non lo disturberemo. Avete portato qui una donna *gaijin* e non gli farà piacere saperlo» sentenziò Kirino-san, rimproverando tutti e nessuno.

Keiichirō fece un inchino di congedo a Kirino-san e prese il braccio tremante della ragazza, per portarla nella stanza sul retro ad attendere il suo destino. Lei indossava ancora il suo *haori*. Lo guardò con occhi spaventati mentre si toglieva le scarpe all'ingresso con una smorfia e per poco non cadde a terra nella stanza con i tatami. Stringeva ancora la caviglia ferita.

Keiichirō si allontanò per prendere delle bende e si imbatté in Hisa, la moglie di Kirino-san. La donna aveva il viso fiero e la postura ferma e sicura, degna della moglie di un samurai. Sembrava più matura di quanto non fosse, materna e saggia com'era, nonostante avesse solo qualche anno in più di Keiichirō.

«Maeda Keiichirō-san. Siete troppo magro.» Lo squadrò da capo a piedi, gli occhi scuri come una luna nuova. «Avete mangiato?»

«Non oggi, Kirino-san.»

«Aspettate qui, allora.»

Riapparve pochi istanti dopo con un sacchetto pieno di riso. Glielo mise tra le mani. Keiichirō represse un fremito di gioia. Era da un sacco di tempo che non lo mangiava. «Questo lo hanno portato ieri i mercanti. Assicuratevi che anche la vostra piccola Yura si riempia la pancia.»

«*Arigatou gozaimasu.*» La ringraziò e si inchinò. Non avrebbe rifiutato un regalo così gradito e inaspettato, non in quel periodo in cui il cibo in tavola sembrava non bastare mai. La famiglia di Keiichirō avrebbe apprezzato la sua gentilezza e Kirino Hisa ne sarebbe stata felice.

«Vi è stato chiesto di prendervi cura della straniera finché non decideranno cosa fare di lei» gli riferì Kirino-san. «Ucciderla non sarebbe saggio per nessuno di noi. Dovete assicurarvi che non le venga fatto del male.»

«*Hai*.» Keiichirō le fece un inchino e si allontanò, infilando i piedi nei sandali di paglia che lo attendevano all'ingresso.

Aveva bisogno di vedere ancora una volta la straniera. Aveva la sensazione di non poter aspettare fino al mattino. La curiosità nei confronti di quella creatura dalla testa di fuoco lo stava consumando.

Keiichirō prese delle bende dal magazzino della *shi-gakkō* e tornò dove la *gaijin*, la straniera, stava aspettando.

Al suo ingresso, Isla si allontanò dalla porta con un salto, e lo fissò con i tratti induriti da uno sguardo di sfida. Almeno i suoi occhi erano normali, di un marrone tenue. Aveva sentito dire che alcuni stranieri li avevano strani. Qualcuno aveva persino parlato di un commerciante olandese con gli occhi del colore del cielo d'estate.

La donna incrociò le braccia e contrasse la mascella mentre si teneva in piedi sorreggendosi sulla gamba sana. Keiichirō non sapeva se sentirsi divertito o esasperato. Le mostrò le bende, si inginocchiò davanti a lei e la osservò finché Isla non capì che la gamba ferita aveva bisogno di essere fasciata. Sussultò per il dolore appena si mosse. Riuscì a sedersi con le gambe distese davanti a sé, e guardò con tristezza la caviglia gonfia.

Le parole di Aiko gli tornarono in mente. E se quella sconosciuta fosse stata davvero uno *yōkai*, un mostro apparso dall'oscurità? Quell'atteggiamento gentile era solo una facciata per farlo sentire al sicuro? Il modo in cui si muoveva, però, era uguale a quello di ogni altra donna, anche se i suoi vestiti e i suoi capelli erano strani. Respirava forte, e lo guardava, sinceramente impaurita.

«Parli giapponese?» le chiese Keiichirō, confortato dal peso delle spade che portava alla cintola come sempre. Se lo avesse attaccato, sarebbe stato pronto.

«*Hai, chotto*» rispose. Un po'.

Keiichirō le offrì la benda, invitandola a usarla. Lei la prese e la avvolse da sola intorno alla caviglia, il viso contratto dal dolore. Fece una fasciatura un po' grossolana. Keiichirō avrebbe fatto di meglio, ma gli piaceva guardarla. Aveva un naso delicato, labbra carnose e la pelle chiara come la luna. La luce delle lanterne fuori dalla stanza si rifletteva sui suoi capelli ricoperti di foglie. Avevano il colore del tramonto. Non aveva mai visto nulla di simile, gli sembrava una creatura di un altro mondo. Una donna affascinante, pensò mentre la osservava in silenzio.

Una volta fasciata la caviglia, Keiichirō le fece cenno di seguirlo, una mano sull'elsa della spada. Lei zoppicò accanto a lui, con i capelli che le nascondevano il viso e gli occhi bassi per non inciampare. Keiichirō le scorse la nuca, e si sentì arrossire al vedere una parte così segreta del suo corpo.

Si costrinse a distogliere lo sguardo, prima di condurla oltre i muri di pietra dell'accademia e le rovine del castello bruciato tre anni prima.

«Kana» chiamò mentre si avvicinavano alla porta scorrevole della sua casa. Era ormai notte, ma non poteva aspettare. La straniera sembrava infreddolita, anche se indossava ancora la sua giacca calda. *Gaijin* o no, era chiaro che sentiva il freddo dell'inverno fin dentro le ossa, proprio come tutti loro.

«*Hai, hai*, cosa c'è?» Kana uscì in kimono, i lunghi capelli sciolti sulla schiena. Non aspettava visite. Quando il suo sguardo cadde sulla donna accanto a lui, sussultò e si strinse meglio la veste attorno al corpo. «Chi è? E perché indossa il tuo *haori*?»

«Più tardi ti spiegherò, ma Kirino-san ci ha chiesto di occuparci di questa straniera. Potresti prepararle un bagno e darle qualcosa da mangiare?» Diede a Kana quello che era rimasto del pesce preso quel giorno e il sacchetto di riso di Kirino Hisa.

Kana glieli strappò di mano senza dire una parola.

La straniera si tolse gli strani oggetti che aveva ai piedi senza che nessuno glielo dicesse. Poi zoppicò verso i gradini della porta scorrevole, annuendo mentre si avvicinava alla padrona di casa. Kana trasalì come se la nuova arrivata fosse uno scarafaggio e ignorò la sua caviglia fasciata. Keiichirō provò uno strano senso di fastidio per la sua maleducazione.

Ma Kana non aveva ancora finito. «È tardi» sibilò. «Sveglierà Yura. Cosa ti è saltato in mente?»

«Non avevo scelta» rispose lui. «Non c'è più nessuno all'*onsen*, a quest'ora. E questo è il nostro dovere. Cos'altro avrei dovuto fare, secondo te?»

Kana sbuffò con disappunto, ma aprì comunque la porta scorrevole per far passare Isla.

Keiichirō si sentiva disorientato. Non aveva ancora fatto nemmeno una domanda alla loro ospite, ma qualcosa gli diceva che ne aveva passate tante. Come era arrivata lì a Satsuma? E perché?

Ogni secondo che passava Isla si sentiva sempre più confusa.

In qualche modo era stata spazzata via dal tifone ed era finita in uno strano villaggio tradizionale dove la gente indossava kimono e *hakama*, portava la spada e cucinava sul focolare. Non aveva idea che esistessero ancora comunità del genere, e le sembrava di essere giunta in una versione giapponese di una cittadina amish. Il suo cellulare era scarico. Doveva decisamente cercare un telefono fisso, se voleva trovare la strada per tornare in hotel.

Era fortunata a essere uscita da quel calvario con una semplice storta alla caviglia. Lasciò che la moglie dell'uomo, Kana, la guidasse attraverso le piccole stanze che profumavano di patate dolci cotte e trucioli di legno. Kana camminava davanti a lei, sospirando e borbottando tra sé e sé, e a Isla non rimase alcun dubbio che la sua presenza in quella casa mettesse a dura prova la sua pazienza. Superarono quello che doveva essere un soggiorno, con un focolare incassato nel pavimento in legno scuro e circondato da cuscini quadrati. Kana accese una lanterna a olio e condusse Isla attraverso una stanza di tatami e un'altra porta scorrevole di legno che si apriva su un giardino. La caviglia slogata di Isla protestava a ogni passo. Rabbrividì mentre seguivano uno stretto sentiero: l'aria era gelida. Aveva freddo anche se indossava ancora l'*haori* del ragazzo. La lanterna ondeggiava davanti a loro, proiettando una luce gialla che tremolava al ritmo dei passi di Kana.

Poi, all'improvviso, sentì un lieve calore: avevano raggiunto una sorgente calda naturale. Era la visione più confortante su cui Isla avesse posato gli occhi da quando aveva messo piede nel santuario. Il vapore saliva dalla pozza e riscaldava l'aria intorno a loro. Kana disse qualcosa che Isla non capì e posò la lanterna sull'erba. Con un piccolissimo inchino, Kana si allontanò. Isla non sapeva se entrare o meno. In fondo, cosa poteva succedere? Nel peggiore dei casi, la donna le avrebbe semplicemente detto di uscire dalla vasca.

Si tolse l'*haori* con cautela, per passare poi alla benda intorno alla caviglia. Si spogliò anche dei vestiti sportivi ancora umidi e si immerse nell'acqua, tra volute di vapore. Il passaggio dall'aria fredda all'acqua calda della sorgente fu paradisiaco.

Il vapore le accarezzava il viso e il suo corpo si abbandonò a quella beatitudine, mentre il battito del suo cuore rallentava e i muscoli si rilassavano. L'acqua era un filo troppo calda, ma era divina, e le placava il dolore alla caviglia. Il fango, la sporcizia, l'orribile trappola in cui era caduta, tutto venne spazzato via quando immerse la testa, godendosi il tocco di quel calore sul cuoio capelluto. Mentre la tensione si allentava in tutto il corpo, si sentì come se nulla al mondo avesse più importanza, a parte l'estasi di quel momento.

Alla fine, però, dovette uscire dall'acqua, con la pelle arrossata, protetta da una nuvola calda di vapore. I vestiti che aveva abbandonato senza molti complimenti sull'erba erano scomparsi. Al loro posto, una semplice vestaglia piegata con cura e una cintura *obi* nera, su cui era posato un rotolo di bende pulite. Kana riapparve e le porse un asciugamano. La sua espressione era imperscrutabile, anche se non sembrava importarle più di tanto che Isla fosse nuda. Una volta asciutta, Kana la aiutò a vestirsi.

Un momento strano, intimo. Tra loro scese un pesante imbarazzo. Isla non riusciva a trovare le parole in giapponese per scusarsi, per spiegare come o perché si trovasse lì, né tantomeno per quale motivo fosse apparsa nel cuore della notte con suo marito.

Kana le ripiegò il kimono sul petto, le labbra sempre chiuse in una linea dura. Tornata dentro casa, però, le offrì una ciotola di riso caldo e la guidò in una stanza, chiudendo la porta scorrevole dopo averle indicato un futon con un cenno del capo. Anche se era buio, la luce della luna brillava attraverso le pareti quadrate in *washi* della stanza, che dava sull'esterno. Isla si appollaiò sul bordo del materasso e mangiò velocemente. Il riso era amaro e allo stesso tempo insipido, ma aveva così tanta fame che non le importava. Dopo quel che le era successo, le sembrò uno dei pasti migliori che avesse mai consumato.

Grazie al cielo non l'avevano rimandata in quella fredda stanzetta dove era stata tenuta prigioniera all'inizio. Gli uomini che l'avevano portata lì parlavano troppo in fretta perché lei potesse capirli, e la caviglia slogata le faceva così male che era riuscita a malapena a seguirli alla cieca nell'oscurità. Per quanto Kana la stesse trattando con freddezza, almeno le aveva dato una stanza e si era presa cura di lei.

Isla si sdraiò, le ossa pesanti per la stanchezza. In un angolo vide una lanterna spenta, anche se nella stanza c'era ancora l'odore di olio bruciato. Il bagno aveva aiutato a sciogliere la tensione dei suoi muscoli e l'aveva riscaldata a fondo, ma l'ansia si impadronì nuovamente di lei quando si accorse che non c'erano allarmi antincendio, telecamere di sicurezza né prese di corrente in quella piccola stanza. Non c'era elettricità.

Qualcuno si sarebbe accorto che era sparita? Doveva

tornare a Tokyo nel giro di pochi giorni. Se nel frattempo non fosse riuscita ad avvisare nessuno della situazione assurda in cui si trovava, cosa sarebbe successo? Sua madre sarebbe andata nel panico, se non l'avesse chiamata nel fine settimana? Quanto tempo ci sarebbe voluto perché qualcuno si rendesse conto che era svanita nel nulla? I suoi amici dello studentato internazionale si sarebbero accorti che non era tornata da Kagoshima, o la sua assenza sarebbe passata inosservata fino alla ripresa delle lezioni?

Non riusciva neppure a pensarci, e il panico la seppellì, veloce e potente come un'onda anomala. Isla strinse le lenzuola, l'aria all'improvviso era irrespirabile, la stanza troppo piccola.

Calmati, provò a ripetersi. Non sarebbe stata via a lungo, e poi era al sicuro, al caldo e nutrita. La mattina seguente, come prima cosa, avrebbe fatto in modo di trovare un telefono. Tutto si sarebbe risolto. Quegli sconosciuti non erano troppo amichevoli, ma se non altro le avevano dato un posto dove stare.

Si raggomitolò sotto le coperte e protesse la caviglia dolorante, cambiando posizione fino a stare comoda, poi chiuse gli occhi.

Andrà tutto bene, pensò. Be', perlomeno lo sperava.

In qualche modo, anche se la sua mente inquieta non smetteva di agitarsi, Isla cadde in un sonno profondo e senza sogni.

4

Arrivò l'alba, insieme a voci che Isla non capiva e a odori che non conosceva. La luce del sole brillava sulle pareti di carta. Il futon era duro sotto di lei. Aprì lentamente gli occhi. Una bimbetta sui due o tre anni con i capelli corti e delle piccole braccia paffute era lì in piedi, a osservarla. In dubbio su cosa fare, Isla ricambiò lo sguardo.

«Yura» sussurrò Kana dall'altra parte della porta scorrevole, socchiusa. La bambina la raggiunse a passi incerti e Isla si accorse che le somigliava moltissimo. Doveva essere sua figlia.

«Buongiorno.» Isla chinò il capo con tutta la dignità che la sua posizione dal futon le permetteva. «Grazie per la vostra ospitalità.»

«Il tuo accento è strano.» Lo sguardo di Kana si abbassò su di lei, come se volesse giudicarla dalla testa ai piedi. Kana aveva i capelli lunghi, con delle ciocche scure che poggiavano su una spalla e scendevano oltre l'*obi* che portava in vita. Isla cercò di reggere il suo sguardo. «Da come parli, sembra che tu venga dall'Est» osservò Kana dopo un po'.

Isla aggrottò la fronte. Lei parlava giapponese standard, o almeno ci provava. Forse con l'Est si riferiva a Tokyo?

Isla diede uno sguardo al vassoio con il cibo che la donna aveva con sé. Una ciotola piena di patate dolci a dadini. Una zuppa con cubetti di tofu e alghe. Un trancio di pesce. Un profumo salato e invitante. All'improvviso, il suo stomaco cominciò a brontolare.

La bambina si aggrappò al kimono della madre con un pugno, un ditino tra le labbra. Quando Kana la fece uscire dalla stanza, Yura si voltò per osservarla un'ultima volta. La donna chiuse la porta dietro di sé e Isla sospirò, guardandosi intorno.

Le pareti *washi*, realizzate con riquadri di carta giapponese, proteggevano la stanza dalla luce del sole. Di giorno faceva molto più caldo. Un kimono pulito era piegato lì vicino, con un quadrato marrone in cima. Il suo stomaco ebbe un sussulto mentre saltava fuori dal futon per prenderlo. Il suo portafoglio. Accanto c'era anche il suo telefono, ovviamente scarico.

Con il cuore che batteva più forte, Isla aprì il portafoglio. Non mancava nulla, né il badge universitario né le svariate banconote da mille yen. Avrebbe dovuto offrirne qualcuna alla donna e all'uomo che l'avevano aiutata. La caviglia le faceva ancora male. Le tornò in mente la trappola in cui era caduta, questa volta con uno strano miscuglio di emozioni: era imbarazzata, ma le veniva anche da ridere. Chissà cosa avrebbe detto sua madre di quella storia.

Isla indossò la semplice vestaglia, piegando il futon nel modo più ordinato possibile. La sera prima era così stanca che aveva lasciato che Kana la aiutasse, ma adesso era sicura di aver capito come si faceva anche da sola.

Si fermò un istante per dare un'occhiata alla stanza. Proprio come pensava. Non c'erano prese elettriche alle pareti, né allarmi antincendio o interruttori della luce. Sperò che Kana conoscesse almeno qualcuno con un telefono. Quella gente doveva pur comunicare con il mondo esterno, di quando in quando.

Ora che lo shock stava passando, si disse che in realtà la situazione era piuttosto emozionante. Era finita nel bel mezzo di un vero villaggio tradizionale.

Doveva esserci una stazione termale da qualche parte lì intorno, o forse si trattava di una società del tutto isolata dal Giappone moderno. In ogni caso, era un posto di cui non aveva mai sentito parlare.

Aprì la porta scorrevole con un rumore sordo e scoprì un piccolo giardino all'esterno, con erba, pietre e il profumo di piante invernali. Con sua grande sorpresa, vide un fiume scorrere lì accanto, incredibilmente simile al fiume Kotsuki che aveva costeggiato appena il giorno prima per andare al museo. Forse si trovava in un punto un po' più avanzato dello stesso fiume. Non c'era nessuna ringhiera di sicurezza.

Una brezza fredda e odorosa di fumo le scompigliò i capelli mentre spingeva lo sguardo oltre il corso d'acqua.

Vide solo tetti spioventi, seguiti da alberi e colline a perdita d'occhio. Non c'era l'ombra di un grattacielo, né degli edifici della vivace e trafficata Kagoshima che aveva esplorato.

Sconcertante.

Si sentiva come Dorothy, portata per magia nel mondo di Oz.

Era confusa e sospettava anche di avere una commozione cerebrale. Si toccò delicatamente la testa, aspettandosi di trovare un bernoccolo dolorante. Niente di niente.

Il suo stomaco brontolava con forza. Doveva mettere qualcosa sotto i denti.

La colazione era abbondante ma leggera. La mangiò vicino alla porta tra la stanza e la veranda.

Un vento gelido la investì mentre faceva scivolare i piedi dentro un paio di sandali di paglia che la aspettano fuori. Provò ancora una volta a poggiare il peso sulla caviglia malandata. Grazie alla fasciatura non era gonfia come la sera prima, ma era ancora debole.

Camminò goffamente, il kimono le intralciava i movimenti. Si sentiva un po' stupida, ma Kana non le aveva restituito i vestiti del giorno prima e Isla temeva di risultare scortese, rifiutandosi di indossare quelli che le aveva prestato. In ogni caso, il kimono la teneva al caldo, quindi non poteva lamentarsi.

I sandali stridevano contro il pietrisco. Non era mai stata una persona paziente e aveva una gran voglia di tornare a casa. Che senso aveva starsene lì con le mani in mano? Isla si consolò pensando che sarebbe tornata nella sua camera d'hotel nel giro di poche ore.

Notò il giovane che l'aveva aiutata la sera precedente solo all'ultimo, appena prima di finirgli addosso, con un sussulto di sorpresa.

Adesso che era giorno, lo vedeva meglio in viso. Occhi lunghi e sottili di un caldo marrone chiaro. Zigomi alti e bocca dritta e seria. I capelli, con l'attaccatura a V, erano raccolti in uno chignon ordinato sulla sommità del capo. Con il kimono nero e le spade appese al fianco sinistro, sembrava uscito da un film in costume.

«Buongiorno» la salutò con un inchino.

Lei imitò sia il gesto che le parole. Quelle, almeno, le capiva.

Lo sguardo di lui si posò sul petto di Isla e lei incrociò le braccia, infastidita. Era già sul punto di aprire bocca per fargli presente che i suoi occhi erano un po' più in alto, quando lui esclamò: «Il tuo kimono è al contrario».

«Cosa?»

«La sinistra va sopra la destra.» Gesticolò come per indossare un kimono immaginario. «La destra sulla sinistra porta sfortuna. Si mette così solo ai morti.»

Isla represse un gemito. Avrebbe dovuto saperlo, *lo sapeva*, lo aveva solo dimenticato.

Lui si allontanò e Isla tornò nella sua stanza per aggiustarsi il kimono. *La sinistra sulla destra.* Almeno lo aveva scoperto prima che qualcun altro se ne accorgesse.

Quando tornò da lui, gli vide un'espressione rispettosa sul volto. Indossava l'*haori*, probabilmente lo stesso che le aveva prestato. Le ampie maniche della giacca adesso svolazzavano dietro di lui come ali. Le sue spade sembravano vere katana da samurai, proprio come quelle che aveva visto nei musei e nei libri. Cercò di non fissarle.

«Seguimi.»

«C'è una cabina telefonica nelle vicinanze?» chiese lei. Adesso zoppicava un po' di più nel tentativo di stargli al passo. Lui non rispose. Forse aveva usato le parole sbagliate?

L'uomo rallentò e la guardò serio. Era più alto di lei, alcune ciocche di capelli neri erano sfuggite all'acconciatura e si agitavano al vento. Isla notò una certa somiglianza con il barista del giorno prima, abiti da samurai a parte.

Aveva appuntamento con lui per l'ora di pranzo. Provò una fitta di dispiacere all'idea di dargli buca. Non sapeva nemmeno il suo nome, avrebbe dovuto chiederglielo.

«Ti porto dal nostro capo.» Le parole dell'uomo interruppero i suoi pensieri mentre avanzavano lungo la riva del fiume. Isla osservò le persone che camminavano attorno a loro, alcuni uomini trasportavano covoni di fieno o attrezzi, e avevano l'aria indaffarata di chi vive solo del lavoro delle proprie mani. «È tornato da una battuta di pesca e vuole vederti» aggiunse il suo accompagnatore.

Bene, pensò Isla. *Mi pare un buon segno.*

Subito dopo si accorse che la gente la fissava.

Deglutì, con un nodo alla gola. Sembrava che la considerassero strana, e non le piaceva affatto.

Non le piaceva *nulla* di quello che stava succedendo. Lungo tutta la strada per il museo una ringhiera costeggiava la riva del fiume, un grazioso sentiero lastricato serpeggiava nell'erba e dei cartelli informativi raccontavano la storia del luogo. Ma ora il paesaggio intorno al fiume era primitivo e selvaggio, e gli unici edifici in vista erano case basse dai tetti spioventi o capanne in legno. Tutti i passanti sembravano portare il kimono e i capelli raccolti in chignon alti o bassi. Due bambini, che non potevano avere più di otto anni, lottavano per gioco indossando solo la biancheria, delle sottili strisce di stoffa bianca legate intorno alla vita e tra le gambe. Un anziano stava pulendo un pesce, e scopriva i denti ingialliti mentre strappava la lisca. Passarono davanti a una casa da cui proveniva un forte profumo di tè verde insieme a un brusio indistinto. Sembrava tutto così semplice e rustico, come se il tempo in quel luogo si fosse fermato. Apprezzava le esperienze immersive, ma quella lo era un po' troppo.

Il cielo invernale era di un azzurro brillante. Dall'altra parte del fiume si scorgeva un paesaggio familiare. Sentì il suo cuore farsi un po' più leggero.

«Il monte Sakurajima» spiegò il giovane, come se le avesse letto nel pensiero. «Siamo fortunati. Oggi non piove cenere dal vulcano.»

Era lo stesso vulcano che aveva visto da Kagoshima. Allora non potevano essere molto lontani dalla città. Eppure, Isla sentiva che qualcosa non andava. C'era qualcosa di diverso, che vedeva, ma che non riusciva a spiegare: senza gli enormi edifici, le luci e le strade, aveva di fronte a sé, in quel momento, soltanto il fiume, che serpeggiava tra piccole case e santuari, immerso negli aromi di legno di cedro, incenso e miso trasportati dal vento.

Si allontanarono dal fiume e passarono davanti alle rovine di un castello, il cui scheletro annerito era un triste memento di ciò che doveva essere stato un tempo. Quel luogo le ricordava qualcosa, ma non capiva cosa. Spuntarono su una strada più trafficata, piena di cavalli e carrozze, e, mentre si allontanavano dalle rovine, Isla notò uno o due passanti gettare un'occhiata al fossato e alle mura di pietra e scuotere la testa con tristezza. Forse il castello era andato a fuoco di recente. Avrebbe voluto chiederlo al suo accompagnatore, ma lui sembrava distratto.

«Come ti chiami?» le chiese.

«*Ai-ra.*» Isla adattò la pronuncia a quella giapponese, avvicinandosi più che poteva a quella corretta, ma evitando la difficile *L*.

«*Ai-ra*» ripeté lui, come per assaporarne il suono. Si fermò e si girò verso di lei, aggiungendo: «Io sono Maeda Keiichirō». Si era presentato usando prima il cognome, secondo l'uso giapponese. Poi le rivolse un profondo inchino.

Isla non sapeva come rispondere, quindi provò con la frase giapponese che aveva imparato per dire «Piacere di conoscerti» e ricambiò l'inchino.

Ripresero a camminare. Isla vedeva chiaramente la gente bisbigliare al suo passaggio, ma per qualche ragione non la metteva più a disagio.

In giro non c'erano ragazzi che indossavano jeans o t-shirt con i loghi delle band più popolari, e neanche uomini d'affari in giacca e cravatta o con una ventiquattrore stretta in mano. Quello non era il Giappone che aveva trovato al suo arrivo, brulicante di giovani alla moda e impiegati ambiziosi. Non si udiva lo sferragliare dei treni, e i minimarket non si vedevano da nessuna parte. Aveva sentito parlare dei parchi divertimenti con ricostruzioni storiche. Forse ce n'era uno a Kagoshima e lei ci era finita dentro. Ma qualcosa non quadrava. Un parco divertimenti aveva del personale che lo gestiva e che la sera tornava a casa. Lì invece le era stato dato un letto, e nessuno aveva fermato la messinscena per chiedere perché mai ci fosse una turista a piede libero. E poi, gli sguardi che la gente le rivolgeva non erano di educata curiosità, ma di sospetto. Il termine *gaijin*, straniera, le aveva fatto venire la pelle d'oca.

Keiichirō rallentò il passo quando si avvicinarono

all'uomo con la mascella squadrata che li aveva accompagnati il giorno prima. Era lì fermo, in piedi, a braccia conserte. Uno sguardo truce gli attraversò il volto al loro passaggio. Keiichirō lo ignorò e Isla cercò di proseguire con disinvoltura, cosa non troppo facile vista la caviglia malandata. Non era messa male come il giorno prima, grazie all'acqua calda della sorgente, ma sentiva ancora dolore a ogni passo.

«È arrabbiato per qualcosa?» chiese Isla quando l'uomo era ormai lontano. Le era sembrato di scorgere dell'odio sul suo volto, una strana rigidità nel modo in cui teneva le braccia incrociate, un disprezzo così palese che la metteva a disagio.

«Forse.»

«Potrebbe farci del male?» Isla si guardò alle spalle e vide la mano dell'uomo appoggiata su una delle sue spade.

Keiichirō rispose solo: «No».

«Ne sei sicuro?»

«Sì, Isla-san. Non mento mai.»

Non era molto rassicurante. Il tono di Keiichirō era molto più incerto delle sue parole.

Una volta arrivati davanti a un edificio imponente, molto ampio e a un solo piano, si sfilarono i sandali e avanzarono sull'*engawa*, la veranda in legno. Isla si guardò intorno, affascinata dal giardino. I bonsai e le rocce erano disposti in modo da armonizzarsi alla perfezione con il basso muro di pietra e gli edifici che lo circondavano.

Keiichirō ci era stato solo una volta, e l'impazienza crebbe dentro di lui mentre accompagnava Isla nel punto in cui Beppu-san la stava aspettando. L'uomo indossava un elegante kimono e un paio di ampi *hakama*, lo stemma del clan Shimazu cucito su ciascun lato del petto.

Beppu Shinsuke aveva circa trent'anni, i capelli folti e il pizzetto. Li studiò brevemente e poi fece un brusco cenno con la testa in direzione della porta. Li condusse all'interno.

«Saigō-sama» esordì Keiichirō quando la porta scorrevole si aprì con un breve stridio. Sentì Isla sussultare alle sue spalle e capì che era nervosa. «Sono qui per la donna che abbiamo trovato. È una straniera, ma parla un po' la nostra lingua.»

Lanciò un'occhiata a Isla, che stava indugiando sull'uscio e sembrava fuori posto persino con il kimono che Kana le aveva prestato. I suoi capelli, troppo corti per una donna, erano una massa aggrovigliata. E avevano il colore del fuoco illuminato dal sole. Keiichirō poteva capire come mai Hirayama Aiko l'avesse scambiata per una creatura ultraterrena. Se non fosse stato per quei pochi insegnanti stranieri che Keiichirō aveva conosciuto a scuola, quella ragazza gli avrebbe fatto decisamente paura.

«Entra, Maeda-kun.» Sentire Saigō-sama usare il *kun*, un onorifico affettuoso, lo allietò e gli permise di rilassarsi un poco.

La stanza era piena di tatami che profumavano di legno.

Ogni volta che si trovava al cospetto di Saigō-sama, Keiichirō non poteva fare a meno di guardarlo con stupore. Era un uomo imponente, con spalle enormi e sopracciglia folte, un volto serio e delle mani grandi e forti. Si diceva che nessuno avesse mai vinto contro Saigō-sama negli allenamenti di sumo fin da quando era bambino, e che avesse combattuto al fianco dell'imperatore, portando il Giappone in una nuova era dopo aver rovesciato lo shogunato Tokugawa. Poco dopo si era ritirato e aveva fondato le accademie *shi-gakkō* per istruire i samurai. Saigō-sama era un vero capo, i samurai non avrebbero mai lasciato dirigere le scuole a nessun altro. Era grazie a lui se uomini come Keiichirō avevano un posto dove andare e qualcosa da fare. Non era facile per un giovane samurai guadagnarsi da vivere fabbricando ombrelli o lavorando nei campi.

Duecento anni di pace in Giappone, però, volevano dire anche che lo stile di vita tradizionale dei samurai era finito da tempo.

Era una cosa di cui il padre di Keiichirō, Maeda Ujio, si era sempre lamentato. Rimpiangeva i giorni gloriosi in cui i samurai indossavano armature lamellari e morivano da eroi in battaglia, oppure mettevano in pratica il *seppuku*, il suicidio rituale, in caso di sconfitta. Ujio aveva sempre mostrato una grande nostalgia per quelli che chiamava i bei tempi andati. Combattere contro lo shogunato Tokugawa sotto Saigō-sama gli aveva dato uno scopo per cui vivere dopo la morte della madre di Keiichirō.

Quei disordini, però, avevano lasciato l'amaro in bocca a molti veterani. Alcuni clan erano stati costretti a sottomettersi all'imperatore, e ora a Satsuma giravano voci sprezzanti sul nuovo governo *shinseifu* e sul modo in cui aveva voltato le spalle a tradizioni secolari. Secondo alcuni, da quando gli americani erano arrivati in Giappone e avevano costretto il Paese ad aprire i propri confini, l'imperatore era così desideroso di affermarsi nel resto del mondo che aveva smantellato il potere dei samurai e abbandonato secoli di tradizioni.

Ormai quella che un tempo era la potente classe guerriera tirava avanti a fatica.

Di recente l'imperatore aveva vietato di portare le spade in pubblico, mentre i membri del governo si accorciavano i capelli e indossavano abiti occidentali.

Le dita di Keiichirō sfiorarono le lame che portava alla cintola. La gente di Satsuma era orgogliosa della propria cultura e delle proprie tradizioni. Non si sarebbe piegata facilmente ai capricci dello *shinseifu*. Il modo di vivere dei samurai era ancora molto rispettato, lì.

Il silenzio calò sulla stanza. Saigō-sama stava osservando Isla. Un poco alla volta, la sua espressione si fece più amichevole.

«Buongiorno, *oneesan*» salutò Saigō-sama, onorandola con un piccolo inchino. Sedeva a gambe incrociate. Il suo fucile e la sua spada, con una nappa sbiadita appesa all'elsa, erano appoggiati al muro lì vicino, accanto alla sua attrezzatura da pesca. «Mi auguro la sistemazione sia di vostro gradimento.»

Keiichirō si chiese se tutti gli stranieri fossero uguali. Riusciva a cogliere ogni emozione che attraversava il volto di Isla: sembrava che gli offrisse il suo cuore, come un libro aperto. Ma un lampo di confusione attraversò il suo volto, e gli gettò un'occhiata.

Non capisce.

«Temo che il suo giapponese sia limitato, Saigō-sama.» Keiichirō tacque per un momento, poi decise di non menzionare la caduta di Isla nella trappola, e invece raccontò: «L'ha scoperta una ragazza del villaggio. L'abbiamo trovata nel bosco fuori dalla città, vicino al vecchio santuario. Il suo nome è Isla».

Saigō-sama le fece altre domande, con voce lenta e gentile.

Isla balbettava, con un bizzarro accento in cui il dialetto di Tokyo si mescolava ai goffi errori tipici degli stranieri, e a qualche strana parola che lui non conosceva.

Keiichirō aveva già sentito dei forestieri parlare in giapponese, naturalmente, perché nella *shi-gakkō* c'erano insegnanti stranieri di cinese e olandese. Sentì un'improvvisa ondata di calore. Quelle erano domande che avrebbe dovuto porre lui a Isla prima di portarla lì. Fino a pochi minuti prima non sapeva nemmeno il suo nome.

Rimase a guardare e ad ascoltare, sperando che i samurai più esperti riuscissero a scoprire il motivo per cui era arrivata nella loro comunità.

5

Isla si era preparata a chiedere dove fosse la presa di corrente più vicina, ma si dimenticò tutto appena posò lo sguardo su Saigō-sama.

Aveva visto illustrazioni, fumetti, adesivi, adattamenti manga, statue e infiniti souvenir con il volto di Takamori Saigō. Amichevole, allegro, forte e dalle sopracciglia folte. Nella regione del Kyūshū, e forse persino nel resto del Giappone, lo conoscevano tutti.

E adesso era lì, davanti a lei. Era l'esperienza più surreale della sua vita.

Aveva la pelle dura, coriacea, e un leggero odore di sudore proveniva dal kimono che portava allentato quasi con disinvoltura sulla figura robusta. Per quanto incutesse soggezione, però, sembrava piuttosto cordiale.

Isla cercò di rammentare a sé stessa che Takamori Saigō era morto centoventotto anni prima insieme al resto degli ultimi samurai ma, anche se lo sapeva benissimo, l'uomo di fronte a lei non sembrava somigliargli per caso, o per via di qualche trucco.

Le pareva in tutto e per tutto di trovarsi al cospetto del capo dei samurai di Satsuma, che la guardava con educato interesse mentre lei, inginocchiata accanto a Keiichirō, si sentiva invadere dall'angoscia.

L'assenza di elettricità, gli abiti tradizionali. Il sospetto di Kana per il suo accento. Le spade da samurai. Il fiume e il profilo del monte Sakurajima senza neppure l'ombra di edifici o di automobili.

Isla inspirò bruscamente e fu come inalare storia, cultura, memoria e antiche tradizioni artigianali.

Era impossibile. Eppure, stava succedendo davvero.

In un attimo, ogni fibra del suo corpo comprese: aveva viaggiato indietro nel tempo, fino al Giappone del XIX secolo. Non sapeva come o perché. Sapeva solo che era successo.

E adesso, uno dei personaggi storici più famosi della cultura samurai era seduto proprio di fronte a lei, fucile e spada alle sue spalle, a farle domande.

Si sentì girare la testa e si voltò verso Keiichirō in cerca di conforto. Prima ancora che lui la guardasse, però, Saigō chiese per la seconda volta, con una sfumatura di impazienza nella voce: «Da dove venite, signorina?»

Isla aprì e richiuse la bocca. Cosa avrebbe potuto dire per non peggiorare la sua situazione già abbastanza precaria?

Il suo cuore prese a battere più forte quando si rese conto del pericolo che stava correndo.

«Scozia» ammise infine, con voce tremante. I samurai odiavano le bugie. Ma come poteva essere sincera senza sembrare una bugiarda? O peggio, una nemica o una spia?

«Come mai siete qui?»

Isla esitò.

Non le avrebbero mai creduto se avesse spiegato che

era stata sorpresa da un tifone mentre visitava un santuario lì vicino nel 2005, e che poi si era risvegliata lì. Avrebbero pensato che stava mentendo e sarebbe finita nei guai.

«Credo di aver battuto la testa» fu la risposta migliore che Isla riuscì a trovare. «Non ricordo.»

I tre samurai si scambiarono uno sguardo.

Non erano convinti.

«Come siete arrivata in Giappone?» chiese Saigō.

Oh, Dio. Hanno già inventato gli aerei?

«Mmm, con la nave?» rispose a voce troppo alta, piena d'ansia. Sentiva un peso sul petto. Aveva bisogno di respirare.

Solo il giorno prima aveva visto una statua dell'uomo che la stava interrogando. Ora, guardarlo muoversi e parlare era troppo per lei. La stanza cominciò a girare.

«E la vostra famiglia?» continuò l'uomo più giovane accanto a Saigō. Aveva un volto serio ed emaciato, gli occhi lunghi e sottili, un folto pizzetto lungo il labbro superiore e il mento. Quando la guardava, non accennava a sorridere.

Isla non poté fare a meno di pensare a sua madre, a suo fratello minore Douglas e a suo padre. L'avrebbero cercata? La sua linea temporale esisteva ancora, magari in modo parallelo a quella in cui si trovava ora, oppure erano spariti quando lei aveva fatto quel salto indietro nei secoli? Lacrime improvvise le offuscarono la vista, e Isla si sforzò per non tirare su col naso.

Gli uomini la guardavano. Saigō sbatté lentamente le palpebre, in attesa della sua risposta.

«Siamo stati separati» spiegò infine lei, cercando di concentrarsi sulla domanda piuttosto che sulla sensazione di essere sul punto di svenire. «Mi dispiace. Non ricordo molto altro.»

Si sentì in imbarazzo per quella bugia poco credibile. E divenne ancora più nervosa quando il dubbio balenò sul volto di Saigō e l'altro uomo gli lanciò un'occhiata, aprendo la bocca.

Un allegro uggiolio attirò i loro sguardi verso la porta vicina, dissipando la tensione del momento.

Un cagnolino si infilò attraverso la porta scorrevole, che era rimasta socchiusa. Aveva il muso sorridente e un folto pelo marrone. Abbassò le orecchie mentre trotterellava verso Saigō, che per tutta risposta si mise a ridere. Un basso borbottio gli partì dal profondo del petto e crebbe fino a scuotere la sua figura imponente.

Isla aveva visto una statua di quel cane solo il giorno prima. Era un satsuma inu, non uno shiba, ma simile, con un muso grazioso e intelligente. Il cane annusò la veste di Saigō e guardò Isla, prima di tornare a voltarsi verso il suo padrone.

«Di solito Tsun non ama gli estranei, ma in questo caso, vedete, non sta abbaiando. Quindi, potrete rimanere qui finché non troverete la vostra famiglia» decise Saigō, accarezzando il cane dietro le orecchie. «Maeda-kun, sarai tu a occuparti di lei.» Non sembrava una richiesta.

Ammesso che Keiichirō si sentisse contrariato, non lo diede comunque a vedere. Si limitò a rispondere: «*Hai*, Saigō-sama» e si piegò in avanti in un profondo inchino, con la fronte che sfiorava il tatami sotto di loro.

Isla osò a malapena respirare finché non si ritrovarono in strada, diretti verso la casa di Keiichirō.

«Non mi aspettavo il cane» commentò lui, divertito dalla scena.

«Io non mi aspettavo nulla di tutto questo.»

Keiichirō le lanciò un'occhiata, avvertendo la serietà nella sua voce.

«Keiichirō-san? Posso chiederti una cosa?» domandò Isla.

Lui rallentò il passo. «Sto andando troppo veloce per te?»

«Non si tratta di questo» spiegò lei, anche se camminare più lentamente non le dispiaceva. «Sono un po' confusa. Che giorno è oggi?»

Lui le rivolse uno sguardo che lei non riuscì a interpretare, poi rispose: «Immagino tu segua il nuovo calendario. È il cinque gennaio».

Aveva senso. Era arrivata a Kagoshima la mattina del quattro.

«E l'anno?»

«1877, naturalmente.»

Isla si sentì come se mille frammenti di vetro le avessero trafitto il petto. Un rombo le risuonava nelle orecchie.

«Isla-san?» La voce di Keiichirō era preoccupata, ora.

«Devo sedermi.»

Isla barcollò, ma una mano la afferrò per un braccio per sostenerla mentre le ginocchia le cedevano. Il samurai la aiutò a raggiungere un muretto.

Isla si aggrappò al suo *obi* e lo guardò negli occhi.

Non poteva spiegargli nulla, così restarono seduti in silenzio e poi lasciò che lui la guidasse fino a casa.

«Riposati un po'» le propose Keiichirō quando finalmente raggiunsero la sua abitazione in riva al fiume.

«Perché mi guardi così?» chiese Isla. «Perché hanno

detto proprio a te di occuparti di me? Ci saranno centinaia di persone che potrebbero farlo.»

Keiichirō spiegò: «È mio dovere. Ho bisogno di riscattare l'onore della mia famiglia».

Isla non sapeva cosa rispondere.

Keiichirō le fece un inchino e scambiò due parole con Kana prima di lasciarle sole. Passò il resto della giornata a guardare la bambina, Yura, che scorrazzava in giardino. Di tanto in tanto sua madre sbuffava e lanciava un'occhiataccia a Isla mentre lavava i panni in un secchio di legno oppure tagliava le verdure. Rifiutò tutte le sue offerte di aiuto.

Le sembrò che quella giornata non finisse mai.

La sera, Isla uscì di soppiatto nella fredda aria notturna, decisa a raggiungere il santuario. Il suo posto non era lì, e sentiva che solo al santuario avrebbe potuto trovare le risposte che cercava.

Quel giorno avevano mangiato poco. Era difficile non notare le travi marce che reggevano la veranda e le vesti ormai logore di quella famiglia. Voleva smettere di approfittare della loro ospitalità il prima possibile. Le loro risorse erano chiaramente limitate, anche se Yura sembrava accudita con premura. Però aveva notato che la piccola aveva sorriso con entusiasmo quando le era stata offerta una porzione di riso in più. Isla sentiva che la sua presenza era un peso di cui Keiichirō e Kana non avevano bisogno.

Anche se le stelle le illuminavano il cammino, Isla non era abituata a una simile oscurità. Nessun lampione o bagliore dagli edifici circostanti a confortarla. D'altronde, significava anche che nessuno l'avrebbe vista, ed era quello che voleva. Per fortuna, poi, grazie a tutte quelle ore passate a non far nulla, la caviglia stava molto meglio.

Indossava i suoi vestiti, che Kana le aveva finalmente restituito e che ora odoravano leggermente di acqua di fiume.

Aveva aspettato che tutti dormissero. Keiichirō era tornato dopo il tramonto, con le borse sotto gli occhi, massaggiandosi un avambraccio. Sembrava esausto, e Yura si era zittita solo dopo aver pianto a lungo. Anche se non aveva sonno, Isla si era obbligata a riposare sul futon finché la casa non le era sembrata del tutto immobile. Aveva contato i minuti, uno dopo l'altro, e aveva tenuto le orecchie bene aperte prima di sgattaiolare fuori, sussultando a ogni fruscio della porta scorrevole di legno.

Sperava di trovare il *torii* bianco in quello strano santuario. Più ci pensava, più le sembrava che fosse finita lì perché aveva attraversato quel portale. Era l'unica spiegazione che le veniva in mente.

Il suo respiro si condensava in nuvolette bianche, l'aria gelida era ben lontana dal calore accogliente di casa Maeda. Per un attimo rimpianse di non trovarsi ancora lì, bella comoda nel suo futon.

Poi, però, si ricordò che aveva bisogno di tornare nel suo mondo, nella Kagoshima piena di edifici affollati e in cui si trovava anche il ragazzo carino della caffetteria.

Raggiunse un punto che ricordava, vicino alla riva del fiume, a monte della città. Ecco la foresta di bambù dove quella giovane donna l'aveva vista. Un sorriso si fece strada sul suo volto. Il panico di quella povera ragazza aveva molto più senso, ora. Quanti stranieri potevano essere passati da quel posto, prima di lei? Arrivando oltretutto nel cuore della notte, fradici fino al midollo...

Ignorando un'inattesa fitta alla caviglia, Isla si diresse verso le canne di bambù, entrando nella foresta vicino alla maledetta trappola in cui era precipitata. Lontana dallo sguardo serio di Kana, si sentiva sempre più sicura di sé.

Per poco non urlò quando una creatura che sembrava una via di mezzo tra una capra e un'antilope sbucò da alcuni cespugli. Emise un pigolio spaventato, sorpresa quanto lei, e corse via tra gli alberi.

Alla fine, il santuario emerse nell'oscurità, con un normale *torii* rosso all'ingresso e il sentiero di pietra che conduceva all'edificio interno.

Isla si fermò, ascoltando il vento tra gli alberi. Statue di leoni ringhianti sedevano immobili su lastre di pietra ai lati del *torii* rosso. Una spessa corda pendeva sopra l'ingresso dell'edificio, dei gradini di legno conducevano al suo interno. Il santuario aveva lo stesso aspetto decrepito e abbandonato della prima volta che lo aveva visto, nonostante avesse fatto un salto di oltre un secolo nel passato.

Non doveva fare altro che trovare il *torii* bianco. Attraversare quello rosso non era servito a nulla.

Rabbrividì, l'aria fredda le pungeva il viso.

Cosa non avrebbe dato per una doccia o un telefono, per poter chiamare i suoi genitori e sentire le loro voci.

La gente con cui aveva avuto a che fare lì l'avrebbe cercata per un po' e alla fine avrebbe lasciato perdere, imputando la sua comparsa a qualche evento inspiegabile, dimenticandosi di lei in breve tempo. Sperava solo che Keiichirō e Kana non venissero incolpati in alcun modo per la sua scomparsa... In effetti, non ci aveva pensato prima. Le dispiaceva di non aver salutato nessuno di loro, neppure la piccola Yura.

Si riscosse dai suoi pensieri. Non era una cosa di cui preoccuparsi, adesso. Tra un paio di giorni non sarebbe importato più a nessuno.

Perlustrò con attenzione il santuario, mentre la sua disperazione cresceva di minuto in minuto. Era tutto inutile. Non c'era traccia di un *torii* bianco da nessuna parte. Il santuario era un luogo solitario, infestato dalle erbacce. Non c'erano neanche delle offerte ai piedi delle statue. Sembrava sospeso nel tempo e abbandonato a sé stesso, come se la gente del posto nemmeno sapesse della sua esistenza.

Isla tornò all'albero, il luogo in cui era certa di essersi risvegliata. Persino lì, non c'era altro che un sentiero di pietra. Il suo sospiro fu portato via dal vento gelido, mentre un'amara delusione la invadeva. Le sfuggiva qualcosa, ma cosa?

Alzò lo sguardo verso le stelle. La notte invernale era fredda e limpida, e, anche se la luna non si vedeva da nessuna parte, un chiarore scintillante la inondava. In un altro momento, si sarebbe goduta lo spettacolo delle stelle sopra di lei, come granelli di zucchero versati su una tela nera.

Un movimento alle sue spalle la fece voltare di scatto. Prima che potesse reagire, dei passi scricchiolarono sul sentiero di ghiaia del santuario e una mano fredda le tappò la bocca.

Isla si dibatté, terrorizzata, mentre cercava di mordere la mano del suo aggressore.

«Shh» le sussurrò una voce all'orecchio. «Sono solo io.»
Isla riconobbe la voce e si rilassò leggermente. Solo allora, Keiichirō le tolse la mano dalla bocca.

«Cosa stai facendo?» sibilò lei a denti stretti. Il cuore le batteva ancora così forte che le sembrava stesse prendendo a pugni la cassa toracica. «Mi hai quasi fatto...» Si fermò. Forse sarebbe stato un po' complicato dire in giapponese che le aveva quasi fatto venire un infarto. Sospirò esasperata e protestò, fiacca: «Mi hai spaventata».

«Perché sei scappata?» Lui le afferrò un braccio. «Qui ci sono delle bestie feroci. Cinghiali, lupi. A volte anche i banditi si aggirano per queste terre. Potresti farti male. Ora torniamo a casa.»

Isla tenne il broncio mentre Keiichirō la riportava al villaggio, ma la sua irritazione non sarebbe durata a lungo. Keiichirō aveva ragione, lo sapeva, era stata fortunata a non incontrare animali pericolosi. Il *torii* non c'era. E lei era stata stupida ad andare al santuario da sola, di notte. L'impazienza le aveva impedito di ragionare.

Dall'espressione di Keiichirō, sembrava che ne avesse abbastanza di lei. Per un attimo le tornò in mente l'altro giovane samurai che quella mattina l'aveva osservata con quello sguardo così penetrante, senza traccia di gentilezza sul volto duro.

Era una fortuna che fosse stato Keiichirō a trovarla. Ricordava ancora la forza con cui l'aveva sostenuta quando si era sentita svenire. Quella forza, insieme al suo proposito di proteggerla, la faceva sentire al sicuro.

Isla posò di nuovo lo sguardo su Keiichirō. La luce delle stelle si rifletteva sul suo chignon scomposto, come se l'avesse fatto in fretta. Di tanto in tanto, le arrivava un profumo di sandalo e alghe secche, insieme alle varie fragranze della città. Un poco alla volta, la salda presa che il samurai aveva sul suo braccio si allentò, ma non abbastanza da permetterle di sottrarsi alla sua mano che le scaldava la pelle. Lui le lanciò un'occhiata e poi camminarono in silenzio, accompagnati dal sibilo dell'erba sotto i loro piedi.

Poi, senza preavviso, Keiichirō si bloccò, la sua mano lasciò il polso di Isla per posarsi sulla spada. Trattenendo il fiato, scrutò i bambù intorno a loro con occhi attenti, le orecchie tese nel buio. Anche Isla si fermò. Non sapeva se doveva tenersi pronta a scappare o a cercare un nascondiglio. Dopo un attimo, Keiichirō si raddrizzò e le fece un piccolo cenno del capo.

Isla riprese a respirare, e il suo fiato si condensò in una nuvoletta.

«Ascolta» esordì mentre si lasciavano il bosco alle spalle, la sagoma scura del monte Sakurajima come un gigante nero che dominava la città. «Mi dispiace, Keiichirō. Stavo cercando di tornare a casa.»

«A casa?» chiese lui. «Il porto è dall'altra parte. Se hai bisogno di una nave per tornare in Scozia, sono sicuro che troveremo qualcuno che possa aiutarti.»

Isla gli lanciò un'occhiata. «Tornare in Scozia?»

«Non è quello che vuoi, Isla?» Keiichirō si fermò. «La tua famiglia ti starà cercando. A meno che tu non sia una *kanchō*.»

Isla non capiva quella parola. «Una cosa?»

«*Kanchō*. Una persona che viene qui in segreto per osservarci, scoprire i nostri segreti e poi riferire tutto quello che ha visto alla sua gente.»

Probabilmente *kanchō* voleva dire spia. Le vennero i brividi di fronte a quell'eventualità.

Keiichirō aggiunse: «Saigō-sama ha detto che devo prendermi cura di te finché non avremo scoperto la verità. Ma la tua fuga suggerisce che hai molto da nascondere».

«Stavo cercando di tornare a casa!»

«Nel vecchio santuario? Difficile da credere.»

«Sì, nel vecchio santuario. Senti, Keiichirō, non ho idea di come sono arrivata qui, né del perché sono qui e nemmeno di come spiegare quel poco che so. Sono più confusa di te. Ero vicino al santuario, ed era in città. C'è stata una tempesta, e quando mi sono svegliata ero qui. E poi sono caduta in quella stupida trappola e ora non so come tornare a casa! So solo che non dovrei essere in questo posto. Sei stato così gentile con me...» gli rispose Isla, la voce che iniziava a tremare.

Keiichirō la stava osservando con estrema diffidenza. Forse gli erano tornate in mente le parole della donna spaventata, riguardo a *yōkai* e spiriti?

Sconsolata, Isla si appoggiò a un albero e si massaggiò la caviglia gonfia. «Vengo dalla Scozia, il resto è troppo complicato da spiegare. Ma la cosa più importante è che non so come sono arrivata qui. Io stessa sto ancora cercando di capirlo.»

«Quello che dici non ha alcun senso.» Keiichirō si avvicinò di nuovo a lei e, prima che Isla potesse muoversi, le afferrò il braccio. «Una parte di me vorrebbe farti fuori qui e ora e finirla con questa storia. Chiunque tu sia, sei un problema per me e per la mia famiglia. Potresti essere una spia dell'esercito imperiale o di qualche straniero...»

Improvvisamente Keiichirō spalancò gli occhi: un fruscio agitava i cespugli accanto a loro. Imprecò a bassa voce. Un samurai emerse dalla boscaglia.

Lo stomaco di Isla si contorse per l'inquietudine: si trattava dell'uomo dalla mascella squadrata che li aveva guardati con disgusto quella mattina.

«Cosa succede qui, Maeda?» chiese.

6

«Taguchi» esclamò Keiichirō, con voce tesa. «Che cosa ci fai qui?»

Taguchi sbuffò, sprezzante. Non era alto come Keiichirō, ma compensava con la sua spavalderia. Si avvicinò, le spade appese alla cintola e un'espressione di compiacimento sempre più palese sul viso. «Ma guarda un po'! Che ci fate entrambi qua fuori, a tarda notte? Con le responsabilità che hai a casa, poi.»

Keiichirō resistette a fatica all'impulso di stringere le dita intorno all'elsa della spada. «Stiamo soltanto tornando a casa.»

Un ghigno lascivo contrasse la bocca di Taguchi mentre guardava Isla, poi sibilò: «Non vorrai dare a Saigō-sama un altro motivo per non fidarsi di te, vero, Maeda? La tua situazione è già abbastanza precaria, direi».

Keiichirō ribatté, a testa alta: «È un'ospite della nostra città, ed è sotto la mia protezione. Questa donna non è affar tuo».

«In realtà, è affar mio se ospiti una spia nella tua casa.» Le dita di Taguchi stringevano l'elsa della spada, ora, mentre l'altra mano era stretta a pugno sul fianco. Schioccò la lingua con fare lento e provocatorio. Sia Keiichirō che Isla riuscivano a sentire la puzza di alcol quando parlava. «Mi dispiacerebbe davvero se Kana o la piccola Yura restassero sole al mondo.»

Una tempesta di rabbia si accese all'improvviso da qualche parte dentro Keiichirō, ma la tenne a freno. Ribolliva appena sotto la superficie, nascosta sotto la sua espressione gelida. Gli occhi di Taguchi percorsero indagatori il suo viso, i movimenti ritmici del suo petto, in cerca di qualche punto debole.

Isla faticava a sopportare quello che stava succedendo, e il peggio era che sapeva di essere lei, e solo lei, la causa di tutto ciò.

«Torna a casa. Subito» intimò Keiichirō. «Stai diventando un prepotente, Taguchi, proprio come tuo fratello, e non è così che si comportano i samurai.»

Il pugno di Taguchi si schiantò contro la mascella di Keiichirō, che vacillò e poi si lanciò in avanti per rispondere all'attacco e afferrò Taguchi intorno alla vita, inchiodandolo a terra. I due si graffiarono e si presero a pugni, sfogando la loro rabbia tra insulti ringhiati.

Non c'era alcuna grazia in quella lotta furiosa e, dopo qualche manciata di secondi passata a rotolarsi nel fango, Keiichirō si rimise in piedi, la mascella che pulsava.

«*Bakamono.* È sparita!»

Isla incespicava tra gli alberi, ignorando il dolore lancinante alla caviglia. Doveva fuggire. Se si fossero davvero convinti che era una spia, chissà come avrebbero reagito. Non ci sarebbe stato niente e nessuno a proteggerla, se mai avessero deciso di interrogarla.

Era stata ingenua, pensò mentre correva nella boscaglia, troppo impaurita per ricordarsi di non fare rumore. Le attenzioni che Kana e gli altri le avevano riservato erano state frutto della pura educazione, non della gentilezza. Non si sarebbero mai fidati di una straniera apparsa dal nulla, soprattutto dopo quello che era appena successo.

Doveva nascondersi da qualche parte nei dintorni. Era arrivata durante una tempesta, come il tornado che aveva portato Dorothy a Oz. Ecco cosa mancava. Prima o poi ci sarebbe stato un altro tifone. Allora, il *torii* bianco sarebbe riapparso e sarebbe riuscita a tornare a casa.

Come se la sarebbe cavata fino a quel momento, non era chiaro. Ora come ora, Isla voleva solo allontanarsi da quei due samurai e dalle loro spade.

Lanciò un urlo terrorizzato quando qualcosa la colpì alle spalle. Cadde nel fango e dovette sputare una manciata di foglie.

Qualcuno la rimise in piedi.

Taguchi, con il naso insanguinato, la guardava dall'alto in basso, con una smorfia. Il suo chignon si era sciolto e i capelli gli incorniciavano il viso.

Lei si dibatté, ma le dita dell'uomo le stringevano il braccio così forte da farle male.

«Smettila!» ruggì Keiichirō, mentre allontanava Taguchi da lei con una spinta.

L'avevano inseguita. Ora i samurai erano di nuovo l'uno contro l'altro, ognuno con le mani sull'elsa della propria spada, e si guardavano dritto negli occhi.

«Hai intenzione di uccidermi, Maeda? Vuoi diventare un assassino come tuo padre?» lo provocò Taguchi.

Isla si aspettava che Keiichirō tirasse fuori la spada, pronto a spargere sangue.

Al contrario, si raddrizzò, il volto rigido in una maschera di dignità.

«Hai dimenticato quello che hai imparato?» Keiichirō si spostò per mettersi davanti a Isla, proteggendola dallo sguardo avido di Taguchi. «Che non si maltrattano i deboli? Hai osato aggredire una donna!»

Isla sapeva che una volta, prima di tutto questo, avrebbe urlato che non era affatto debole. Ma non era decisamente il momento giusto.

«Deve tornare da Saigō-sama.» Taguchi indicò Isla con un cenno del capo, e lei pensò che l'ultima cosa che avrebbe voluto era rimanere alla sua mercé. «Oppure andrò a parlargli io.»

Keiichirō guardò Isla, illuminato dal chiaro di luna. Lei capì che aveva un piano, un piano che includeva anche il fatto che rimanesse in silenzio e si fidasse di lui. Così, fu esattamente quello che fece.

Doveva essere mezzanotte passata.

La stanchezza faceva a pugni con il terrore. Isla cercò di pensare solo a camminare, mentre Keiichirō un po' la guidava e un po' la sosteneva verso la città, assicurandosi di tenere Taguchi bene in vista davanti a sé.

Di tanto in tanto, lui si voltava a guardarli e sorrideva compiaciuto. Quando lo faceva, la presa di Keiichirō si stringeva leggermente sul braccio di Isla, senza però farle male.

Lei rabbrividì e si impose di non piangere, anche se sentiva le lacrime dietro l'angolo.

Se si fosse messa a piangere davanti a Keiichirō avrebbe confermato la sua impressione che lei fosse debole.

Perché mi importa di cosa pensa di me? si chiese.

Perché è il tuo unico alleato, rispose una voce nella sua mente.

La casa di Takamori Saigō apparve in lontananza, con i tetti spioventi oltre il muro di pietra. Il cancello era chiuso e due guardie li scrutarono con sospetto mentre si avvicinavano.

«Siamo qui per vedere Saigō-sama» esclamò tronfio Taguchi.

«Non è in casa.» La guardia, un uomo con gli occhi un po' ravvicinati, studiò il trio che aveva di fronte con espressione impassibile per poi aggiungere: «Murata-san è ancora sveglio, però».

A Isla sembrava di delirare, ormai, quando entrarono in una stanza rivestita di tatami. Si accorse a malapena di essersi tolta le scarpe da ginnastica.

Keiichirō le lanciò un'occhiata per ricordarle di rimanere in silenzio.

«Un momento insolito per una visita» fece una voce profonda. Dalla porta uscì un altro volto conosciuto.

Si trattava di Shinpachi Murata. Aveva letto qualcosa su di lui al museo. Amico intimo di Takamori Saigō e potente samurai. Era alto e robusto, con baffi che scendevano lungo le guance fino a raggiungere le basette.

Persino Taguchi sembrò farsi piccolo di fronte al suo sguardo penetrante.

Murata si sedette davanti a loro e incrociò le gambe. Alle sue spalle c'era una fisarmonica, una novità rispetto all'ultima volta che Keiichirō e Isla erano stati in quella stanza.

«Mi dispiace davvero disturbare, Murata-sama» si affannò a scusarsi Taguchi, che adesso parlava con voce flebile e molto meno sicura di sé.

«Non importa. Dimmi perché siete qui.»

Isla lasciò che il rapido giapponese con cui gli uomini

risposero le scivolasse addosso e tenne lo sguardo fisso su un punto del muro. Parlavano troppo in fretta perché riuscisse a capirli. Doveva avere fiducia che Keiichirō sarebbe riuscito a tirarli fuori entrambi da quella situazione. Sia Taguchi che Keiichirō erano ansiosi di raccontare la propria versione della storia. Murata ascoltava con grande attenzione.

«E ho sentito Maeda dire che pensa che la ragazza sia una spia» continuò Taguchi.

Isla comprese le sue parole. «Non lo sono» lo interruppe. «*Kanchō janai!* Non sono una spia.»

Murata alzò la sua grande mano. Nella stanza calò improvvisamente il silenzio.

«Perché eravate in giro a tarda notte?» chiese finalmente, rivolgendole il suo sguardo impassibile. «Se non siete una spia, perché avete lasciato la casa di Maeda?»

Isla intravide con la coda dell'occhio l'espressione trionfante di Taguchi. Quanto avrebbe voluto schiaffeggiarlo. Ragionò in fretta.

Non poteva certo dire di essere andata alla ricerca di *torii* dipinti di bianco nel vecchio santuario.

«È uscita con me» spiegò Keiichirō.

«A fare cosa?»

Keiichirō rimase in silenzio.

«La stava interrogando» gridò Taguchi. «Ha detto che era una spia.»

«Controllati, Taguchi» brontolò Murata. «Maeda. Saigō-sama ti ha affidato questa giovane donna. Credi che sia una spia di Tokyo? O di alcune forze straniere, magari? Dovremmo tenerla qui, o nella scuola, e interrogarla? Oppure sei disposto ad assumerti la responsabilità di interrogarla tu stesso?»

Keiichirō fece un inchino profondo. «Mi assumo la responsabilità di tutto questo. Chiedo scusa per la vergogna di cui mi sono macchiato, Murata-sama.»

«Signorina, da domani lavorerete con le altre donne» decise Murata. «Abbiamo sparso la voce tra i nostri contatti britannici che voi siete qui con noi.»

Isla non sapeva se esserne felice o meno.

«Parlerò con Saigō-sama quando tornerà. Ora» dichiarò Shinpachi Murata alzandosi in piedi «dovete andare tutti a casa.»

Per buona parte del tragitto verso casa, Isla non osò alzare lo sguardo da terra. Quando si erano lasciati le guardie alle spalle, Taguchi si era dileguato nell'ombra con un'ultima occhiataccia. Sembrava improbabile che tornasse, ma Isla restava all'erta.

Mentre camminavano lungo la riva del fiume, i pesci saltavano nell'acqua, creando delle piccole onde sulla superficie scura.

«Ti ha fatto male?» chiese Keiichirō all'improvviso, fermandosi di fronte a lei.

«No, non ne ha avuto il tempo. Sei arrivato subito. Sto bene, ma grazie per avermi salvata. Di nuovo.»

Continuarono a camminare. Un altro pesce saltò, con un sonoro sciabordio.

«Perché fanno così?» domandò Isla. «Perché i pesci saltano in quel modo?»

«Forse stanno cercando di sfuggire ai *kappa*» ipotizzò Keiichirō. «Sai, i demoni dell'acqua che vivono nel fiume. Mio padre diceva sempre che era meglio non nuotare nel fiume, perché uno di loro poteva afferrarci. A quanto pare sono degli ottimi lottatori di sumo.»

Forse Isla era semplicemente esausta, ma le parole di lui la fecero ridacchiare. «Non ci sono *kappa* dalle mie parti.»

«E cosa c'è, allora, Isla-san?»

Keiichirō si voltò di nuovo a guardarla e un guizzo di calore la attraversò. La sua domanda era così innocente, eppure Isla si accorse che nascondeva un interesse sincero. Keiichirō voleva saperne di più su di lei. Si accorse anche che la sua curiosità le faceva piacere.

Ma stavano tornando a casa da sua moglie e sua figlia, ricordò Isla, e lei gli aveva già causato abbastanza problemi.

Quel brusco ritorno alla realtà le provocò un dolore quasi fisico.

Isla distolse di scatto lo sguardo da Keiichirō, piena di vergogna. Era sposato, continuava a ripetersi. *Sposato.*

Marciò davanti a lui, senza curarsi delle proteste della sua caviglia ancora debole.

Poi le tornarono in mente le parole di Taguchi: «Hai intenzione di uccidermi, Maeda? Vuoi diventare un assassino come tuo padre?» Anche Keiichirō aveva qualche oscuro segreto?

La porta si aprì appena si avvicinarono. La luce dorata di una lampada a olio li investì, forte contro il buio della notte. Kana era in piedi sulla soglia, i lunghi capelli sciolti e una veste scura sulle spalle. Isla si fermò di colpo, una nuova vampata di vergogna la attraversò quando Keiichirō apparve al suo fianco.

«Dov'eri?» sussurrò Kana.

Isla fece per rispondere, ma Kana stava guardando Keiichirō.

Lui mormorò qualcosa che Isla non colse, poi entrambi si tolsero le scarpe ed entrarono in casa, al caldo. Kana scomparve nella loro camera da letto e Keiichirō accompagnò Isla nella sua, ignorando le sue deboli proteste. Forse temeva ancora che lei potesse scappare.

«Dormi un po'» le suggerì, mentre lei si inginocchiava accanto al futon. Rimase sulla soglia come se volesse aggiungere altro.

«Non scapperò più» sussurrò Isla. «Volevo solo trovare la via di casa.»

Si scambiarono un rapido sguardo, poi Keiichirō rispose: «Domani abbiamo una giornata impegnativa. Cerca di dormire, Isla-san».

«Mi dispiace...» si scusò lei mentre la porta si chiudeva.

Keiichirō si fermò e la lasciò socchiusa, poi la riaprì del tutto.

«Mi dispiace se ho messo a disagio tua moglie» precisò Isla. Poteva solo immaginare cosa avesse pensato Kana quando li aveva visti tornare da soli nel cuore della notte.

«Mia moglie?» rise Keiichirō.

Isla annuì. Si sentiva in imbarazzo, ma non sapeva bene perché.

«Kana è mia sorella» rispose lui semplicemente, prima di chiudere in fretta la porta.

Isla credeva che sarebbe rimasta sveglia a rimuginare fino al mattino, con il cuore inondato di emozioni per gli eventi di quella notte. Il ritorno fallito al santuario, lo strano odio di Taguchi, il sospetto che fosse una spia per Dio solo sapeva chi. E il padre di Keiichirō che probabilmente era un assassino... Chissà cosa voleva dire, quello. Era forse la ragione per cui Keiichirō era in disgrazia presso Saigō-sama e gli altri? In quel caso, ci sarebbero state ripercussioni anche per lei?

Isla era così esausta che si addormentò quasi subito. Sognò montagne, animali selvatici e *torii* sfuggenti.

7

Isla fu svegliata dalle note di uno strumento a corde.

Era un suono struggente che aveva già sentito a teatro o in alcuni programmi tv giapponesi. Non era vera e propria musica. Si trattava più che altro di accordi strimpellati che le facevano pensare a leggende e misteri della campagna selvaggia, a battaglie dimenticate e allo scorrere delle stagioni.

Si alzò e andò a vedere cosa stava succedendo, la pelle d'oca sulle braccia. Scorse Keiichirō sotto la veranda. Un vento freddo faceva danzare il suo kimono e i capelli sciolti gli scendevano fino a metà schiena. Era quasi l'alba, il cielo era di un biancore lattiginoso che arrivava da est. Keiichirō impugnava uno strumento in legno di gelso che somigliava a un liuto, con un plettro sulle corde. Era un *biwa*. Isla ne aveva visto uno al museo.

Pizzicava lentamente le corde, da cui sgorgavano note acute e metalliche. Era come se volesse raggiungere il mondo degli spiriti. Isla riusciva quasi a sentire la magia scorrere su di lei con ciascuno di quei suoni malinconici.

Non voleva disturbarlo, così si mise seduta lì dov'era e lasciò che le note volassero fino a lei. La musica si mescolava con tutto ciò che li circondava, con dettagli che

Isla non aveva ancora avuto il tempo di notare. Le foglie secche che svolazzavano sul sentiero, lo scricchiolio del tetto sopra di loro, il lieve scroscio del fiume.

L'incanto fu rotto quando due uomini apparvero dietro l'angolo, entrambi giovani e vestiti con kimono e *hakama*, i lunghi capelli raccolti sulla sommità del capo. Keiichirō alzò lo sguardo e la sua mano si staccò dal *biwa*. La musica finì. Isla tornò alla realtà. Aveva il sedere intorpidito per essere rimasta seduta sul legno della veranda così a lungo, e un brivido le scuoteva il corpo.

«Kei-chan, *ohayou*.» L'uomo tarchiato salutò Keiichirō con un cenno della mano.

«Buongiorno, Tacchan, Mori.» Keiichirō poggiò il liuto accanto a sé. «Come sta mio cugino?»

«Sta imparando a combattere.» L'uomo gonfiò il petto con orgoglio. «Il mio Jin è una minaccia.»

«Tatsuzō mi stava giusto raccontando di un *altro* sogno che ha fatto» annunciò Toramasa. Fece un saluto appena accennato a Isla, che ricambiò nervosamente. Non aveva un capello fuori posto e la sua bellezza era quasi femminea. Ma certo! Era il terzo uomo del gruppo che l'aveva trovata nella trappola. Isla soffocò l'imbarazzo dovuto a quel ricordo e si sedette più composta.

«Ormai li faccio quasi tutti i giorni» aggiunse Tatsuzō. «Cioè, tutte le notti, direi.»

«E cosa hai sognato questa volta?» chiese Keiichirō.

«Un'altra battaglia. Sangue dappertutto» rispose lui.

«Isla-san» chiamò Keiichirō, proprio mentre lei stava per rientrare in camera. «Questo è mio cugino, Maeda Tatsuzō. E questo è Mori Toramasa, il peggior flagello della mia esistenza.»

Toramasa diede uno scappellotto in testa a Keiichirō,

centrando in pieno il suo chignon. «E io che pensavo che la mia compagnia cominciasse a piacerti.»

«Isla-san, giusto?» chiese l'uomo più grosso, Tatsuzō. L'unica somiglianza che Isla riusciva a vedere tra lui e Keiichirō era l'attaccatura dei capelli. Keiichirō sembrava perennemente serio, mentre sul volto di Tatsuzō c'era sempre un accenno di allegria. Aveva la bocca larga e il collo muscoloso.

«Kirino-san sarà qui tra poco. Ha detto che aveva del lavoro per te» continuò Tatsuzō con un cenno a Isla, per farle capire che parlava con lei.

«Capisco» rispose.

Keiichirō si voltò verso di lei. «La tua caviglia sta meglio?» le chiese, e lei annuì.

Mentre i tre si allontanavano, Toramasa Mori disse qualcosa e Keiichirō lo spintonò con una risata fragorosa.

Un attimo dopo, apparve una donna dall'aspetto severo.

Hisa Kirino era atletica e snella, e aveva l'aria di una persona pratica. Doveva essere sulla trentina, ma camminava come se fosse una donna molto più matura e saggia. Isla si vestì e fece colazione, e poi Kirino-san la spinse fuori casa un po' come se stesse scacciando una gallina. Le disse solo che l'avrebbe portata dove le donne nubili trascorrevano le loro giornate.

Camminarono in silenzio verso un'altra zona del villaggio, dove molte giovani donne erano impegnate a lavare dei vestiti o a trasportare dell'acqua. Alcune, con grande sorpresa di Isla, si esercitavano a combattere con dei bastoni di legno e indossavano pantaloni larghi simili a quelli degli uomini. Rimase a osservarle, dapprima affascinata e poi stupita dall'abilità con cui combattevano, con gemiti rabbiosi e la pelle madida di sudore.

Le altre donne mormorarono tra loro, alcune si voltarono a fissare Isla. Avrebbe voluto farle smettere, ma al tempo stesso comprendeva la loro curiosità.

Kirino-san fece cenno a una giovane donna dal viso rotondo, che si fermò accanto a Isla con un fagotto di vestiti tra le mani.

«Buongiorno.»

«Ciao» rispose Isla.

Sembrava avesse più o meno la sua età. La ragazza si inchinò rigidamente. Magari qualcuno le aveva affidato il compito di farle da mentore per quel nuovo lavoro e la cosa non la entusiasmava. In ogni caso, diede a Isla i vestiti che teneva in mano e le fece cenno di indossarli.

Isla la ringraziò. La donna la aiutò a destreggiarsi tra un paio di ampi pantaloni, una corta vestaglia a kimono che si piegava sul petto – la sinistra sulla destra – e un caldo *haori* su cui era impresso lo stesso simbolo che aveva già visto: la croce bianca verticale all'interno del cerchio. Accarezzò le cuciture con i polpastrelli.

«È lo stemma del clan Shimazu. E io sono Nakamura Nene.»

«MacKenzie Isla.»

Isla decise che Nene era una persona riservata, ma non ostile.

«Dicono che vieni dall'altra parte dell'oceano» esordì Nene dopo un po', mentre portavano le ceste di biancheria al fiume. Quella mattina l'acqua scorreva veloce e fredda. «Dalla Scozia, dicono. E dove sarebbe?»

Isla soffocò una risata. Il mondo era molto più grande prima che inventassero gli aerei e i telefoni. Ebbe un sussulto non appena immersero i panni nel fiume. Era come affondare le mani nel ghiaccio.

Provò a risponderle come meglio poteva. Sicuramente non la aiutava il fatto di non riuscire a ricordare la situazione politica della Scozia nel XIX secolo. «È una terra a nord dell'Inghilterra, parte delle cosiddette Isole Britanniche.»

«Qui c'è stata una guerra tra gli inglesi e la nostra gente, qualche anno fa.»

Isla gemette tra sé e sé. Adesso era chiaro. Forse era una delle ragioni per cui la stavano trattando con tanto sospetto. «Alcuni scozzesi preferiscono non essere definiti britannici» rispose in un modo che sperava facesse capire a Nene che non ce l'aveva personalmente con il Giappone.

«Eravamo solo bambine all'epoca» aggiunse Nene, mentre afferrava un kimono da uomo e lo immergeva nell'acqua corrente, strofinandolo forse un po' più forte del dovuto. Non disse altro per un po'. Così, Isla imitò lei e le altre donne come meglio poteva, mentre le sue dita perdevano rapidamente sensibilità.

Dopo un po', alzò lo sguardo. Il cielo era ormai sgombro di nuvole. Chissà quando ci sarebbe stato il prossimo tifone, sicuramente non a breve.

Più ci pensava, più si convinceva che la tempesta fosse la chiave che collegava il presente – la *sua* epoca – al passato. Era lontana da casa e dalla sua famiglia. Poteva solo aggrapparsi a quel poco che sapeva e di cui era certa.

Si voltò verso il monte Sakurajima, che si stagliava all'orizzonte. Una sottile scia di fumo si levava dal vulcano, Isla riusciva già a sentire l'odore di cenere nell'aria.

«È il monte Sakurajima, a volte la cenere ricopre la città» le spiegò Nene. Non era il caso di dirle che lo sapeva già. Le lanciò un'occhiata, a cui la donna rispose con un piccolo sorriso. L'ombra di una fossetta apparve sulla sua guancia. «Il tuo Paese ha dei vulcani?» le chiese Nene.

Pensare alla Scozia le faceva male. Isla descrisse quello che rimaneva dei vulcani che eruttavano molte centinaia di anni prima, insieme ai paesaggi suggestivi e selvaggi e alle scogliere a strapiombo, ai campi di erica che fiorivano d'estate e all'odore di torba bruciata, di peli di cane e di mare.

Mentre parlava, Isla si rese conto che negli ultimi tempi della sua vita in Scozia – quando non era troppo occupata a godersi l'elettrizzante fase dell'innamoramento con Will – era stata così presa a pensare al suo quadrisavolo, Hisakichi Kuroki, dopo la morte del suo amato nonno Tom, che quando lei e Will si erano lasciati non aveva avuto in testa altro che il desiderio di partire per il Giappone. Adesso che era lì, però, aveva nostalgia di casa.

Nene smise di lavare i panni per ascoltarla, e Isla si guardò intorno, senza interrompere il suo racconto. Nulla deturpava il cielo color nontiscordardimé sopra le loro teste, che senza gli aerei e le loro scie sembrava quasi vuoto. Chissà com'era la Scozia in quel momento. Era stranamente confortante sapere che, qualunque cosa stesse accadendo oltreoceano nella Scozia degli anni Settanta dell'Ottocento, le sue montagne e scogliere sarebbero rimaste sempre uguali.

Quando ebbero finito di lavare, Kirino-san le mandò tutte, tranne Isla, ad allenarsi con i bastoni di legno. Kirino-san impartiva ordini e istruzioni, come una dispotica sorella maggiore. L'aria echeggiava di grugniti e dello schiocco dei bastoni. Isla rimase a guardare per un po' finché, con sua grande sorpresa, fu invitata a partecipare.

Una donna giovane e alta fece un commento che Isla non riuscì a capire ma provocò una risata nelle altre. Kirino le guardò col cipiglio di una madre che mette in riga un figlio capriccioso, e l'atmosfera tornò seria nel giro di un attimo.

Isla era in coppia con una donna dall'aria nervosa. Stringevano entrambe delle spesse spade di legno, i *bokken*, tra le mani.

«Ricordate, ragazze, che non tutti i guerrieri sono uomini» scandì Kirino-san «e che chiunque ha il diritto di proteggere la propria famiglia.»

Isla non aveva la minima idea di cosa fare. Cercò semplicemente di tenere il passo con le altre.

Il volto della ragazza nervosa si indurì in un modo che non le andava a genio. Sembrava molto meno agitata ora che brandiva il bastone da allenamento, facendo volare le lunghe maniche del suo kimono. Il *bokken* atterrò con forza sulla spalla di Isla, provocandole una fitta di dolore alla clavicola.

«Ahi!» Isla si massaggiò il punto che la ragazza aveva colpito e si accigliò. «Aspetta, aspetta, fallo di nuovo. Più lentamente.»

Un'ora dopo, madida di sudore, dolorante dalla testa ai piedi e con nuovi lividi sulle spalle e sugli avambracci, Isla si sedette a pranzare con le altre donne in riva al fiume. Indossavano tutte gli stessi ampi pantaloni.

Sedere tra loro a mangiare patate dolci e pesce con delle bacchette scheggiate, senza che nessuna controllasse il trucco o il telefono, era un'esperienza surreale.

Era meglio di quello a cui era abituata? Non riusciva a decidere. Senza dubbio era diverso. Più semplice. E conviviale, in qualche modo. Le ascoltò chiacchierare per un po'.

«Chiedo scusa.»

La giovane donna che aveva urlato alla vista di Isla nella foresta, quella notte, si era accovacciata accanto a lei e le stava offrendo una ciotola smaltata piena di zuppa fumante. «*Dōzo*» sussurrò, timida.

Isla le sorrise e la prese ringraziandola. Dopo un momento di silenzio imbarazzato, Nene la presentò: «Lei è Hirayama Aiko. Aiko, lei è MacKenzie Isla».

Isla ricambiò l'inchino e il saluto e bevve un sorso di zuppa. Era salata e saporita, con alghe wakame e cubetti di tofu morbido che galleggiavano nel brodo caldo. «Grazie, è deliziosa.»

«Mi dispiace di averti dato dello *yōkai*» si scusò Aiko. «È stato scortese.»

Isla rise. «Nessun problema, credimi. Non ho pensato che fossi scortese.»

Gli abitanti del villaggio sussurravano commenti su di lei, la straniera, al loro passaggio. Forse anche le altre se n'erano accorte, ma in ogni caso non dissero nulla a riguardo. Isla, però, non capiva parecchio di ciò che dicevano. Il dialetto di Satsuma le era del tutto sconosciuto, c'erano parole o intere frasi diverse da quelle a cui era abituata. Le faceva venire il mal di testa. Sembravano passati secoli dall'ultima volta che aveva sentito qualcuno parlare inglese.

Il vento portava la musica di un *biwa*. Le sue note malinconiche le fecero venire una pelle d'oca che non aveva nulla a che vedere con il freddo.

«Tutti hanno un liuto in casa» le spiegò Nene. «Dovresti ascoltare Nakahara-san. Suona in modo meraviglioso, ma non mi permette di ascoltare tanto. Secondo lui, la gente potrebbe pensare che sia strano vederci insieme, considerando che non mi sta corteggiando.»

Isla non aveva idea di chi fosse Nakahara-san, ma capì che Nene era una chiacchierona di natura, che al momento non sembrava aver bisogno di altro incoraggiamento che vaghi cenni e borbottii occasionali da parte di Isla.

L'accenno di Nene al corteggiamento, però, le fece pensare a Keiichirō. Chissà cosa stava facendo in quel momento, alla *shi-gakkō* di Takamori Saigō. Magari studiava cinese, o si allenava con la spada.

Il sole era ormai vicino all'orizzonte quando le donne portarono via i loro fagotti dal fiume, per dirigersi verso la collina.

«Abbiamo noi un asciugamano per te, MacKenzie-san» le spiegò Aiko.

«Dove stiamo andando?»

«All'*onsen*. Le sorgenti termali. Ce ne sono nella tua terra?»

Isla capì che Aiko stava facendo conversazione solo per educazione, e pensò che avrebbe preferito che la trattassero più come una di loro che come una straniera. In ogni caso, rispose gentilmente: «Forse un tempo, ma nessuno dei vulcani è più *vivo*, ormai». Non sapeva come dire «attivo». Aiko ridacchiò per quello che sicuramente era un errore, ma Isla si accorse che non le importava.

Passarono accanto a negozianti che gridavano ai passanti di fermarsi a guardare la loro merce. Si trattava perlopiù di operai di mezza età, con asciugamani legati intorno alla testa, che si voltavano a fissare i capelli di Isla. C'era anche qualche donna, con un cesto o una borsa sottobraccio, ferma a chiacchierare con le amiche. Isla osservò i loro semplici kimono e i capelli striati di ciocche bianche.

Era raro vedere abiti e acconciature come le loro nel Giappone moderno, ma Isla notò con piacere che i pettegolezzi, invece, erano sempre gli stessi. La gente non era poi così diversa, persino a secoli di distanza.

Stava per chiedere a Nene quanta strada c'era ancora da fare, quando arrivarono a un *onsen* privato che odorava leggermente di zolfo. Tutte le donne si tolsero gli abiti e li piegarono con cura. Isla si assicurò di fare lo stesso.

La prospettiva di un bagno era meravigliosa dopo la dura giornata di lavoro e Isla non aveva intenzione di attirare ulteriormente l'attenzione su di sé comportandosi da timida. Rimanendo dietro Aiko e Nene finché poté, si liberò degli *hakama* presi in prestito e della veste sottostante. Il vapore della sorgente naturale era così invitante che Isla non vedeva l'ora di scivolare nell'acqua calda e immergersi. Si avvicinò al bordo della sorgente e bagnò la punta del piede nell'acqua.

«MacKenzie-san!» esclamò Aiko, scioccata.

«Cosa?» sibilò Isla a denti stretti. Non era a suo agio nuda, e il grido di Aiko aveva fatto girare diverse teste nella loro direzione.

Nene venne in suo soccorso: «Prima devi lavarti».

Merda! «Ah» rispose Isla, e si spostò docilmente dove Nene e Aiko si stavano strofinando con dei panni e dell'acqua di pozzo. Isla sentiva le guance in fiamme. Non si era lavata prima di immergersi nella sorgente vicino casa di Keiichirō la prima volta che era arrivata. Aveva forse lasciato un mucchio di terra e di sporcizia nell'acqua calda? Kana doveva pensare che fosse una vera idiota.

Seguì Nene e Aiko nell'acqua fumante. Anche se Isla avrebbe preferito stare da sola in quella sorgente naturale, dopo qualche minuto non poté negare che fosse piuttosto piacevole rilassarsi nell'acqua calda con una dozzina di altre donne, con le membra muscolose e toniche per il duro lavoro, i volti e le mani abbronzate dal sole. Ormai non facevano caso a Isla mentre parlavano tra loro, anche se lei si accorse che una o due le guardavano con interesse il seno.

Resistendo all'impulso di coprirsi, Isla si sedette con Nene e Aiko sulla riva più vicina al punto in cui avevano steso gli asciugamani.

«Gli *onsen* in inverno sono meravigliosi, *ne*?» Aiko emise un sospiro rilassato, lasciando ricadere la testa all'indietro. Aveva le guance arrossate dall'acqua calda. «Satsuma ha le migliori sorgenti termali del Giappone, poco ma sicuro. MacKenzie-san, hai conosciuto Mori Toramasa, vero?»

«Di sfuggita» rispose Isla, pensando prima alla trappola e poi alla loro presentazione formale di quella mattina.

«Ha detto qualcosa di me?» Aiko cercò di assumere un tono disinvolto, ma senza grandi risultati.

Isla si accorse che Nene dissimulava un sorrisetto.

«Non ancora. Ma non abbiamo parlato molto» rispose.

Aiko sembrò delusa.

Il trio rimase in silenzio per un po'.

Isla non era mai stata in un bagno pubblico a Tokyo, da cui l'imbarazzante dimenticanza di poco prima. Adesso era circondata da gente che nel migliore dei casi la considerava un'estranea, e nel peggiore una nemica. L'acqua calda era fantastica e, anche se l'ansia che provava non scompariva mai del tutto, era meraviglioso quell'abbraccio caldo che l'avvolgeva dalla testa ai piedi. Non aveva molta voglia di tornare a casa, dove Kana l'avrebbe guardata in modo strano, dove andarsene in giro da sola non era più un'opzione.

Mentre portavano i loro asciugamani umidi verso la città, ora illuminata dalle lanterne, Kirino-san chiamò Isla al suo fianco.

«Per il tuo lavoro.» Mise una piccola borsa tra le mani di Isla. Dentro c'erano due patate dolci, diverse mele, della carne avvolta con cura in un panno e una bottiglia di ceramica, che conteneva probabilmente qualche liquore.

«Grazie.» Isla si inchinò. Adesso che era riuscita a portare a casa un po' di cibo per la famiglia di Keiichirō, magari Kana l'avrebbe guardata meno in cagnesco. Cercando di non pensare al suo imbarazzante errore culturale, tenne la testa bassa e tornò a casa Maeda, fin troppo consapevole delle chiacchiere che ripresero non appena ebbe voltato le spalle.

Kana era molto contenta del cibo che Isla le aveva consegnato, e la invitò a riposarsi mentre lei preparava la cena.

Isla tenne per sé la bottiglia di ceramica e andò in camera sua. Adesso che era lontana dai sussurri e dagli sguardi curiosi, però, si scoprì sul punto di crollare. In men che non si dica, si abbandonò a una raffica di singhiozzi.

La disperazione le stringeva il cuore in una morsa. Aveva fatto del suo meglio per essere forte, ma era impossibile ignorare l'infelicità che provava. Era lì da giorni, i suoi genitori dovevano essere preoccupati per lei.

Come se non bastasse, poi, quel giorno era anche il quarto anniversario della morte di suo nonno, il motivo principale per cui era venuta in Giappone. Le lacrime le scivolavano calde e veloci sulle guance, e si coprì il viso, incapace di placare quell'ondata di angoscia.

Non sentì la porta che si apriva, né si accorse della presenza di Keiichirō finché lui non le chiese: «Ti hanno fatto del male?»

«Mio nonno è morto quattro anni fa» si limitò a rispondere Isla, incapace di spiegare il resto. «E mi manca.»

Keiichirō si accovacciò davanti a lei e Isla gli spiegò che quello era il primo anniversario in cui non era riuscita a portare dei fiori sulla sua tomba. Non sarebbe riuscita a farlo comunque, quell'anno, ma la addolorava sapere che la sua tomba in quel posto, in quel tempo, non esisteva nemmeno. Non esisteva ancora nulla di Yoshitomo Kuroki, se non un antenato che era ben lontana dal trovare.

«Possiamo costruire un altare per lui domattina.» Keiichirō si alzò in piedi. «Ci faremo bastare quello che troviamo. Così avrai qualcosa di tuo nonno anche qui.»

Tutta quella gentilezza la lasciò senza parole. Si alzò anche lei e passò a Keiichirō la bottiglia di ceramica. La parte superiore era ancora sigillata con la cera.

Lui sorrise e commentò: «Si vede che hai lavorato sodo, Isla. È *shōchū*, un liquore di patate dolci. Ne berremo un po' domani in memoria di tuo nonno».

Così, il pomeriggio successivo, raccolsero le pietre del fiume e costruirono un piccolo altare vicino alla riva. Non era niente di speciale, ma Isla fu toccata dal modo in cui Keiichirō insistette per trovare pietre simili tra loro e un bel posto dove disporle.

«Come lo chiamavi?» le chiese.

«Tom.»

«Allora Tom-san sarà ricordato qui.» Keiichirō pose una pietra con estrema precisione sopra altre due. Ripulirono la terra secca nei dintorni e raccolsero alcuni bastoncini. Era diversa da tutte le tombe e gli altari che Isla avesse mai visto, ma una sensazione di calore le sbocciò nel petto mentre osservava Keiichirō al lavoro, noncurante della terra sotto le unghie o sui suoi *hakama*.

«Questa è perfetta» sentenziò lui con aria soddisfatta appena trovarono una lastra di pietra più lunga. La poggiò in mezzo alle altre. «Di solito scriviamo qualcosa qui, ma non ho gli strumenti adatti.» Si mordicchiò il labbro, con un'aria così preoccupata da farla ridacchiare.

«Va bene così» lo rassicurò. Era bello che, anche se suo nonno tecnicamente non aveva ancora vissuto da quelle parti, la sua tomba fosse già lì, accanto al fiume. Era un luogo pieno di pace.

Quando Keiichirō la lasciò sola, Isla scovò un'altra pietra e usò un ciottolo bianco che aveva trovato per incidere in lettere traballanti KUROKI in giapponese, con il *kanji* per *nero* e quello per *albero*. Si raccolse per qualche minuto, e alla fine sussurrò: «Spero che questo posto piaccia anche a te. E tornerò in Scozia, nonno, te lo prometto».

A casa, Keiichirō la aspettava con la bottiglia di *shōchū*. «Questa era la tazza preferita di mio padre.» Sollevò una piccola e delicata tazza di ceramica. «Vedi come il blu scuro sfuma nel bianco? Dovrebbe ricordare il cielo delle prime ore del mattino. La usava sempre.» Keiichirō teneva la tazza con mano leggera, come se fosse un uccellino. Doveva aver voluto molto bene a suo padre.

Con attenzione Isla versò un po' di *shōchū* nella tazza blu. «Così va bene?»

«Un altro po'. Riempila quasi fino all'orlo. *Sou, sou.* Così.»

Keiichirō riempì un'altra tazza per lei, mentre Isla osservava la manica della sua veste salire fin sopra il polso. Ebbe la sensazione che versarsi da bere a vicenda fosse un'azione particolarmente intima. «Brindiamo a Tom e a tuo padre» propose.

«*Kanpai.*» E così brindarono e bevvero in onore di un uomo che non era ancora nato.

Le settimane passavano una dopo l'altra. Di giorno in giorno, Keiichirō si abituava sempre più alla presenza di quella straniera in casa sua.

Isla si sforzava di lavorare sodo per consegnare a Kana tutte le verdure e i pacchi di carne che Kirino le dava come ricompensa. Kana la guardava ancora con disprezzo e lavorava con le labbra strette in un'espressione acida quando Isla era nelle vicinanze. Dal canto suo, lei stava attenta a mangiare sempre nella sua stanza e cercava di essere il meno invadente possibile in casa.

Su istruzione di Murata-san, Keiichirō controllava se inviasse delle lettere, nel caso fosse davvero una spia. Ma nonostante Isla passasse quasi tutto il tempo a casa nella sua stanza, Keiichirō non l'aveva mai sentita chiedere inchiostro o carta.

«Ho chiesto ai commercianti di spargere la voce sulla ragazza MacKenzie» gli assicurò Kirino-san in una fredda mattina alla *shi-gakkō*. «E naturalmente, mi farai sapere se si comporta in modo sospetto?»

«*Hai*, Kirino-san.»

Un'ora dopo, la brezza arruffava i capelli di Keiichirō mentre guardava Toramasa brandire la sua spada, una pregiata katana tramandata dalla famiglia di suo padre. Le lame si scontrarono con un clangore che riecheggiò in tutto il campo, i due studenti grugnivano a ogni colpo. L'avversario di Toramasa, il silenzioso e implacabile Nakahara Hisao, combatteva con una ferocia che Keiichirō non aveva mai visto prima in allenamento. Di solito si allenavano con i *bokken*, ma quel giorno Nakahara aveva insistito per provare con delle vere lame.

«Per quale motivo?» aveva chiesto Keiichirō quando Nakahara gli aveva proposto con la sua voce pacata di esercitarsi con le katana. «Con il *bokken* siamo sicuri di non ferirci a vicenda.»

«Per me va bene. Non ho paura» aveva ribattuto Toramasa, e si era alzato in piedi con spavalderia sguainando la spada. «Hai ragione, Nakahara-san. Dobbiamo saper usare anche le lame vere.»

Keiichirō li osservava, sussultando ogni volta che l'acciaio incontrava l'acciaio, anche se era attento a non darlo a vedere. Toramasa fece un passo e una piroetta come gli era stato insegnato, mentre Keiichirō e il loro maestro, Ikeda Uhei, lo guardavano dai margini del campo. Anche se Keiichirō avrebbe dovuto osservare e studiare le mosse del suo amico, si perse a pensare alla ragazza dai capelli rossi.

Pochi si fidavano di lei, ma per qualche ragione lui era tra questi, anche se non riusciva a spiegarne il motivo. Decise che in lei c'erano una dolcezza e una fragilità che andavano protette. Questo non significava che Isla non avesse una forza interiore che la distingueva dalle altre donne che conosceva. Ripensò al modo in cui era scappata durante il suo sciocco litigio con Taguchi o alla sua onestà quando qualcuno le chiedeva i suoi pensieri o le sue opinioni. Era un'abitudine davvero poco giapponese, eppure Keiichirō percepiva in Isla una determinazione tale e quale alla sua, una forza d'animo che rispecchiava lo spirito dei samurai.

Aveva sentito la sua presenza quando lei lo aveva osservato mentre si esercitava con il liuto del nonno. Il suo respiro, il suo profumo di pino e di terra, il modo in cui lo guardava.

Il modo in cui il polso di lei aveva tremato sotto i suoi polpastrelli.

Toramasa sussultò e del sangue sgorgò dalla sua mano. Indietreggiò barcollando, afferrandosi il polso, e la katana cadde sull'erba con un morbido tonfo.

«Basta così» esclamò Ikeda. Un taglio correva lungo la pelle di Toramasa, una linea rossa che colava sull'erba ai loro piedi.

«*Bakamono*» mormorò Keiichirō, e gli sembrò che Ikeda stesse trattenendo una risata. «Stai bene, Mori?» chiese ancora a Toramasa, che si raddrizzò e si inchinò di fronte al suo avversario.

«Nakahara-san, hai combattuto bene, ma usando le tue emozioni. Questo non va bene, anche se stavolta hai battuto il tuo avversario.» Ikeda, regale ed elegante, si fece avanti, con gli *hakama* che svolazzavano attorno alle caviglie. «Sei arrabbiato con Mori-san?»

«Non sono arrabbiato» replicò Nakahara. Guardarono tutti il sangue sulla mano di Toramasa.

Hai abbassato la guardia, pensò Keiichirō. *Come avrei fatto io. Se mi fossi allenato con la spada pensando a Isla, avrei perso tutta la mano.*

«Se avessi combattuto meglio, avrei evitato di tagliarmi» ribatté Toramasa, e si inchinò ancora a Nakahara. «Sono contento che tu sia uno dei nostri, Nakahara-san. Grazie per questa lezione.»

Per un attimo Nakahara sembrò confuso. Era un uomo con la faccia un po' schiacciata, i capelli che gli sfioravano le spalle. Forse aveva qualche anno in più di Ikeda, ma c'era un'oscurità dietro i suoi occhi che Keiichirō non riusciva a decifrare. Alla fine, Nakahara ricambiò l'inchino con movimenti rigidi, e attraversò l'erba passando davanti alle altre coppie di studenti.

«Dove stai andando?» gli gridò dietro Toramasa, probabilmente un po' offeso. «A scrivere? Sembra che tu non riesca a fare altro.»

Nakahara lo ignorò, proseguendo a schiena dritta verso la *shi-gakkō*.

Ikeda prese il polso di Toramasa tra le dita lunghe e delicate. Le guance del giovane divennero rosse come prugne. «Eri distratto. Vedi cosa succede quando non si combatte come si deve?»

Keiichirō si sentì in imbarazzo per il suo migliore amico. Vide Toramasa e Ikeda scambiarsi uno sguardo, poi il loro maestro proseguì: «Concentrati di più la prossima volta. Ma, per il momento, va' a farti medicare la ferita. Keiichirō, può pensarci tua sorella, vero?»

«*Hai.*»

Keiichirō si avviò verso casa con Toramasa al suo fianco. Si era aspettato che il suo amico trovasse una scusa per rimanere con Ikeda, così lui avrebbe potuto allenarsi con qualcun altro. Ma Ikeda aveva ragione a insegnare loro che le ferite alle mani erano pericolose. Potevano compromettere le abilità di combattimento, così come la capacità di lavorare. Il taglio sulla mano sinistra di Toramasa era più profondo di quanto non sembrasse all'inizio.

«Pensi che Nakahara Hisao combatta con troppa emozione?» chiese Toramasa mentre attraversavano un ponte di pietra sul fiume.

«Forse. Oppure sei tu a non combattere con sufficiente abilità.» Keiichirō rise e dovette schivare un colpo che l'amico cercò di assestargli con la mano sana. «Kana farà in modo che la tua ferita non ti impedisca di vendicarti di Nakahara. Pensi che ti abbia tagliato di proposito?»

Toramasa alzò lo sguardo, sospirando. «Chi lo sa. Comunque, non è ora che ti sposi? Così avrai una moglie che si prenda cura delle tue ferite. E delle mie» ridacchiò.

Keiichirō gli lanciò un'occhiata di fuoco. «Senti chi parla. Neanche tu sei sposato, e ti ricordo che abbiamo la stessa età.»

«Siamo destinati a morire da soli se non prendiamo moglie prima della prossima estate. Ahimè» Toramasa si strinse la giacca come per afferrarsi il cuore «non ho ancora trovato una donna degna di Mori Toramasa.»

Keiichirō sbuffò e diede uno scappellotto al suo migliore amico.

8

Isla si stava preparando per andare a letto quando un rumore sordo diverso dal solito, insieme a quello che sembrava un fruscio di stoffa, attirò la sua attenzione. Aprì la porta della sua camera per sbirciare nella stanza con i tatami.

Keiichirō era lì. Indossava una semplice veste scura e aveva i capelli sciolti. Era inginocchiato davanti a una nicchia nella stanza. Si voltò a guardarla.

«Scusami. Non volevo disturbarti» balbettò lei, sentendosi in colpa per aver interrotto un momento privato.

Ma, con sua grande sorpresa, Keiichirō le chiese di unirsi a lui.

Si sedette al suo fianco. Emanava il calore di chi è appena uscito dal letto, e il suo kimono profumava di cotone. La sua presenza era come una montagna, silenziosa e regale. Contemplarono a lungo in silenzio l'armatura da samurai esposta nella stanza. Doveva essere stata utilizzata parecchio, a giudicare dalle incrinature e dai segni di usura, e i bordi delle sue placche dipinte di rosso ormai erano bruniti dalla ruggine. Accanto si trovava un'urna molto semplice, scura e lucidata a specchio, con lo stemma ormai familiare del clan Shimazu dipinto in vernice bianca: la croce all'interno del cerchio che Isla aveva visto molte volte dal suo arrivo.

«Chi c'è nell'urna?» Non appena le parole le uscirono di bocca, si sentì in imbarazzo. Avrebbe dovuto rispettare la serenità di quel momento, invece di iniziare a blaterare.

Keiichirō sembrava non aver sentito. Poi, con una voce che pareva venire da molto lontano, rispose: «Mio padre. È morto due anni fa».

Keiichirō preparò dell'incenso da offrire all'urna del padre e Isla lo aiutò come meglio poteva.

«Come è morto?»

«Ha ucciso un uomo che aveva fatto del male a Kana. Un giovane samurai del villaggio aveva preso mia sorella con la forza. Mio padre lo ha ucciso, ma non era la punizione giusta. Gli ha tagliato la gola nel sonno, come avrebbe fatto un codardo. Così mio padre ha commesso *seppuku* per riconquistare l'onore della sua famiglia.»

Seppuku, il suicidio rituale in cui si affonda una lama nell'addome per sventrarsi. Una morte dolorosa.

Isla si chiese chi avesse fatto una cosa del genere a Kana. Il suo sguardo si volse in direzione della porta dietro cui dormivano la sorella di Keiichirō e sua figlia Yura.

«Era incinta di Yura quando glielo disse» aggiunse Keiichirō. «Non è colpa di Yura, naturalmente, ma quando era neonata non riuscivo a toccarla, neanche a guardarla. Somiglia troppo all'aggressore di Kana. Mia madre è morta quando io avevo sei anni e Kana quattro. Nostro padre era tutto ciò che ci rimaneva e, per colpa di quell'uomo, non lo abbiamo più.»

Isla sentì che Keiichirō doveva sforzarsi per mantenere la calma mentre parlava. Un tremito, come un terremoto nelle profondità dell'oceano, rivelava l'immensità della sua emozione. Non c'era da stupirsi, d'altronde.

«Mi dispiace tanto, Keiichirō.»

Isla non aveva parole abbastanza forti, né in inglese né in giapponese, per dire a Keiichirō quanto quella storia fosse orribile. Scoprire che sua sorella era stata violentata, e poi perdere suo padre così presto.

Keiichirō chiuse gli occhi e chinò il capo. Poi raddrizzò la schiena.

«Parlami di lui» chiese Isla, mentre il fumo dell'incenso li avvolgeva. «Vorrei saperne di più.»

Keiichirō rispose che suo padre si chiamava Ujio e che aveva un grande talento nel suonare il *biwa*, così come un'incrollabile nostalgia per i giorni di gloria dei samurai e delle loro battaglie. «Amava lo *shōchū*. Ricordi la sua tazza? Ne possedeva più di una, ma quella blu che hai visto era la sua preferita, quella da cui beveva lo *shōchū*.»

«Mio nonno Tom aveva un debole per il whisky» disse Isla, e raccontò a Keiichirō un po' della storia del whisky scozzese. Cercò di descrivere il gusto di legno e di torba del liquore preferito dai suoi conterranei. «Penso che Tom e Ujio si sarebbero piaciuti.»

Keiichirō preparò il tè per entrambi. «Mio padre amava fare scherzi. Ricordo che, quando ero piccolo, forse intorno ai cinque anni, mi lamentai di avere un sassolino nel sandalo. Lui ne prese un altro, bello grosso, e se lo nascose dietro la schiena. Poi scosse il mio sandalo e lasciò cadere quella pietra a terra. Raccontava sempre che a quel punto ero rimasto a bocca aperta e che continuavo a guardare prima lui e poi il grosso sasso. Pensavo fosse uscito dal mio sandalo.» Entrambi risero per quel racconto. «Alla fine mi sono vendicato. Io ho paura degli scarafaggi, ma mio padre ha sempre avuto paura dei vermi. Una volta gliene misi uno in faccia mentre dormiva. Urlò così forte che mia madre pensò che ci fossero dei banditi dentro casa.»

Isla rise ancora una volta, proprio mentre la porta si apriva. Kana entrò, con i capelli scompigliati e la piccola Yura assonnata in braccio. Lanciò un'occhiata a entrambi e poi si spostò nella stanza accanto.

Isla si rese conto che era spuntata l'alba e la notte era finita. In qualche modo, tra una parola e l'altra, si era fatto giorno.

La chiacchierata sembrava aver messo Keiichirō di buon umore. «Ti va di pescare qualcosa per la colazione?»

«Non sono mai andata a pesca» ammise Isla.

«Allora ti insegno.»

Isla infilò gli abiti del giorno prima. La veste e gli *hakama* diventavano sempre più facili da indossare. Cinque minuti dopo, lei e Keiichirō erano diretti verso il fiume, con una semplice canna da pesca e un po' di attrezzatura.

«Che mi dici di tuo padre?» le chiese lui mentre erano seduti a guardare il fiume, in attesa che un pesce abboccasse. «E di tua madre?»

Isla aveva cercato di non pensare alla sua famiglia dal momento in cui aveva capito una volta per tutte di essere tornata indietro nel tempo. Sentire qualcun altro chiedere di loro, persino in un'altra lingua, le provocò una profonda fitta di solitudine.

«Non me ne hai mai parlato davvero. Sei venuta in Giappone con loro?» Mentre glielo chiedeva, Keiichirō teneva gli occhi sul fiume.

Stava ancora cercando di indagare su di lei? E se anche fosse, chi poteva biasimarlo?

Isla voleva dirgli ogni cosa. Spiegargli che veniva dal XXI secolo, raccontargli che laggiù era tutto molto più caotico, che un cuore spezzato l'aveva spinta in Giappone, che pensava sempre più spesso al suo quadrisavolo Hisakichi Kuroki e si chiedeva se fosse stato un famoso samurai come raccontavano le storie di famiglia.

Isla immaginò i morbidi occhi marroni che la stavano guardando spalancarsi per la confusione, e il suo viso aggrottato per la perplessità. Non era possibile che Keiichirō capisse anche solo una parola di quella che era a tutti gli effetti la verità. Ma cos'altro poteva rispondergli? I samurai odiavano i bugiardi e Isla non voleva inventare alcuna menzogna. Le piaceva troppo Keiichirō, e lui avrebbe pensato male di lei se l'avesse sorpresa a mentire. Per ora le aveva semplicemente chiesto dei suoi genitori, si ripeté.

«Sono venuta a Satsuma da sola» rispose infine, notando le sopracciglia di Keiichirō alzarsi leggermente. «Stavo cercando informazioni su Kuroki Hisakichi. Hai mai sentito parlare di lui?»

«Kuroki?» Keiichirō giocherellò con la lenza, poi la guardò. «Qui a Kagoshima?»

«Dovrebbe essere qui... credo.» Un brivido di euforia la attraversò. «Pensi che riusciresti a trovarlo? Magari frequenta la tua *shi-gakkō*.»

La lenza ebbe un sussulto e Keiichirō la riavvolse. Le mostrò un pesce argentato che si contorceva. «Basta appena per un boccone.» Guardò verso il cielo. «Torniamo a casa.»

Keiichirō piegò il suo futon inutilizzato, con una fitta al petto. Un'emozione che non gli piaceva.

Gelosia.

Isla gli aveva confidato che stava cercando un uomo di nome Kuroki Hisakichi. Pensava che fosse un samurai di una *shi-gakkō* di Saigō-sama. Ma com'era possibile? Se avesse messo piede nella provincia di Satsuma prima di quella notte di inizio gennaio, lui lo avrebbe saputo. Nessuna *gaijin* con i capelli così rossi sarebbe passata inosservata a lungo. I pettegolezzi che giravano in accademia su Isla ne erano la prova.

«Controllerò se qualcuno lo conosce» le aveva promesso. Era riuscito a mettere un piede davanti all'altro e a mantenere un'espressione stoica finché non aveva chiuso la porta ed era rimasto solo con i suoi pensieri e la luce del giorno.

Kuroki...

Non aveva il diritto di essere geloso. Isla non era sua moglie.

Ripeterselo non fu di alcun aiuto.

Più tardi, alla *shi-gakkō*, Keiichirō chiese di Kuroki Hisakichi. Ma c'erano migliaia di studenti in decine di accademie sparse per tutta Satsuma, quindi non fu sorpreso che nessuno lo conoscesse. Toramasa non lo aveva mai sentito nominare e nemmeno il cugino di Keiichirō, Tatsuzō.

Cercò di non pensare alla ragione per cui MacKenzie Isla potesse essere alla ricerca di un samurai di Satsuma. Non riusciva a immaginarne una che non l'avrebbe sconvolto.

A ogni modo, salutò il suo amico Murakami vicino a un ristorante di soba in una strada che si affacciava sulla baia. «Sto cercando una persona e ho sentito che potrebbe essere uno studente della *shi-gakkō*. Kuroki Hisakichi. Lo conosci?»

«Non direi» rispose Murakami, grattandosi la barba sulle guance.

Qualcosa si infranse alle spalle di Keiichirō, e i due si guardarono intorno.

Nakamura Nene e Hirayama Aiko stavano armeggiando con un vaso rotto che era andato in frantumi sulla strada.

«Va tutto bene, Nene-chan?» chiese Keiichirō.

«Mmm? Oh, sì, Maeda-san. È tutto a posto.» Le guance rotonde di Nene diventarono rosse per l'imbarazzo, mentre lei e Aiko si allontanavano in fretta, con i cocci di ceramica in mano.

Isla mangiava da sola nella sua stanza. Lavorare nei campi, oppure lavare e fare le pulizie con Nene e le altre rendeva la cena solo un breve preludio al sonno. Era una vita semplice, una vita troppo diversa dalla sua. Le mancavano il cioccolato e il caffè, gli sms e le docce. Sognava di indossare abiti diversi ogni giorno, di districare i nodi dai capelli e lavarsi i denti come si deve. Le mancavano le luci elettriche, i videogiochi e i frigoriferi più di quanto avrebbe mai pensato. Ma, più di tutto il resto, le mancavano la famiglia e i suoi amici.

La gente che aveva conosciuto a Satsuma fino a quel momento era riservata e poco espansiva. Questo la aiutava a non tradire troppo le sue emozioni e a portare avanti i suoi compiti con impegno e in silenzio, giorno e notte, sempre all'erta nel caso qualche tempesta in arrivo potesse riportarla a casa.

Sempre più spesso, però, Isla ripensava al modo in cui la storia di Satsuma veniva presentata nei tour e nei musei. Come si sarebbero sentite le persone che ormai conosceva, intente a guadagnarsi da vivere e a seguire Takamori Saigō nella lotta per difendere il loro stile di vita, se avessero saputo che un secolo dopo tutto ciò non sarebbe servito a nulla? Che la gente si sarebbe divertita a leggere, a guardare la loro storia e a conoscere le loro credenze e passioni solo per intrattenimento? Gli sticker che vendevano come souvenir da quattro soldi e i distintivi con lo stemma del clan Shimazu riducevano quei momenti di vita e di morte a mero intrattenimento.

Chissà quante altre epoche dovevano aver subito lo stesso trattamento. In fondo, persino nella vecchia Satsuma in cui stava vivendo, la gente si svagava con gli spettacoli teatrali sulle storie e i samurai del passato.

«MacKenzie-san?» la chiamò Nene Nakamura in una fredda mattina di fine gennaio.

Il monte Sakurajima aveva eruttato il giorno prima, coprendo la città di cenere. Kana e Isla avevano passato gran parte della mattinata a spazzare la veranda, ma era una battaglia persa.

«Nakamura-san, *ohayou gozaimasu*» Kana salutò Nene quando Isla uscì. «Hai mancato Keiichirō per poco. Se n'è appena andato.»

«Nana!» gridò Yura dalla veranda, salutando allegramente Nene.

Lei ridacchiò e ricambiò il saluto. «Ciao, Yura-chan! Ah, MacKenzie-san, *ohayou.* Kirino-san ci sta aspettando.»

«Chiamami Isla.»

La cenere aveva lasciato un manto grigio su tutta la città, e continuava a svolazzare per terra dagli alberi, come fiocchi di neve sporchi.

«Allora tu chiamami Nene.» Nene si massaggiò il cuoio capelluto, guardando l'albero più vicino. «Questa cenere è così fastidiosa.»

Settimane intere ormai passate nel XIX secolo, e non una goccia di pioggia.

Nene le spiegò che l'eruzione del vulcano voleva dire che le donne che lavoravano avrebbero dovuto raccogliere la cenere caduta tutto il giorno, impacchettandola in sacchi che si trovavano già sul retro di un carro. Altrimenti la cenere avrebbe danneggiato ulteriormente i raccolti, già scarsi e causa di profonda apprensione per tutti loro.

«La gente è sempre preoccupata per il vulcano» sospirò Nene mentre spalava la cenere. «A volte penso che un giorno erutterà e distruggerà l'intera città, portandoci tutti con sé.»

«Non lo farà» rispose Isla senza volerlo. Cercò subito di fare marcia indietro. «È un vulcano pericoloso. Ma non seppellirà la città, ne sono certa.»

Nene le rivolse uno sguardo strano che le fece andare lo stomaco sottosopra. Voleva che le sue parole risultassero rassicuranti, ma l'unico risultato era che adesso Nene aveva di nuovo sospetti su di lei.

Isla decise che avrebbe fatto meglio a darsi da fare per pulire la cenere. Faticava a tenere il passo con le altre. Le sembrava che riuscissero a portare il doppio di lei con la metà dello sforzo, ma Isla fece di tutto per nascondere la stanchezza. Doveva affrontare un giorno alla volta, un compito alla volta, e cercare di non farsi prendere dal panico. Era lì già da settimane. Sicuramente non sarebbe rimasta ancora a lungo.

«Signore» chiamò Kirino-san, riunendo le donne mentre tutte tenevano d'occhio il cielo nel caso cadesse altra cenere. «Venite. Abbiamo fatto tutto quello che potevamo per togliere la cenere oggi. È ora di fare un po' di allenamento.»

Indossando gli ormai familiari pantaloni larghi e impugnando un *bokken*, Isla finì in coppia con una donna esile che sembrava non sapere quanta forza usare per tentare di batterla. Isla rispose brandendo selvaggiamente il suo bastone, che la ragazza riuscì a parare con il *bokken* appena in tempo. Una risata sfrenata le scappò dalle labbra mentre lottavano. Aveva il corpo coperto di lividi. Kirino-san le offrì persino qualche consiglio, mostrandole come stare in piedi e maneggiare correttamente il bastone. Ormai era da un po' che si allenava con quelle donne e, anche se non era certo un'esperta, si sentiva più a suo agio di prima con un'arma in mano. In effetti, iniziava a percepire il suo *bokken* come una specie di amico.

L'esile donna la colpì alle costole, Isla sussultò e abbassò il bastone. L'imbarazzo fu seguito da una familiare ondata di rabbia. Il *bokken* cadde sull'erba, mentre la sua avversaria si raddrizzava, compiaciuta.

Isla afferrò l'arma con più forza del necessario e si avvicinò di nuovo alla donna di fronte a lei. L'ira che provava si spense immediatamente quando un rumore di zoccoli le raggiunse, accompagnato da voci che non parlavano il solito giapponese. Isla lanciò un'occhiata al campo, insieme a tutte le altre.

Degli uomini – uomini caucasici – sedevano in una

carrozza trainata da cavalli. Era chiaro che i loro sguardi erano rivolti alle donne che si allenavano.

Kirino-san si assicurò di mettersi tra gli uomini e le giovani donne, si accorse Isla, come una leonessa che proteggeva i suoi cuccioli.

Le voci si fecero più distinte man mano che la carrozza si avvicinava. Isla colse frammenti di sillabe nel vento. Non parlavano neanche in inglese.

«Ahi!» Isla lasciò cadere il bastone mentre il dolore le esplodeva sulle dita. Si sventolò la mano mentre la ragazza si parava davanti a lei con aria scioccata. «Bella mossa. Non ero concentrata.» La ragazza fece un inchino frettoloso e si rifugiò vicino Kirino-san. Nel momento in cui la carrozza passò davanti al gruppo di donne, Isla chiese: «Chi sono?»

Lo sguardo di Kirino-san, rivolto agli uomini che si stavano allontanando, avrebbe potuto fondere l'acciaio, e per un attimo Isla apprezzò quanto Hisa Kirino fosse stata tollerante nei confronti della sua presenza. Poi la donna le spiegò: «Sono commercianti di Nagasaki. Olandesi, della comunità dell'isola di Dejima». Aggiunse ancora a voce alta: «Basta fissarli imbambolate, tutte voi. Torniamo ad allenarci».

Isla si mise in coppia con Nene.

«Non trattenerti» le intimò, anche se il fianco e le dita le pulsavano di dolore.

«Neanche tu.» Nene sferrò un duro colpo, facendo sibilare il legno vicino alla testa di Isla, che si bloccò.

Si scambiarono partner più e più volte. A ogni round Isla capiva qualcosa in più sul modo in cui si muovevano le avversarie più abili e su come riuscivano ad anticipare i suoi gesti, su come brandivano i loro *bokken* per colpire punti deboli come il collo e in altri casi li alzavano per bloccare un attacco in arrivo.

Isla sfogò tutta la frustrazione nei suoi assalti, a volte anche colpendo più forte del necessario, e amava il senso di soddisfazione che provava ogni volta che un colpo andava a segno, anche se non nel modo più aggraziato del mondo.

«MacKenzie-san, mi hai fregato.» Aiko Hirayama si strofinò la spalla e fece un inchino.

«E tu mi hai fregato il doppio» rispose Isla con un sorriso. Respirava a fatica, assaporando la sensazione dell'esercizio fisico. La aiutava a tenere bada un po' di quell'ansia che ormai sembrava non abbandonarla mai. Non le dispiacevano neanche i lividi che si andavano già formando sulla pelle. Erano la prova che non aveva paura di avvicinarsi al *bokken* dell'avversaria. Non sopportava l'idea che qualcuno la accusasse di essere debole o timida.

Nell'ultima sessione di allenamento finì ancora una volta in coppia con Nene. Kirino-san camminava in cerchio tra loro e le osservava con attenzione. Essere sotto esame la rendeva nervosa. Isla non riuscì a bloccare un duro colpo al lato della testa che la fece gridare di dolore e la costrinse a stringersi l'orecchio.

«Devi bloccare in questo modo.» Hisa Kirino alzò il proprio bastone e incitò Nene a colpire di nuovo come prima. Con l'orecchio che le pulsava, Isla guardò la donna più anziana schivare e bloccare, e per un attimo si sentì in imbarazzo per non essere stata in grado di reagire con destrezza. Ma Kirino-san non stava cercando di umiliarla, anzi. Voleva che imparasse, e lei doveva essere paziente e aperta all'apprendimento.

«Fa' di nuovo quella mossa» chiese Isla, mettendosi di

fronte a Nene. Le guance paffute della ragazza erano arrossate e, quando si scagliò in direzione della sua testa esattamente nello stesso modo di prima, Isla riuscì a pararla con fragore. Sghignazzò soddisfatta.

Kirino-san dichiarò chiusa la giornata. A quel punto, erano coperte di sudore e cenere. Le donne si abbandonarono su una striscia d'erba vicina e presero a passarsi un po' d'acqua.

«Stai migliorando» riconobbe Nene, anche se non sembrava particolarmente contenta della cosa.

«Grazie per avermi aiutata. Immagino preferiresti stare in coppia con qualcun'altra.»

«Nient'affatto, Isla-san. Dobbiamo aiutarci a vicenda» rispose lei. Isla cercò di concentrarsi sulle parole, piuttosto che sulla leggera pausa che le aveva anticipate.

9

«Mi dispiace. Ho cercato dappertutto e ho chiesto a chiunque pensavo potesse aiutarmi, ma non sono riuscito a trovare nulla su Kuroki Hisakichi.»

Isla alzò lo sguardo su Keiichirō dal secchio d'acqua su cui era piegata per lavare le ciotole e le bacchette che avevano usato per cena. «Hai controllato per me? Non mi aspettavo che lo facessi.»

Keiichirō aveva passato molto tempo a spulciare i registri scolastici. Aveva chiesto a quanti più insegnanti possibile informazioni sull'uomo che Isla stava cercando, ma a scuola non c'era nessuno chiamato Kuroki. La sua ricerca era stata un buco nell'acqua. Era come se un uomo con quel nome non fosse mai esistito. «Perché sei interessata a lui? Pensi che ti aiuterà a trovare la strada di casa?» le chiese, anche se non era del tutto convinto di voler sentire la risposta.

«Non esattamente, diciamo che sono io che vorrei trovarlo prima di tornare a casa. Sempre che io *riesca* a tornarci.»

«Non devi sentirti in trappola qui, Isla» le sussurrò Keiichirō. «Non sei prigioniera. Non mi interessa se gli altri hanno sospetti su di te, io credo che tu non sia una spia.»

Isla non rispose. Si asciugò le mani con un panno e si scostò una ciocca di capelli dal viso. Le sue emozioni, così facili da leggere, pensò ancora Keiichirō, oscillavano adesso tra il malinconico e il commosso.

«Parlami della tua casa. Parlami della Scozia.» Keiichirō la aiutò ad asciugare le ciotole, a pulire le bacchette e a metterle su un vassoio.

La ascoltò parlare. Non appena ebbe aperto bocca, Isla divenne un fiume in piena.

Dopo quelle poche settimane, parlava giapponese con più sicurezza e fluidità di prima, e aveva anche smesso di inciampare tanto sulle sillabe. Descriveva montagne, fiumi, cascate e uomini che indossavano un indumento che lei chiamava kilt.

Keiichirō non riusciva neanche a immaginare buona parte di quello che diceva, ma gli piaceva ascoltarla, godersi la melodia che sprigionava la sua voce. Si sedettero sul quadrato d'erba che affacciava sul fiume.

«Devo chiedertelo» esordì Keiichirō. «Questo Kuroki Hisakichi...»

Lei gli lanciò un'occhiata, i suoi caldi occhi marroni sfrecciarono verso quelli di lui. Lo sguardo di Isla percorse il suo viso e si posò sulle sue labbra per un brevissimo istante, di quelli che rubano il fiato, prima di tornare a guardare il fiume. Quando capì che non sarebbe intervenuta, Keiichirō finì la frase. «Significa qualcosa per te? È un amico?»

«No, non è un amico. Non lo conosco neppure.» Isla sospirò, reclinando la testa all'indietro e spostando il peso sulle mani dietro di sé. «È un conoscente di famiglia.»

«Della tua famiglia?» La trepidazione rincorse quella sensazione di calore che aveva avvolto Keiichirō nel momento stesso in cui si era messo a sedere lì con Isla. «Hai un marito?»

Isla scoppiò a ridere. «No, nessun marito.»

Anche se erano esattamente le parole che sperava di sentire da lei, Keiichirō non poté ignorare lo sguardo triste con cui le aveva pronunciate. Quella donna, per lui, rimaneva un mistero allora come il giorno in cui si erano incontrati. Una persona che cercava di tenere i propri segreti per sé, ma che a ogni risposta non faceva altro che rivelarli. Pensieroso, fissò la riva del fiume di fronte a loro.

«Va tutto bene, Kei?» gli chiese Isla.

«Kei?»

«È più semplice di Keiichirō.»

Lui sorrise. Anche sua madre lo chiamava così.

Il giorno dopo, Isla era fuori a lavorare con le altre donne e stava cercando di farsi passare un dolore alla schiena, quando accadde qualcosa di meraviglioso.

Iniziò a piovere.

Tutte gridarono quando uno scroscio le investì nel giro di pochi secondi, allagando il terreno e inzuppando i vestiti.

Mentre le altre sembravano contrariate per quell'inondazione inaspettata, Isla rideva con la faccia rivolta verso il cielo cupo, verso le gocce che sapevano vagamente di cenere e le schizzavano il viso. I capelli le si appiccicarono in testa, la pioggia cadeva in quello che a lei sembrava un bellissimo acquazzone, e incrociò le dita perché il vento si alzasse. Quello era il giorno giusto. All'improvviso, ne era sicura. Il giorno in cui il *torii* bianco sarebbe riapparso e, con un po' di fortuna, lei sarebbe riuscita a fuggire da quel brutto sogno.

Kirino-san chiamò le donne per mettere da parte le provviste. Nel momento stesso in cui le diede le spalle, Isla si allontanò di soppiatto. Quando fu sicura che nessuno la stesse più guardando, scappò via più in fretta che poté.

Doveva essere veloce.

Per quanto ne sapeva, quella poteva essere la sua unica occasione per raggiungere il santuario. In ogni caso, avrebbe fatto tutto il possibile per non lasciarsene sfuggire neanche una.

Le tornò in mente il volto di Keiichirō, ma non era il momento di pensare a lui. A prescindere dalla chimica che sentiva tra loro, il suo posto non era lì. Lo respinse in un angolo remoto della sua mente. Doveva tornare al suo tempo, alla sua famiglia. Non aveva trovato Hisakichi Kuroki, ma ormai non aveva più importanza. Doveva solo tornare a casa e lo avrebbe fatto a qualunque costo.

Si affrettò a superare i venditori che correvano a coprire le proprie bancarelle e carriole e intanto si urlavano contro a vicenda. Nessuno tentò di fermare la ragazza straniera, che si muoveva goffamente tra le pozzanghere con i sandali ai piedi, mezza cieca sotto la pioggia battente. Un tuono rimbombò in lontananza e il suo cuore si sollevò più di prima. Se la fortuna fosse stata dalla sua parte, presto Isla sarebbe tornata alla normalità, ai suoi tempi, alle docce, all'aria condizionata e a tutto il cibo che le mancava, ai suoi genitori, a suo fratello Douglas e al loro adorabile border collie, Whisky, per raccontargli la selvaggia avventura che aveva vissuto.

Raggiunse la periferia della città. Cercò gli alberi di bambù e la foresta accanto. Il ticchettio della pioggia sembrava quasi una melodia armoniosa. Era il suono più bello che avesse mai sentito. Con l'aria gelida che la sferzava, si spinse nel bosco e calpestò foglie e ramoscelli fradici, senza perdere di vista le trappole.

Quando arrivò finalmente nelle vicinanze del santuario era fradicia dalla testa ai piedi, ma non le importava. I suoi *hakama* svolazzavano dietro di lei mentre si toglieva i capelli dagli occhi. Eccolo. Non doveva fare altro che trovare il portale bianco, e sarebbe arrivata a casa.

La pioggia ricopriva l'edificio, inondando le statue e le lanterne spente. Attraversò di corsa il giardino, cercando il portale bianco. Da un momento all'altro avrebbe visto la fitta nebbia che l'aveva circondata la prima volta che era stata lì.

Alla fine, fu costretta a rallentare, con il cuore che batteva forte. Rabbrividì. Il suo ottimismo vacillò quando si guardò intorno. I rintocchi della campana e il rumore del vento si confondevano tra loro e la raggiungevano in una strana melodia. Sembrava come l'ultima volta, però...

C'era qualcosa che non andava.

«No!» urlò Isla. Non poteva finire così. Cercò nel santuario ancora e ancora, in modo sempre più frenetico. Controllò ogni angolo, fece scorrere le dita lungo le pareti umide e si avventurò persino all'interno dell'edificio, nel caso in cui il portale fosse apparso per qualche motivo lì dentro.

Niente da fare.

«No!» gridò ancora quando il temporale accennò a diminuire, diventando una pioggerella sempre più leggera. Anche il cielo non era più tanto scuro. Si fermò al centro del santuario, voltandosi freneticamente per scandagliarlo con lo sguardo. Vide la foresta, l'albero sotto cui si era accovacciata, l'edificio del santuario, il solito *torii* rosso.

Provò persino ad attraversarlo di corsa, sperando fino all'ultimo di trovare ciò che cercava dall'altra parte.

Non successe nulla. Non c'era nulla.

Adesso non c'era neanche più la pioggia.

Un ultimo grido di frustrazione. Smise di piovere.

Quella corsa l'aveva lasciata lì, con il freddo nelle ossa e i vestiti fradici. Ma la cosa peggiore era un'altra. Era ancora bloccata nel 1877.

«Che cosa sto sbagliando?» singhiozzò, abbandonandosi sulle ginocchia.

Mentre un debole sole trovava uno spiraglio tra le nuvole ancora scure, Isla rimase lì, sperando di sentire una risposta che non sarebbe arrivata.

Credeva di aver già conosciuto i confini della disperazione, ma nulla l'aveva preparata all'infelicità che provava in quel momento.

Il frastuono degli spari rimbombò fin dentro la testa di Keiichirō. Era piazzato sul terreno polveroso del campo di addestramento, un quadrato di terra battuta circondato da pareti di legno e porte scorrevoli. Davanti a lui e ai suoi compagni samurai c'erano una dozzina di bersagli di fieno pieni di buchi. L'aria puzzava di polvere da sparo e sudore.

Keiichirō puntò il fucile su un bersaglio e sparò, tenendo i piedi ben piantati a terra per evitare che il rinculo gli facesse perdere l'equilibrio. Un'esplosione, e il forte odore di polvere da sparo lo colpì. Alla sua sinistra, suo cugino Tatsuzō stava imprecando sottovoce per un colpo sparato male. «Tuo padre diceva sempre che le pistole sono disonorevoli» mormorò a Keiichirō.

«Non possiamo negare che hanno vinto molte battaglie,

però» rispose lui mentre ricaricava, non che comunque facesse i salti di gioia all'idea di esercitarsi con l'artiglieria pesante alla *shi-gakkō*.

Non gli sfuggiva certo l'ironia di tutto ciò: quando erano comparse le prime armi importate da oltreoceano, anche i guerrieri giapponesi avevano avuto la propria dose di vantaggi. Molti di loro rifiutavano le nuove politiche dello *shinseifu*, che prevedevano una maggiore condivisione con l'Occidente, ma al tempo stesso si godevano i benefici del commercio con gli stranieri.

Con la mascella serrata, Keiichirō sollevò il pesante fucile all'altezza della spalla e mirò al bersaglio.

Nakahara Hisao, lo studente che aveva ferito la mano di Toramasa, entrò con un inchino e si scusò con il *sensei* per il ritardo. Fletté le dita macchiate d'inchiostro e si affrettò a prendere il suo fucile, salutando frettolosamente i suoi compagni di classe. Taguchi si trovava dalla parte opposta della sala, il più lontano possibile da Keiichirō. Si erano evitati a vicenda dopo quella rissa imbarazzante. Gli andava bene così.

Premette il grilletto con il dito quando una sagoma apparve sulla porta alla loro destra. Keiichirō aspettò che passasse il tremore dovuto al rimbombo, poi lanciò un'occhiata in quella direzione.

«Maeda» chiamò l'uomo alla porta. Kirino Toshiaki lo stava aspettando.

Keiichirō e Tatsuzō si guardarono, non sapendo a chi dei due si riferisse, visto che aveva usato il loro nome di famiglia.

L'acqua di colonia di Kirino-san raggiunse il naso di Keiichirō molto prima di lui. «Sì, entrambi» precisò Kirino-san. Poi chiese a Tatsuzō: «Tu hai conosciuto la straniera, giusto?»

«Sì. Brevemente, Kirino-san» rispose Tatsuzō, sorpreso.

Keiichirō sentì lo stomaco in gola. Non aveva riferito nulla su Isla a Murata-san né agli altri che si erano interessati a lei.

Si allontanarono dagli spari, attraversarono la *shi-gakkō* e spuntarono al freddo, all'esterno. Era già mezzogiorno inoltrato. I muri spioventi fuori dalla scuola erano ancora grondanti d'acqua, mentre loro arrancavano sull'erba bagnata. Gli spari erano stati così forti che Keiichirō non si era accorto della pioggia.

«Devo parlare a entrambi della straniera.»

«MacKenzie Isla» lo interruppe Keiichirō. Isla aveva un nome e lui era tenuto a farlo presente. Glielo doveva.

Kirino-san annuì bruscamente. «*Hai.* Sei quello che la conosce meglio, Maeda-san.» Il suo sguardo penetrante, con gli occhi circondati da zampe di gallina e colmi di saggezza, si conficcò in quello di Keiichirō. «Dimmi, questa MacKenzie ha scritto delle lettere, che tu sappia?»

«Le donne straniere sanno leggere e scrivere?» Tatsuzō sembrava sorpreso.

Keiichirō lo ignorò. «Non una sola lettera, Kirino-san. Non ha chiesto né a me né a mia sorella un pennello o della carta.»

«Capisco» commentò Kirino-san.

Camminarono lungo le mura della *shi-gakkō*, da dove potevano sentire i grugniti degli studenti più giovani che si allenavano nelle arti marziali. L'erba umida aveva un odore deciso e fresco, gocce d'acqua cadevano dagli alberi lì vicino. «Bene. Mia moglie ha detto che sta lavorando sodo con le altre donne, ma non possiamo fare a meno di chiederci perché sia qui. La sua famiglia la starà sicuramente cercando.»

«Tutto lascia pensare che sia venuta da sola e che nessuno sappia che è qui» aggiunse Keiichirō.

«Una donna che salpa per il Giappone senza nemmeno essere accompagnata?» Kirino-san sbuffò incredulo. Anche Tatsuzō ridacchiò.

Keiichirō non voleva credere che Isla gli avesse mentito. Sembrava sempre così smarrita e disorientata. Se era un'attrice, stava recitando bene. Ogni giorno si trovava esattamente dove doveva essere, a volte giocava con Yura, o aiutava Nakamura Nene e le altre, oppure rimaneva in silenzio da sola. Non si comportava come una spia né tantomeno come una nemica.

E il tempo che avevano passato insieme, poi, sembrava troppo reale, troppo autentico perché fosse fondato su una menzogna. Ma cosa poteva dire che non generasse altri sospetti, che non lo facesse sembrare uno che era stato preso in giro? Se avesse cercato di spiegare tutto questo, avrebbe solo peggiorato la situazione.

«Saigō-sama mi ha informato che ci sono dei commercianti olandesi che rimarranno in città fino a stasera» proseguì Kirino-san. «Forse saranno disposti ad accompagnare la ragazza a Nagasaki, dove potranno aiutarla. Lì ci sono dei marinai inglesi che potrebbero riportarla a casa. Il suo posto non è qui. Dobbiamo fare in modo di mandarla via.»

Il pensiero che Isla se ne andasse gli procurò un terribile senso di vuoto che non riusciva a comprendere, ma Kirino-san aveva ragione: Satsuma non era la casa di Isla. Lei aveva già provato ad andarsene, ed era rimasta a casa Maeda solo perché non aveva altra scelta.

Improvvisamente, Keiichirō capì. Voleva implorare Isla di rimanere a Satsuma. Di restare con lui, al suo fianco. Ogni cellula del suo corpo spingeva affinché aprisse la bocca e pronunciasse quelle parole. Non si erano mai sfiorati, se non per caso, né avevano parlato di sentimenti personali, né tantomeno si erano mai fissati negli occhi. Eppure, Keiichirō sapeva che la sua vita sarebbe stata più vuota senza Isla, e che la sua assenza avrebbe cancellato tutti i colori dal mondo. Lo *sapeva* e basta.

Ma non aveva importanza.

Sapeva anche che non avrebbe fatto parola dei suoi sentimenti. Teneva troppo a lei per impedirle di tornare nel luogo dove era felice.

E, in quell'improvviso momento di consapevolezza, gli si spezzò il cuore.

Isla doveva tornare da Kirino-san e Nene, ma era così delusa per non aver trovato il portale bianco che era disposta a sopportare qualsiasi punizione l'aspettasse per la sua assenza. Dopodiché, sarebbe andata alla sorgente calda, si sarebbe schiarita le idee e avrebbe escogitato un altro piano.

Quando raggiunse la casa dei Maeda, tuttavia, con sua grande sorpresa Keiichirō la stava aspettando. Il suo volto di pietra non lasciava trapelare alcuna emozione. C'era anche suo cugino, un uomo con le spalle larghe che sembrava occupato a scandagliare l'acqua, e un uomo più anziano che Isla riconobbe. Aveva ordinato a Keiichirō e ai suoi amici di portarla a scuola la sera del suo arrivo.

«Ah, MacKenzie-san» la salutò l'uomo più anziano. Fece un breve inchino e Isla lo imitò goffamente.

Vide che Keiichirō la stava fissando. Probabilmente si stava chiedendo perché avesse i vestiti bagnati.

L'uomo che si era inchinato si presentò: «Sono Kirino Toshiaki. Mia moglie mi ha detto che state lavorando molto. Abbiamo buone notizie. Forse, prima, preferireste cambiarvi?»

«Dirò a Kana di preparare un po' di tè» propose Keiichirō dopo che Isla ebbe fatto un cenno per ringraziare. Non le dispiaceva avere l'opportunità di indossare dei vestiti puliti. Kana si affrettò a preparare un bollitore.

Isla fu grata di poter entrare nella relativa privacy della sua stanza. Keiichirō aprì la porta e mormorò: «Dov'eri? Sei caduta nel fiume?»

Lei ignorò la domanda e chiese invece: «Cosa ci fa qui, quel Kirino?»

Keiichirō le porse un asciugamano. «Potrebbe essere in grado di aiutarti a tornare a casa.» Fece marcia indietro e chiuse la porta.

Confusa, Isla osservò per qualche secondo lo spazio vuoto lasciato da Keiichirō. Poi, in mancanza di vestiti tradizionali asciutti, indossò quelli con cui era arrivata. Con i capelli ancora umidi, si unì ai tre uomini che la aspettavano e ascoltò con crescente timore Kirino-san che le parlava di un gruppo di commercianti olandesi che avevano in programma di tornare a Nagasaki quella sera.

«Saranno disposti a portarvi con loro» spiegò Kirino-san mentre si accovacciavano in modo maldestro sulla veranda, con il tè caldo in mano. «Saranno in grado di trovare dei marinai britannici che potranno portarvi sulla loro nave.»

Isla fissava un punto davanti a sé, lo sguardo vuoto. Se l'avessero portata a Nagasaki, o addirittura su una nave per la Gran Bretagna, come sarebbe riuscita a tornare nella sua epoca? Forse, però, era proprio quello che doveva fare, considerando com'era andata la sua ultima visita al santuario.

Isla guardò Keiichirō come se potesse aiutarla. La sua espressione era vuota. Non riusciva a capire cosa stesse pensando.

«Gli olandesi potrebbero anche conoscere la vostra famiglia» aggiunse Kirino-san. «Murata-san sta spiegando loro la vostra situazione in questo momento. Si prenderanno cura di voi.»

I pensieri di Isla correvano rapidamente. La stavano mandando via. Cosa doveva fare? Cosa *poteva* fare? Rimanere lì e sperare che in qualche modo il *torii* bianco tornasse, o avventurarsi nell'ignoto? E Keiichirō?

Quando Hisa Kirino arrivò, Isla lanciò un'occhiata a Keiichirō, con il cuore che le doleva. Lui non ricambiò il suo sguardo, e Isla sentì come se il suo mondo stesse crollando nel vuoto. Non avrebbe dovuto essere lì, ma adesso non sopportava l'idea di andarsene.

«Saremo di ritorno prima del tramonto» promise Kirino-san. «Tornate dalle altre donne e lavorate un po'. Verremo a prendervi più tardi.»

Isla guardò ancora Keiichirō, e lui sorrise. Il suo cuore ebbe un sussulto e lei quasi ricambiò il sorriso. Lo vide voltarsi e andare via, la katana alla cintola e i lunghi capelli neri mossi da un vento che portava ancora con sé qualche goccia di pioggia. Una profonda angoscia la assalì. Se solo avesse potuto, avrebbe urlato a pieni polmoni.

Era una tortura, soprattutto perché Nene continuava a chiederle se avesse paura di partire da sola con i mercanti olandesi. Isla non rispose. Allora, Nene si avvicinò fin troppo alla verità e le chiese se avrebbe avuto difficoltà a fare a meno di Keiichirō, visto che lui le si era affezionato tanto da offrirle rifugio e diventare il suo protettore.

Isla ancora non rispose, ma Nene scorse una lacrima sotto le ciglia.

«Oh, no, non Keiichirō. Sai che non potrà mai accadere, vero?» Quelle parole la costrinsero ad alzare lo sguardo. C'era una strana espressione sul volto di Nene mentre diceva: «Pensavo che tutti lo sapessero. È fidanzato».

Isla aggrottò le sopracciglia, cercando di capire se avesse inteso male le parole.

«Sta per sposarsi. Abbiamo pensato tutti che fosse abbastanza strano che tu vivessi lì. E Kana dice che tu e Keiichirō uscite sempre insieme e vi sedete a parlare per ore. Non dovrebbe farlo. È promesso sposo.»

«Kana sta esagerando. Non abbiamo mai fatto nulla di male» si difese Isla, mentre la disperazione lasciava velocemente il posto all'ira. «Comunque, non credo proprio che sia fidanzato. Me l'avrebbe detto.»

«Non mi sto sbagliando, te lo assicuro» insistette Nene, adesso con un tono compiacente nella voce. «Lo so senza ombra di dubbio. Perché, insomma, la promessa sposa sono *io*.»

10

Isla sperava che l'acquazzone tornasse. In confronto a quello che stava vivendo, la pioggia battente era stata quasi confortevole, con il suo potere di far sparire tutti i suoni e la gente dalle strade.

Adesso, però, sentiva lo sguardo delle persone su di lei mentre correva lontano da Nene Nakamura. Chissà quanto avrebbero spettegolato.

Era ovvio che Keiichirō dovesse avere delle pretendenti. Era attraente, gentile e trattava bene le donne, tutte qualità molto apprezzate.

Isla si sentiva così stupida. Aveva lasciato che il suo cuore sciocco e ingenuo provasse dei sentimenti per un bel viso. Aveva permesso che i suoi modi cortesi e premurosi accendessero una piccola fiamma nel profondo del suo cuore.

Ma era solo l'ennesima fregatura.

Tutti gli uomini erano uguali.

Kirino-san aveva detto che sarebbe andato a prenderla nel punto in cui si trovavano le altre donne, ma Isla non riusciva a sopportare l'idea di rimanere vicino a Nene un momento di più. Non c'è da stupirsi che fosse stata tanto scostante e sospettosa nei suoi confronti. Il cuore di Isla perse un battito. Anche Nene doveva essere stata incaricata di tenerla d'occhio, proprio come Keiichirō e Kana. Dovevano averla considerata un'estensione della loro famiglia. Nessuno di loro avrebbe voluto essere coinvolto ma, una volta ricevuto l'incarico, tutti si erano assicurati di fare il proprio dovere.

Sei stata stupida, si rimproverò Isla, e ti sei anche umiliata da morire.

Sospirò. Era così stanca. Vivere a Satsuma nell'epoca sbagliata, sentire di non avere alcuno scopo, vedersi evitata e trattata con sospetto da tutto e tutti per il solo fatto di essere una *gaijin*. Era un mondo che non capiva e in cui non sembrava poter fare progressi. Ne aveva abbastanza.

Partire con i commercianti olandesi l'avrebbe aiutata, nella sua situazione, o sarebbe stato un errore? Difficile a dirsi. In ogni caso, le pareva impossibile che le cose potessero andare peggio di così.

Si lanciò un'occhiata alle spalle per vedere se qualcuno l'aveva seguita.

Perse di vista la strada davanti a sé e urtò qualcuno. Si allontanò dalla sagoma robusta che era apparsa di fronte a lei con un breve sussulto. «Mi dispiace tanto. Vi prego di scusarmi» mormorò in fretta.

Appena parlò, si rese conto che la persona che aveva urtato non era altri che Takamori Saigō, che stava in piedi sulla riva del fiume. Una vampata di calore le risalì lungo il collo mentre fissava il personaggio storico più famoso di Kagoshima, con le sue folte sopracciglia leggermente sollevate per la sorpresa. Era la seconda volta che lo incontrava e la sua sola presenza bastava a farle provare la stessa soggezione che aveva già avvertito prima.

«Allontanati da Saigō-sama, *gaijin*» ringhiò un uomo barbuto che Isla riconobbe. Era Shinpachi Murata, la persona a cui Taguchi l'aveva segnalata. Sembrava che non gli importasse che si fossero già parlati, e continuava a proteggere il suo capo guardandosi intorno con gli occhi stretti e sospettosi. Saigō era circondato da diversi samurai dall'aspetto importante, tutti in abiti eleganti e con le katana alla cintola.

«Va tutto bene, Murata-san.» Saigō sembrava abbastanza amichevole, e aggiunse: «Bene, MacKenzie-san, hai deciso se vuoi unirti ai commercianti olandesi? Partiranno presto e stavo per mandarti a chiamare».

Isla fu toccata dal fatto che Saigō parlasse lentamente, per aiutarla a capire senza problemi.

Gli rispose, con occhi bassi: «Sì, Saigō-sama. Ho deciso di andare con loro. Vi ringrazio enormemente per la vostra ospitalità».

«Molto bene, *oneesan.*» Saigō usava il termine per «giovane donna». Isla apprezzò ancora una volta lo sforzo che stava facendo. «Avete tutto con voi?» aggiunse.

«Non ancora, Saigō-sama. Stavo andando a prendere quello che mi serve per partire.»

L'intero gruppo di samurai la accompagnò a casa Maeda, in un silenzio ovattato e serio. Sperava che Keiichirō non la stesse aspettando. La casa era vuota, per fortuna.

Isla aprì la porta della sua stanza e scoprì che il futon era più ordinato di come l'aveva lasciato, con il suo asciugamano piegato alla perfezione sopra. Kana poteva anche non essere sposata, ma di certo si comportava come una casalinga. Isla pensò che sarebbe stata senza dubbio nella lista delle persone contente di vederla andar via.

Kana raggiunse la casa con un cesto in braccio e sua figlia Yura che camminava barcollante dietro di lei. Alla vista dei samurai sussultò e il cesto le scivolò dalle dita. Si prostrò a terra, inchinandosi a tutti.

«Maeda-san, non vi tratterremo» disse Saigō, quando Isla uscì di casa con il portafoglio e il cellulare infilati nelle tasche dei leggings, e le scarpe da ginnastica ai piedi. Yura, incurante dell'inchino della madre, corse verso di lei e avvolse le sue braccia paffute intorno alla gamba di Isla.

L'affetto di quella bambina la emozionava. Si inginocchiò alla sua altezza e la abbracciò.

«Addio, piccola. E grazie, Kana» le disse. Kana rispose con un rigido cenno di saluto.

«Sono pronta» annunciò finalmente ai samurai.

La carrozza puzzava di sudore e di cavalli. I mercanti parlavano in un rapido olandese mentre lanciavano occhiate curiose a Isla. Uno a cui mancava un dente si sedette accanto a lei. Non doveva avere più di quattordici anni.

«Salve» le disse in inglese.

Era passato così tanto tempo dall'ultima volta che Isla aveva sentito la sua lingua madre che per un attimo sembrò non rendersi conto di quella novità.

«Salve» rispose infine, e sentì il sollievo nella sua stessa voce. «Parli inglese?»

«Un po'.»

Il sole stava tramontando, mentre loro percorrevano la

strada che li avrebbe portati alla periferia della città di Kagoshima.

Isla lasciò che la rabbia prendesse tutto lo spazio dentro di lei, cancellando ogni timore per il futuro. Keiichirō non le aveva detto nulla del suo fidanzamento con Nene. Le sembrava che avessero condiviso dei momenti speciali, loro due. Più di uno. Non avevano significato nulla per lui?

La città era immersa in una luce arancione che le dava l'aspetto di un sogno. Il monte Sakurajima si ergeva alto e fiero da una parte della carrozza, silenzioso guardiano della città. Le lanterne brillavano, l'acqua sempre più scura era disseminata di barche.

Isla si costrinse a mettere da parte i complicati sentimenti che provava per Keiichirō e si raddrizzò. *Barche.*

«Che giorno è?» chiese al ragazzo.

«Oggi? È il ventinove gennaio.»

Un ricordo si affacciò dentro di lei. Un brivido le corse lungo la schiena.

Alla fine del mese, infatti, il governo giapponese avrebbe inviato una nave per confiscare le armi e le munizioni del clan Shimazu. Aveva letto qualcosa a riguardo nel museo.

Perché non ci aveva pensato prima? Perché non aveva pensato a cosa poteva comportare tutto questo? Era stata così concentrata sull'anno in cui si trovava e sul ritorno a casa che non aveva pensato abbastanza a ciò che era successo in quel preciso periodo storico. Era stato tutto così nuovo e disorientante, e poi c'era stato Keiichirō e il tempo trascorso con lui. La sua mente era stata troppo occupata a capire la sua stessa vita.

E se fosse stato quello, il motivo per cui lei era lì? Era

possibile che non fosse una coincidenza il fatto di essere arrivata poche settimane prima che iniziasse l'infelice ribellione di Satsuma, la guerra che avrebbe determinato la fine dei samurai una volta per tutte?

Quella città, le persone che aveva conosciuto, gli uomini diligenti che lavoravano e vivevano lì, che portavano le spade alla cintola. Entro il mese di settembre, sarebbero morti tutti. E dove sarebbero finite le donne che aveva imparato a conoscere mentre lavorava al loro fianco nelle ultime settimane? Quante di loro avrebbero perso fratelli, mariti, figli?

Ma nulla di tutto ciò era ancora accaduto.

E con il cuore che batteva in modo forsennato, Isla capì cosa doveva fare.

Si alzò in piedi e si spinse in avanti superando il ragazzo seduto accanto a lei.

«Dove sta andando? Signorina!» le gridò in inglese mentre Isla saltava giù, atterrando nel fango. La carrozza si fermò bruscamente.

«Ho cambiato idea!» gridò, alzando le spalle e iniziando a correre indietro per la strada che avevano appena percorso.

La città era illuminata ai piedi della collina, fiancheggiata dagli alberi. Isla correva, le scarpe da ginnastica battevano sulla strada e l'aria gelida nei polmoni. Doveva avvertire i samurai che i soldati imperiali si stavano radunando. L'evento che aveva dato il via all'intera guerra poteva essere ribaltato. Doveva solo riuscire a convincerli a spostare le loro armi prima che potessero rubarle. Con più armi e munizioni, c'era forse la possibilità che la ruota della fortuna girasse in loro favore?

«MacKenzie-san?» disse una voce, e lei si fermò di

scatto. Era l'amico di Keiichirō, quello alto. «Mori Toramasa.» Si picchiettò con la mano sul petto per ricordarle il suo nome.

«Devo parlare con Keiichirō» disse Isla. «È urgente.»

Era forse l'unica persona che le avrebbe creduto, a Kagoshima.

Toramasa annuì e disse che lo avrebbe trovato. Lei doveva aspettare dov'era.

Isla camminava ansiosa nell'oscurità crescente. Poco tempo dopo, sentì dei passi veloci. Keiichirō era lì, con il petto gonfio e gli occhi stranamente spalancati.

«Dobbiamo parlare» disse Isla.

«Si tratta di Nakamura Nene?» chiese lui a voce bassa.

«No... E abbiamo bisogno di un posto più appartato per parlare.»

Si diressero verso il porto, dove il monte Sakurajima era appena visibile, una sagoma nera stagliata contro il cielo.

«Sono contento che tu sia tornata» le disse Keiichirō. «Non mi fido di quei mercanti, né mi piaceva l'idea che tu fossi su una nave da sola con un gruppo di barbari.»

Isla si irritò. «Sono tornata per avvertirvi. L'esercito imperiale sta arrivando per rubare le armi di Satsuma.» Lo disse tutto d'un fiato, prima che Keiichirō potesse interromperla.

«Eh?» si accigliò lui, incredulo.

«C'è una nave che sta arrivando proprio ora!» quasi gridò Isla.

«Come fai a saperlo?» le chiese.

Isla sperava che quella domanda non venisse fuori così presto, ma avrebbe dovuto aspettarselo. Era ovvio che sarebbe successo. «Se te lo spiegassi, non mi crederesti» si limitò a dirgli, dopo una pausa. «Fidati di me e basta, per favore.»

Keiichirō adesso guardava oltre la sua spalla. Sembrava pietrificato.

Isla si voltò verso l'acqua e, come per magia, una nave emerse dall'ombra del vulcano. Il suo cuore iniziò a galoppare. Stava succedendo davvero.

«Non c'è tempo» urlò. «Sono loro!»

Keiichirō corse nell'oscurità fino a trovare la casa della famiglia Mori. Toramasa viveva con l'anziana madre in una strada tranquilla nella parte orientale della città.

«Mori-san!»

Il volto rugoso della madre di Toramasa si affacciò alla finestra, accompagnato dal profumo di arance *yuzu*. «Maeda-san? Che succede?»

«Toramasa deve venire con me» gridò Keiichirō. «Ci sono degli intrusi!»

Poi corse a martellare la porta del cugino Tatsuzō. Alla parola «intruso», il cugino si affrettò. Non passò molto tempo prima che radunassero tutti i loro amici della *shi-gakkō*, che si attivarono per reclutare altri combattenti.

Quando raggiunsero la baia e la nave maledetta, era ormai notte fonda.

«Stanno prendendo le nostre armi» sussurrò Toramasa.

Osservarono la scena. Degli uomini portavano le casse verso piccole imbarcazioni attraccate alla banchina, mentre una nave le aspettava in acque più profonde e una voce ordinava in un sussurro ai ladri di fare più in fretta. Quest'ultimi indossavano uniformi in stile occidentale, avevano i capelli corti e i baffi impomatati.

Traditori. Strumenti dell'invasione occidentale.

Mentre i samurai si affrettavano a raggiungere il porto, avevano concordato di evitare spargimenti di sangue, o sarebbe sembrata una provocazione per andare in guerra.

Piuttosto, avevano raccolto tutto ciò che erano riusciti a trovare: *bokken* e bastoni di bambù che usavano per l'addestramento, spade, utensili da cucina. Armi per ferire, ma non per uccidere. Il loro compagno di classe Murakami brandiva una mazza enorme, di quelle che si usano per battere il riso per fare i *mochi*.

Sempre più samurai apparvero al loro fianco. Prima una dozzina, poi cinquanta o più. Si mossero silenziosi come ombre e circondarono i ladri, ignari della loro presenza.

Tante altre persone che erano venute a sapere dell'attacco vollero aiutare, anche chi non apparteneva alle accademie. Molti si presentarono con armi personali, e nessuno li fermò.

«Ora!» urlò Keiichirō, e i samurai si alzarono all'unisono. Gridando come cani rabbiosi, spuntarono dall'ombra, agitando le armi sopra le loro teste.

I loro assalitori sobbalzarono, spalancando gli occhi dal terrore quando si ritrovarono circondati dai samurai di Satsuma e dalla loro forza.

Toramasa colpì un ladro alla schiena con il suo *bokken*. Grida e urla da entrambe le parti riempirono l'aria mentre Tatsuzō gridava: «Questa è proprietà di Saigō-sama!»

Un soldato estrasse una spada e si mise in posizione di combattimento. Voleva spargere sangue. Murakami lo placcò e lo fece cadere a terra. Lottarono per un momento, finché Murakami non ebbe la meglio e lo tirò in piedi stringendolo per la nuca.

Keiichirō si rallegrò per il caos che aveva causato il

loro contrattacco. C'era voluto davvero poco per spaventare gli stessi uomini dell'esercito imperiale che gli avevano teso un'imboscata a Kagoshima in piena notte. Le casse rimbalzarono a terra, in un suono più che gradito.

«Questo è un bene del governo imperiale!» strombazzò uno dei soldati. Ma gli altri fuggirono sulle loro barche a remi ormai sgombre dal bottino, e tornarono in fretta alla nave.

«Non siete più così coraggiosi e intelligenti, *ne*?» gridò Keiichirō alle loro ombre in ritirata.

«Nakahara!» Toramasa si infuriò quando si rese conto che la persona con cui stava lottando era uno di loro. La luce della luna gli illuminava il volto. «Traditore!»

Murakami diede una violenta scrollata a Nakahara Hisao, allontanandolo da Toramasa, e gli tolse le spade. «Tu verrai con noi. Dovrai spiegare le tue azioni, azioni non degne di un samurai di Satsuma.»

Nakahara Hisao cominciò a implorare clemenza, dicendo che aveva commesso un terribile errore ma che non aveva intenzione di fare nulla di male. Gli uomini gli urlarono contro, disgustati dalla sua codardia.

«Dove sono Beppu-san e Kirino-san?» sbraitò Murakami. «Dite loro che abbiamo catturato una spia.»

Quando la situazione fu più calma, i samurai fecero l'inventario dell'arsenale di Satsuma. L'edificio era stato forzato e mancavano intere casse e scatole. Al loro posto, dei solchi nella terra nei punti in cui erano state trascinate via in tutta fretta.

Anche se Keiichirō e gli altri avevano combattuto come leoni, più della metà delle loro armi e delle loro provviste erano sparite.

Keiichirō guardò in direzione della collina dove Isla si

era nascosta. Lei lo aveva avvertito di tutto ciò, e in quel momento non era importante come avesse fatto a saperlo. Grazie a lei, pensò, avevano salvato metà dei loro averi.

Molto più in alto di Keiichirō, Isla si accovacciò in un punto appartato, dove la vegetazione le offriva un buon riparo, mentre osservava lo svolgimento degli eventi.

Proprio come aveva visto nel museo, centinaia di samurai erano piombati sui ladri imperiali con *bokken*, mazze per il *mochi* e spade, creando il caos e spaventando i soldati.

Era successo esattamente come raccontavano i libri di storia. Centinaia di samurai avevano impedito alla marina imperiale di rubare dal loro deposito di armi.

Cosa sarebbe successo dopo? Isla avrebbe voluto saperne di più. Era stata così presa dalla ricerca di informazioni sul suo quadrisavolo che non aveva prestato abbastanza attenzione alla Storia. Sentiva di aver deluso i samurai di Satsuma.

11

«Svegliati!»

Nakahara, le mani legate sulla schiena con una corda, tossì e sputacchiò quando l'acqua ghiacciata lo fece rinvenire.

Kono, un alunno a metà percorso di studi, era fermo in piedi e respirava affannosamente, con il secchio ormai vuoto tra le mani.

Nakahara lasciò cadere la testa in segno di disperata accettazione.

Keiichirō si sentiva disgustato, sia da sé stesso che dagli altri samurai. Nel comportamento del loro compagno c'era stato un segnale chiaro come la luce del sole, ma nessuno di loro era stato in grado di capirlo.

Il fatto che Nakahara scrivesse spesso delle lettere avrebbe dovuto destare sospetti. Chissà quanti dettagli sui samurai di Satsuma doveva aver riferito ai suoi superiori a Tokyo, la capitale che si trovava a est.

Odiava tutto ciò.

Quello che più detestava, però, era vedere che la spia non lottava, né sembrava avere intenzione di farlo.

Nakahara Hisao lo guardava con docile rassegnazione,

ma agli occhi di Keiichirō non era altro che un disgustoso codardo.

Era quasi mattina quando le urla cessarono. Kono aveva le nocche insanguinate. Aveva provato tutti i trucchi che conosceva per far parlare il prigioniero.

Fino a quel momento Nakahara Hisao aveva confessato che la marina imperiale era venuta per portare le armi da Satsuma a Osaka, una città lontana 900 chilometri, proprio come avevano già dedotto loro. Ma si rifiutava di spiegare quale potesse essere lo scopo di quella manovra, o se fosse l'inizio di un'offensiva volta a indebolire ulteriormente il potere dei samurai.

Kono riemerse all'aperto, strizzando gli occhi come se non avesse mai visto la luce del sole. Le gocce di sangue ormai asciutte diventavano via via più scure sul suo kimono.

«Qualche novità, Kono-san?» Keiichirō si raddrizzò dalla trave a cui si era appoggiato.

«Sembra che ci siano molte altre spie nella scuola. Forse addirittura cinquanta» disse Kono.

«Cinquanta!» esclamò Keiichirō. Come avrebbero fatto a scoprire chi erano?

«Riusciremo a farci dire di più. Parlerà, vedrai.» Kono fletté le dita e osservò il sangue che si asciugava, tra scaglie di rosso ruggine che svolazzavano a terra. «*Deve* parlare.»

Un altro urlo alle spalle di Kono lo fece quasi sussultare, ma si sforzò di rimanere immobile. «Devo riferire a Beppu-san cosa è successo.»

Beppu Shinsuke era un amico intimo di Saigō-sama. Aveva il viso affilato e portava il pizzetto. Era un uomo che irradiava potere.

Dopo il rapporto di Keiichirō, irruppe nella prigione dove tenevano le spie e si inginocchiò accanto a Nakahara. La sua voce era gentile. «Dicci perché eri qui. Dicci cosa vuoi. Se lo farai, curerò le tue ferite.»

Fermo sull'uscio, Keiichirō si costrinse a non distogliere lo sguardo. Il posto puzzava di sudore e sangue. Nakahara sedeva accasciato e i capelli gli ricadevano sul viso. Le corde intorno ai polsi erano tinte di sangue secco, il viso era livido, tracce di lacrime attraversavano la sporcizia sulle guance.

Le parole dolci di Beppu-san erano più minacciose di quelle dei suoi aguzzini. Nakahara cominciò a singhiozzare come un bambino, con il corpo che tremava. Era una scena scomoda da guardare. Qualcosa di ripugnante, nudo, troppo intimo e vergognoso. Alla fine, Nakahara sussurrò: «Siamo stati mandati ad assassinare Saigō Takamori».

Era una rivelazione più audace e scioccante di quanto si aspettassero. Quelle parole colpirono Keiichirō come uno schiaffo in pieno viso. Le spalle di Beppu-san si tesero. Keiichirō si chiese se avrebbe potuto colpire Nakahara, o magari sguainare la katana e decapitarlo.

«Capisco.» Il samurai più anziano si alzò in piedi. «Vi siete infiltrati nella nostra comunità, avete spiato la nostra gente e ci avete insultato nel modo più vile.»

Keiichirō si rese conto di tutto quello che comportava la terribile confessione di Nakahara, e non era niente di buono. Gli si rivoltavano le viscere al pensiero di tutti i giorni che aveva passato accanto a delle spie senza saperlo, fianco a fianco nelle *shi-gakkō*, le stesse accademie che Saigō-sama aveva costruito per dare ai giovani samurai qualcosa da fare, qualcosa per cui vivere.

Adesso, però, era chiaro: non solo il nuovo governo disprezzava l'indipendenza di Satsuma e voleva schiacciarne lo spirito, ma pretendeva anche la morte di Saigō-sama e dei suoi seguaci. Tutto ciò che Saigō-sama aveva fatto, sostenendo l'imperatore, combattendo per lui e contribuendo a portarlo al potere, non era bastato. L'unico risultato a cui le sue azioni onorevoli avevano portato era stato convincere l'imperatore che lui e tutto ciò che rappresentava dovevano essere debellati. Per sempre.

Era l'insulto peggiore che potessero fargli, pensò Keiichirō. L'esercito imperiale voleva che gli ultimi samurai fossero morti e sepolti, a cominciare dal loro grande capo.

«Maeda, vai a prendere la straniera» ordinò Beppu-san.

Era come se Beppu-san avesse scoperto il presentimento peggiore di Keiichirō. Con tutto quel parlare di spie, Isla si trovava in grave pericolo.

Le parole di Beppu-san lo fecero rabbrividire ma, da rispettoso samurai quale era, dovette obbedire.

Si sentiva un traditore. Trovò Isla in cima alla collina, appisolata contro un albero. Lo stava aspettando, proprio come lui le aveva detto di fare.

Keiichirō la aggiornò rapidamente sugli eventi di quella notte, sulle affermazioni di Nakahara e sul fatto che Beppu-san voleva vederla.

Isla lo guardò: aveva capito la situazione precaria in cui si trovava. Poi si alzò in piedi, con il viso irrigidito per la stanchezza, e lo seguì a schiena dritta senza dire una parola.

Keiichirō provò un moto di orgoglio per lei.

La portò da Beppu-san, nella stanza degli interrogatori. Lui la prese per un braccio, facendola sussultare. Un respiro soffocato sfuggì dalle labbra di Keiichirō di fronte a quella durezza, e sia il samurai che Isla lo guardarono. Keiichirō si sentì morire sotto lo sguardo di Beppu-san, e chinò il capo in segno di scuse. Non sopportava di doverlo fare, ma questo era ciò che il codice dei samurai richiedeva.

«Conosci questa donna?» chiese Beppu-san, spingendo Isla davanti a sé.

Nakahara sollevò la testa insanguinata e Keiichirō vide Isla trasalire alla vista delle sue ferite. «È la ragazza straniera che è venuta a Satsuma» disse la spia, con voce roca.

«Ti ha aiutato a consegnare le lettere? Anche lei è una spia, come te?»

Silenzio. Poi, Nakahara grugnì un no.

«Dimmi la verità. Se non lo fai, ce ne accorgeremo.»

«Non la conosco!» Nakahara gridò e lottò contro le corde che lo legavano. «Siamo un gruppo di agenti di polizia di Tokyo. Satsuma è la mia città natale, per questo sono stato scelto. La straniera non ha nulla a che fare con questo. Per quanto ne so, non ho mai sentito parlare di lei. Perché l'imperatore dovrebbe usare una *gaijin*? Una donna, poi? Non ha senso.»

Beppu-san si avvicinò a Nakahara, trascinando Isla con sé. Per un po', si limitò a spostare lo sguardo dall'uno all'altra.

Alla fine liberò il braccio di Isla e la spinse via malamente per congedarla.

Strofinandosi il polso, Isla passò davanti a Keiichirō e

uscì di corsa dalla stanza degli interrogatori. Keiichirō riprese lentamente a respirare.

Era sempre stato sicuro che Isla non fosse una spia o una nemica di Satsuma. Dopotutto, era stata lei ad avvertirlo dell'avanzata dell'esercito. Non fosse stato per lei, avrebbero perso molte più armi nello scontro.

Ma non avrebbe avuto importanza, se Beppu-san si fosse convinto del contrario. Keiichirō non voleva neanche pensare a cosa sarebbe successo, in quel caso. Vedere Nakahara negare con tanto fervore il suo coinvolgimento, insistere che Isla non faceva parte del piano organizzato a Tokyo, gli diede un meraviglioso senso di sollievo. «Potrebbe scusarmi, signore?»

Beppu-san fece cenno a Keiichirō di andarsene mentre teneva gli occhi fissi su Nakahara e sulla sua testa molle. Aveva accettato il destino che lo attendeva, la morte certa.

Keiichirō respirò profondamente l'aria limpida del mattino, felice di liberare i polmoni dall'atmosfera fetida che si era appena lasciato alle spalle.

Vide Isla in piedi tra alcune case, con le braccia avvolte su sé stessa. «Devi avere freddo. Non c'era bisogno che aspettassi tutta la notte.»

«Ho fatto quello che mi hai chiesto.» La voce di Isla era seria. Si voltò in direzione della baia e trattenne un brivido.

«Abbiamo bisogno di mangiare qualcosa. Ci penserà Kana» rispose lui. Si incamminarono insieme verso casa. Keiichirō fece attenzione che Isla camminasse al suo fianco, e non alle sue spalle.

Lo sguardo di Toramasa brillava per la trepidazione. Ikeda era in piedi accanto a lui. Avevano segnato sulla mappa tutte le posizioni a loro conosciute degli arsenali governativi. Uno degli obiettivi principali era l'arsenale di Somuta. «Entriamo lì dentro e prendiamo tutto quello che possiamo» propose Toramasa.

«Si sono presi i nostri soldi, il nostro potere, e ora stanno cercando di indebolirci dall'interno» aggiunse Ikeda, con le lunghe dita stese sulla mappa davanti a loro.

Più di mille studenti della *shi-gakkō* erano furiosi per l'accaduto. Il loro grande capo era stato insultato e non sopportavano l'idea che le loro armi fossero state rubate.

Sebbene i giovani samurai fossero feroci e coraggiosi, era meglio non rispondere con un attacco coordinato. Tuttavia, entro il tramonto erano riusciti a recuperare parecchie armi dagli arsenali dell'imperatore. Adesso anche altra gente, soprattutto ragazzi e donne, si era unita alle loro fila.

«Guardate qui!» scherzò Toramasa alla fine della giornata, mostrando un enorme fucile quasi più alto di lui. Kono era al suo fianco, arma alla mano.

I samurai gridavano e applaudivano. Il loro bottino sfilava per la città, pronto per essere ammirato da tutti. Quella sera, la polizia di Satsuma fece finta di niente, limitandosi a sorridere sotto i baffi.

Keiichirō, Toramasa, Tatsuzō, Ikeda, Murakami e gli altri samurai furono convocati in accademia tre giorni dopo, in una fredda mattina di febbraio. Nonostante gli amici al suo fianco, Keiichirō sentì un guizzo di nervosismo mentre si riunivano nell'atrio. Si sistemarono su dei tatami sbiaditi, sedendosi a schiena ben dritta sotto le travi di legno che sorreggevano l'edificio.

Saigō-sama non si era unito a loro per decidere la strategia da seguire.

Adesso che Keiichirō ripensava a ciò che era accaduto negli ultimi due giorni, si rese conto di essere preoccupato. Era successo tutto così in fretta, e non avevano avuto abbastanza tempo per riflettere e ponderare le proprie azioni. Qualcuno di loro aveva forse chiesto il parere di Saigō-sama, prima di respingere gli invasori e dopo aver rubato armi e munizioni di proprietà imperiale dai loro magazzini? Probabilmente no, pensò Keiichirō. I samurai non si erano comportati come avrebbero dovuto, e avevano ignorato le opinioni e la guida delle loro autorità. Quella considerazione non gli piacque affatto.

Il silenzio calò tra i giovani quando la porta si aprì e Saigō-sama fece qualche passo verso di loro. Il suo volto sembrava aver perso il solito fascino da gentiluomo.

Keiichirō deglutì. Gli sembrava di avere una pietra incastrata in gola. Quindi era contro di loro? Era arrabbiato per come si erano comportati? La loro sfilata per le strade della città con le armi e le munizioni rubate adesso sembrava solo una marcia pacchiana e poco onorevole.

Beppu-san apparve un istante dopo. Con i suoi zigomi alti e quel pizzetto a dargli un'aria distinta era invidiato da molti samurai.

In piedi l'uno accanto all'altro, Saigō-sama e Beppu-san avevano un aspetto imponente e temibile, degni comandanti dei samurai di Satsuma.

Se lui e tutti gli altri fossero stati puniti per le loro azioni affrettate, pensò Keiichirō, se lo sarebbero meritato. I due uomini che avevano davanti avrebbero valutato attentamente la situazione prendendo la decisione giusta.

«Uomini di Satsuma» annunciò Saigō. La sua voce

era un rombo profondo. «Non posso combattere contro l'imperatore.»

A questo inizio inaspettato, Keiichirō sentì un brivido di inquietudine diffondersi tra chi era seduto accanto a lui.

Saigō-sama fece una pausa per permettere ai samurai di riflettere su quanto aveva appena detto.

«Il nostro nemico non è l'imperatore» aggiunse Beppu-san, quando ormai Keiichirō sentiva le orecchie quasi doloranti per il denso silenzio che pesava tra loro. «Ma il governo corrotto di Tokyo. Non è forse così?»

La sala si animò. Le grida di Keiichirō si unirono a quelle dei suoi compagni. «Sì!» gridarono tutti. «È vero!»

Era il governo, chi si nascondeva dietro una figura simbolica, a muovere i fili del potere. Era stato qualcuno del governo a mandare le spie, non l'imperatore. Lui, senza alcun dubbio, nutriva ancora un grande rispetto per Saigō-sama.

Altre persone entrarono nella stanza e si posizionarono dietro i due oratori. Alcune indossavano il kimono, altre erano vestite con le uniformi dei tempi in cui avevano combattuto per l'imperatore.

«Dovremmo costituire un nostro esercito» propose qualcuno. «Costringere il governo a rispondere per l'attentato.»

I samurai si guardarono l'un l'altro, l'entusiasmo crepitava.

Non era forse quello lo scopo del loro costante allenamento?

«La nostra risposta deve essere intelligente e ben ponderata. Se raduniamo un esercito adesso, scateneremo una guerra.» Beppu-san parlò con voce decisa, per placare l'emozione crescente nella stanza. «Dobbiamo muoverci in pochi e pensare con la testa, non con il cuore. Abbiamo bisogno di uomini saggi ed esperti, come Kirino-san, che ci guidino verso la diplomazia.» Inchinò rispettosamente il capo in segno di riconoscenza per Kirino-san, che ricambiò.

«Voi siete noi» tuonò un uomo rasato e quasi calvo che indossava un kimono. «E se mandassero altri soldati e catturassero Saigō-sama? Cadremmo dritti nella loro trappola! Io dico di colpire ora e sradicare questa corruzione!»

Murata-san osservava in silenzio, con il volto turbato.

Gli uomini si alzarono in gruppo, le loro voci sempre più alte mentre litigavano. Keiichirō li guardò uno a uno. Sarebbero andati in guerra? Ne sarebbero usciti vincitori? Potevano anche solo sperare di affrontare l'esercito imperiale? Altri samurai ancora espressero a gran voce le proprie opinioni, ma Keiichirō non si unì a loro.

«Dovremmo seguire la via marittima e attraccare sulle coste di Tokyo. Coglierli di sorpresa.»

«L'intera città di Tokyo colta di sorpresa da noi? Non essere sciocco.»

«Potremmo radunare un esercito da diverse roccaforti. Abbiamo alleati in tutto il Kyūshū.»

«Non c'è tempo per questo.»

«Quindi dobbiamo affidarci alla fortuna? Non è questa la via dei samurai.»

Saigō-sama fece un passo avanti e, uno dopo l'altro, i suoi uomini tacquero.

Keiichirō deglutì, osservando i suoi superiori. Qualunque cosa avesse deciso Saigō-sama, loro l'avrebbero seguita.

«Sembrate tutti molto certi, sull'argomento. Perciò, se lo vorrete, voterò la mia vita a questa causa» gridò Saigō-sama. Un fragoroso applauso si levò tra loro.

Allora è deciso, pensò Keiichirō, che si era astenuto dall'esultare. La diplomazia come primo approccio era stata considerata subito fuori discussione. A quanto sembrava, avevano appena votato per andare direttamente in guerra, stabilendo che il governo imperiale avrebbe risposto dei propri crimini con la violenza.

Si guardò intorno, osservando i volti dei suoi cari amici devoti alla causa. Un senso di allegria si era diffuso rapidamente tra loro. Perché lui non riusciva a condividerlo?

La notizia della guerra imminente si diffuse a Kagoshima nel giro di poche ore. Il nuovo governo corrotto doveva rispondere dei suoi crimini, questo era il mantra. I crimini di cui si era macchiato erano il complotto per la morte del loro capo Saigō-sama, l'infiltrazione di spie nelle *shi-gakkō* e il furto delle armi di Satsuma con la scusante dell'ordine dell'imperatore. Tutti sembravano appoggiare i samurai.

«Come lo sapevi?»

«Come sapevo cosa?» chiese Isla con cautela.

«Come hai fatto a prevedere l'arrivo dei soldati imperiali?» la incalzò Nene.

Isla cambiò posizione, a disagio per quella domanda. Quel giorno stavano lavorando in un campo, il sole invernale batteva forte nel cielo privo di nuvole. Diede le spalle a Nene e rastrellò un punto del terreno a caso, senza rispondere. Sentì l'altra ragazza sospirare con irritazione.

Un brivido che non aveva nulla a che fare con il freddo

la attraversò dalla testa ai piedi. La Storia si stava svolgendo davanti ai suoi occhi. E lei aveva appena assistito all'inizio della devastante ribellione di Satsuma.

Era riuscita a cambiare qualcosa, assicurandosi che Keiichirō vedesse i ladri in arrivo, o gli eventi avrebbero seguito il loro corso naturale? Se i soldati non fossero mai stati scoperti, le cose sarebbero andate diversamente?

Non poteva saperlo.

Tutte quelle persone che ormai conosceva sarebbero morte di lì a qualche mese. Toramasa Mori. Uhei Ikeda. Keiichirō Maeda.

C'è un motivo per cui sono arrivata qui, pensò Isla. *Devo solo scoprire qual è.*

Nene emise un altro sbuffo di disappunto per il suo silenzio e si allontanò.

Isla, che adesso lavorava di nuovo con il gruppo di donne nubili, ricevette un altro sacco di cibo e lo consegnò volentieri a Kana. Non riusciva a trovare le parole per scusarsi per il suo ritorno, così si limitò a fare un inchino e andò nella sua stanza.

Pensò al piano di Takamori Saigō, che prevedeva ancora di marciare in direzione di Tokyo per parlare con l'imperatore.

Se la Storia avesse fatto il suo corso come aveva letto al museo, allora Takamori Saigō non sarebbe mai arrivato nemmeno a cento miglia dalla capitale. Isla aveva sperato che avvertire Keiichirō avrebbe cambiato le cose, ma chiaramente non era successo.

Si diresse verso il fiume quando il sole era ormai al tramonto. Rimpiangeva di essere andata in Giappone.

La rottura con Will, la fine di quella relazione sempre

più incrinata, sarebbe riuscita a superarla, con i suoi tempi, anche se fosse rimasta in Scozia. Ripensò a tutti i problemi che aveva dovuto affrontare da quando si erano lasciati. No, non ne era valsa la pena. Lui non valeva la pena.

Per quanto fosse curiosa di scoprire la storia dei suoi antenati in Giappone, la sua ricerca non aveva avuto molto successo e, in ogni caso, ciò che aveva scoperto non compensava in alcun modo il dolore e l'ansia che stava provando in quel momento, mentre osservava i samurai di Satsuma che si preparavano ad andare in guerra. Era quasi costantemente affamata – non che non fosse grata a Kana o a tutti gli altri – e si sentiva infelice e inquieta. Non era quello il posto a cui apparteneva, anche se alcune cose le piacevano. O meglio, alcune persone le piacevano.

Mentre i suoi pensieri si soffermavano su Keiichirō, Isla lo sentì avvicinarsi piano, con quella sua calma quasi frustrante. Quando le fu accanto, lei non lo guardò. Voleva essere stoica, nascondere i suoi sentimenti come faceva lui con tanta facilità. Ma non era come lui. Lei era Isla, una donna impaziente e passionale.

«Perché non mi hai detto di Nene?» Detestava la sua debolezza, ma si voltò a guardarlo.

«Io e Nakamura Nene ci siamo fidanzati perché lo volevano i nostri genitori» le rispose lui. «Tengo a lei come amica. Sai, le nostre madri erano molto unite e, dato che Nene non ha fratelli o sorelle, giocava spesso con me e Kana quando eravamo piccoli, quindi prometterci in matrimonio non sembrava la peggiore delle sorti.»

Keiichirō sospirò. Guardò il cielo, quasi si stesse costringendo a reprimere le proprie emozioni. «La morte di mio padre mise fine a tante cose e io cambiai un po' idea nei confronti di Nene. Non ero più così sicuro del matrimonio, ma non volevo disonorarla. Poi sei arrivata tu, e ora lei è arrabbiata sia con me che con te. E io non posso fare nulla perché si senta meglio.»

Isla incrociò le braccia per proteggersi dal freddo e digerire le sue parole. Sembrava che le stesse dicendo di provare qualcosa per lei, ma anche che era complicato. Be', le cose complicate ormai erano il suo pane quotidiano, no?

Si voltò verso di lui.

«Sposare me eleverebbe Nene al rango di samurai. Suo padre è un mercante, per tradizione la classe più bassa.» Fece una risata, con la tristezza negli occhi. «Suo padre guadagna più di me. Non sono riuscito a proteggere mia madre dalla malattia, mio padre dalle sue azioni, né mia sorella dal dolore.» Isla capì perché si sentiva in quel modo.

Chi era lei per pensare anche solo per un secondo di poter ostacolare la felicità di un'altra donna, tanto più che alla prima occasione sarebbe tornata di corsa alla sua vita nel 2005?

Isla guardò ancora Keiichirō. Stava rimirando la sua spada, ne accarezzava l'impugnatura con il pollice, la nappina che gli serpeggiava tra le dita. «So che Nene starebbe meglio se sposasse qualcun altro, qualcuno che la ami in tutti i modi in cui io non potrò mai amarla, ma lei tiene a me e non riesco a sopportare l'idea di ferirla.»

Una scossa profonda la agitò quando Keiichirō le prese la mano. «Mi dispiace davvero, Isla, se ti ho fatto del male» si scusò, ma Isla non sentì. La sua pelle fremeva al suo tocco, il suo cuore cantava.

Lui si fece più vicino e, nel momento stesso in cui desiderò che la baciasse, vide lo stemma bianco del clan

Shimazu cucito sulla sua giacca, all'altezza degli occhi. Quello stemma le ricordò in silenzio chi era lui, chi era lei, e dove si trovavano in quel momento. Fece un passo indietro e si voltò dall'altra parte.

Vagarono per il piccolo giardino, trovando un rifugio tranquillo dietro casa. Non c'era nessuno lì, a parte loro due e gli alberi senza foglie.

«Stavo con qualcuno che pensavo di amare molto» gli confidò con dolcezza, tornando a guardare lo stemma dell'*haori* di Keiichirō. «Mi sono fidata di lui con tutta me stessa. Pensavo che ci saremmo sposati, che avremmo avuto dei figli e tutto il resto. Passavamo molto tempo insieme. Aveva conosciuto i miei genitori e i miei amici.» Il petto le si strinse al ricordo, ma Keiichirō era lì, caldo e reale, e in quel momento lei voleva essere vulnerabile. Voleva che lui sapesse. «Era uno studente, un po' come te, Keiichirō.» Ricordava il volto di Will: pieno di forza di volontà mentre studiava per il suo dottorato, bello, estroverso e affidabile. «Ma mi sbagliavo. E ho scoperto che non ero l'unica donna con cui si vedeva. Ha distrutto tutto quello in cui credevo, e mi ha fatta sentire usata.»

Keiichirō sospirò. Poi, nonostante le loro migliori intenzioni, Isla si lasciò trascinare in un abbraccio.

Si rilassò contro un petto che profumava di incenso e legno di cedro, di virilità. Quando la guancia di Keiichirō si appoggiò alla sua testa, tutti i pensieri su Nene svanirono e lei lo strinse a sua volta.

Era passato così tanto tempo dall'ultima volta che qualcuno l'aveva abbracciata, che aveva quasi dimenticato l'effetto che faceva. Quando era stata l'ultima volta? L'abbraccio di addio a sua madre all'aeroporto, mesi prima? Isla sospirò, stretta a lui, assaporando il calore del suo corpo, la sua forza silenziosa. Il battito del suo cuore rallentò e sentì la calma riprendere il controllo. Mucchi di foglie svolazzavano tra i fili d'erba, mentre lei e Keiichirō erano fermi nel loro abbraccio. Sperava durasse per sempre.

Alla fine, però, lui si tirò indietro. Le accarezzò il viso con il palmo della mano. Isla trasalì, sperando che lui non stesse per baciarla, ma anche che lo facesse. Guardò le sue labbra carnose, la piccola lentiggine vicino alla bocca, e l'attesa le rubò il fiato. Ma lui si limitò a dire: «Ci stiamo preparando per partire. Prima che io vada ad aiutare gli altri, posso chiederti come facevi a sapere che le barche sarebbero arrivate?»

Isla chiuse gli occhi, ma gli doveva una risposta.

«Non posso spiegartelo in modo comprensibile, Kei. Ma conosco il futuro» rispose dopo averci pensato a lungo. «Questa è una guerra che non potete vincere.»

Keiichirō pensò con tristezza che forse Isla stava dicendo la verità. Di certo, sembrava che lei gli stesse raccontando quello che credeva sarebbe accaduto, e a lui non importava particolarmente come fosse arrivata a quelle conclusioni. Il modo in cui aveva parlato gli aveva fatto capire che era dalla loro parte, quella dei samurai, e questo era tutto ciò che aveva bisogno di sapere.

«Chiunque abbia mandato quegli uomini non lo ha fatto per sostenere l'imperatore né dietro suo ordine. Dobbiamo fidarci della nostra decisione. Ascolterà Saigō-sama, quando lui gli dirà la verità» le rispose.

Si guardarono solennemente, consapevoli l'uno della posizione dell'altra.

«Andrai comunque a Tokyo con Saigō-sama» concluse Isla. Non era una domanda. Ormai sapeva abbastanza dei samurai per capire come ragionavano, ed era consapevole che le promesse e l'onore erano tutto per loro.

«Sì, succederà presto. È grazie a Saigō-sama che i samurai riescono ancora a vivere, qui. Mio padre ha combattuto al suo fianco e per me è un onore che mi abbiano chiesto di andare a Tokyo per aiutarlo.»

Sembrava che quasi tutti gli abitanti della provincia di Satsuma volessero seguire Takamori Saigō in guerra. Samurai, contadini, cuochi, donne, persino bambini. La città era piena di energie, con gli uomini che raccoglievano le armi e intanto parlavano in toni sommessi e concitati di quanto sarebbero stati coraggiosi. Nel corso dei preparativi, i samurai della *shi-gakkō* camminavano orgogliosi per le strade, con le spade alla cintola e i fucili sulla schiena.

Isla si guardava attorno con apprensione. Non poteva lasciarli andare. Sarebbero morti tutti nei prossimi mesi, ma esprimere le proprie preoccupazioni a qualcuno che non fosse Keiichirō non avrebbe aiutato né loro né la causa in cui si erano impegnati.

Quando la notizia che Hisao Nakahara aveva negato il coinvolgimento di Isla in qualsiasi attività di spionaggio divenne di dominio pubblico, Isla si rese conto di non essere più al centro dell'attenzione in città. Le andava benissimo così. Persino Nene la trattava meglio.

«Vorrei che potessimo impedirgli di partire» protestò Isla mentre si aggiravano per la città ormai in fermento. «L'esercito imperiale è troppo forte. Temo che saranno massacrati.»

Sarebbe stato impossibile fermare un intero esercito.

Forse Keiichirō avrebbe ascoltato, se avessero insistito abbastanza, ma c'era troppa passione nei cuori di quella gente per cercare di convincerla a non andare in guerra.

«Neanch'io voglio che vadano.» Gli occhi di Nene si riempirono di lacrime. «Non voglio che muoia.»

Isla si sentì stringere da qualcosa che ricordava in modo sospetto la gelosia, ma si costrinse a bloccarla sul nascere. Non voleva rischiare di mandare all'aria il futuro matrimonio tra Nene e Keiichirō. Sebbene fosse un matrimonio combinato, Keiichirō si sentiva in dovere di onorare il suo impegno. Ecco perché Isla era decisa a non fare nulla che potesse compromettere la concentrazione di Keiichirō nei giorni a venire. Doveva pensare solo a quello che lo attendeva a Tokyo. Le cose andavano già abbastanza male, senza che lei ci mettesse del suo.

«In ogni caso, non possiamo lasciarli andare da soli.» Il pensiero di rimanere lì con Kana e aspettare per mesi e mesi l'arrivo di notizie che già conosceva era terribile. Le venne un'idea. «Andiamo, Nene. Cerchiamo Kirino-san.»

Hisa Kirino stava radunando le donne che volevano arruolarsi nell'esercito. Fino a quel momento, Isla aveva pensato che gli uomini avrebbero insistito per farle desistere, ma, che così fosse o meno, a quella donna di ferro non sembrava importare. Isla provò un moto di orgoglio quando vide quel gruppo di coraggiose.

Indossavano dei cappelli di paglia e impugnavano alabarde e spade, mentre altre armi erano infilate nei loro *obi*. Altre donne erano sedute per terra, impegnate ad annodare dei sacchi o ad affilare le spade. Provenivano da tutti i ceti sociali di Satsuma. Alle giovani che già conosceva se n'erano aggiunte altre più anziane, e molte di quelle che avevano fratelli, mariti o figli tra i combattenti si erano unite al gruppo di Hisa Kirino.

Con i capelli legati e gli ampi *hakama*, sarebbe stato difficile distinguerle dagli uomini. Forse era proprio quello il punto.

«Kirino-san» esordì Nene docilmente mentre si avvicinavano alla moglie di Toshiaki Kirino. «Vorremmo unirci a voi.»

Lo sguardo severo di Hisa Kirino le travolse entrambe.

Isla cercò di ignorare il brivido che sentiva. Aveva sempre la sensazione che gli occhi di quella donna la scrutassero con i raggi X.

«Non sei forse un'ospite sotto la protezione della nostra città, MacKenzie-san?» ribatté bruscamente. «Questa non è la tua guerra, non te lo dimenticare.»

Diverse donne si voltarono a fissare Isla. Le venne voglia di afferrare un'alabarda o una spada, per dimostrare loro che il suo posto era lì.

Non aveva forse dato prova di sé nelle ultime settimane?

O sarebbe stata per sempre una *gaijin*?

«Ogni aiuto possibile è necessario in questa grande battaglia, e noi vogliamo aiutare» insistette Nene, facendo un passo avanti. Temeva lo sguardo di quella donna e la sua voce era tremante, ma continuò, mostrando una tenacia che impressionò Isla. «Anche noi vogliamo aiutare a proteggere Saigō-sama. Facciamo tutti parte del clan Shimazu, no?»

«Non hai tutti i torti» concesse Hisa Kirino. «Molto bene, ma non fatemene pentire. Potete unirvi entrambe ai ranghi. Ci vestiremo da uomini, altrimenti la gente cercherà di fermarci. Non devono sapere che siamo con loro finché non sarà troppo tardi per rimandarci indietro.»

Isla e Nene si inchinarono per ringraziare, poi si vestirono come da istruzioni e trovarono dei cappelli di paglia a falda larga per nascondere il viso. Isla si assicurò di coprire i capelli, terrorizzata dal fatto che le sue ciocche rosse potessero tradirla.

Più tardi, le donne passarono nel posto in cui gli uomini si stavano preparando, tra l'odore di sudore e ferro. Senza fare rumore, anche loro si tennero pronte, ma in un'attesa silenziosa. L'attesa di unirsi alla marcia verso la battaglia.

Ci siamo, pensò Isla, mentre i battaglioni migliori guidati da Takamori Saigō si mettevano in fila per partire per Tokyo. *È il momento di seguirli.*

GUERRA

Per vincere qualsiasi battaglia,
devi combattere come se fossi già morto.

Musashi Miyamoto

12

I plotoni dell'esercito iniziarono la loro marcia dalla città di Kagoshima. Shinsuke Beppu, l'uomo che sedeva accanto a Takamori Saigō al suo primo incontro con Isla, guidava il primo battaglione. Migliaia di samurai della *shi-gakkō* lo seguivano con impazienza. I comandanti erano a cavallo, alcuni soldati reggevano lunghi stendardi con lo stemma del clan Shimazu dipinto in bianco. Diversi uomini indossavano armature di metallo, mentre altri portavano giacche pesanti e pantaloni larghi, le spade chiuse nei loro foderi oppure incastrate nelle fasce avvolte intorno alla vita. Il terreno sembrava quasi tremare al ritmo dei loro passi. L'atmosfera era carica della sete di vendetta che provavano contro chi aveva cercato di attaccare il loro amato capo.

Si potevano avvertire nell'aria anche i cavalli che li accompagnavano. Era un odore nostalgico per Isla, che un tempo amava galoppare sulle colline scozzesi. Inspirò profondamente per cogliere quell'aroma stantio simile al fieno, che copriva le tracce di acciaio, erba e uomini.

Tra chi era rimasto a guardare i coraggiosi samurai, alcuni gridavano auguri e incoraggiamenti, mentre altri più pensierosi restavano in silenzio.

Shinpachi Murata era il capo del secondo battaglione. Era surreale vedere gli stessi personaggi di cui Isla aveva letto al Museo della Restaurazione Meiji, maestosi e possenti sui loro cavalli, con dei fedeli guerrieri alle loro spalle.

Rimasero in attesa dietro il battaglione di Toshiaki Kirino. Isla notò il cugino di Keiichirō, Tatsuzō, parlare con una donna e un bambino che non doveva avere più di tre anni. «Torna presto, papà» implorò suo figlio. Isla si commosse nel vedere che il bambino portava un bastoncino alla cintola. Voleva essere come suo padre.

«Lo farò, Jin. E ti porterò un regalo da Kumamoto, va bene? Fai il bravo e prenditi cura di tua madre.»

La moglie di Tatsuzō lo scrutò in viso, le mani ferme sulle sue guance come se stesse cercando di memorizzarlo. Alla fine, lasciò cadere le mani sui fianchi. Tatsuzō si inchinò alla sua famiglia e si voltò per raggiungere i suoi compagni. Quali parole non dette erano passate tra loro? Forse il loro vero addio era avvenuto la sera prima, al riparo da occhi indiscreti?

Tatsuzō Maeda si unì ai compagni senza guardare la sua famiglia. Il volto solitamente gioviale adesso era serio.

Un altro ragazzino, questa volta più grande, corse dietro Takamori Saigō, con i sandali che sbattevano sul terreno e il suo cane che abbaiava e correva emozionato accanto al suo padrone. Era lo stesso satsuma inu che aveva fatto irruzione durante l'incontro tra Saigō e Isla. Un'ondata di risate lo seguì e persino Nene ridacchiò con gioia.

«Per favore, padre» gridò il bambino. «Lascia che venga anch'io.»

Saigō rise bonariamente, accarezzando suo figlio sulla testa. «Un giorno sarai un ottimo samurai, Toratarō.» Le sue mani si spostarono per accarezzare il cane, Tsun. La coda del satsuma inu si mosse così furiosamente da colpire una delle magre gambette di Toratarō. «Ma non puoi venire con me. Devi restare qui e proteggere i tuoi fratelli e tua sorella. Pensi di poterlo fare?»

Toratarō si irrigidì. Una nuova determinazione si fece strada sul suo piccolo viso. Si mise dritto e annuì, anche se le sue labbra erano premute tra loro con forza, come se stesse combattendo le lacrime.

Era troppo. Isla dovette distogliere lo sguardo da tutte quelle scene di addio e dai pianti che le circondavano. Quei poveri, teneri bambini non avrebbero mai più rivisto i loro padri.

«Ecco il segnale di Kirino-san» sussurrò Nene. «Dovremmo andare.»

Gli ingombranti strati di vestiti le facevano mimetizzare facilmente con gli uomini. E se anche qualcuno di loro se ne accorse, non disse nulla. Ogni persona in più era ben accetta, forse ormai era chiaro a tutti.

Isla e Nene non avevano spade, ma imbracciavano dei fucili pesanti. In realtà, Isla non aveva idea di come usare il suo e, dal modo in cui lo teneva Nene, avrebbe detto lo stesso di lei. Alcuni degli uomini portavano con sé grandi bottiglie in ceramica di *shōchū* per tenere alto il coraggio.

Il ritmo di marcia era veloce. Isla era contenta di essere così in forma in quel momento. Nene faticava di più, a giudicare dai suoi respiri profondi, ma non si lamentava mai. Un po' alla volta, i suoni e i profumi della città svanirono e, come un solo uomo, l'esercito avanzò deciso verso l'orizzonte innevato.

Isla ricordava di aver visto quelle colline piene di stazioni ferroviarie e *ryokan* e le strade colme di automobili, ogni sorgente termale pubblicizzata, ogni luogo «segreto» illustrato nelle riviste. Adesso, quasi centotrenta anni prima, erano selvagge, piene di lupi, cinghiali e chissà che altro ancora.

Qual era l'alternativa migliore?

Non avrebbe saputo dirlo.

Dopo un po' la neve cominciò a cadere, attutendo i suoni più lontani. Isla si sentiva ipnotizzata dal suono di tutti quei piedi che scricchiolavano sulla neve fresca. La distraeva dal freddo che le stava congelando le orecchie e il naso. I suoi occhi erano puntati su Hisa Kirino, che marciava davanti a lei.

Quante donne sarebbero morte accanto ai loro uomini? si chiese Isla. Lei sarebbe stata una di loro? Sperava di no. Se quello era il suo destino, però, allora lo avrebbe accolto. Era più facile accettarlo, adesso che era circondata da uomini e donne coraggiosi. Non aveva idea di dove fosse Keiichirō, né se lui sapesse che i samurai erano seguiti da un reggimento di donne. Si chiese se anche il suo antenato Hisakichi Kuroki fosse con loro, anche se si era già rassegnata al pensiero che non lo avrebbe mai scoperto per davvero.

Isla ripensò a ciò che aveva visto al museo. Aveva sorvolato sui particolari del viaggio verso il Castello di Kumamoto. Non aveva prestato attenzione ai dettagli di quei momenti, e adesso se ne pentiva amaramente. Avrebbero perso la battaglia al castello, di quello era più che certa.

Isla intrecciò le dita tra quelle di Nene. All'inizio la mano di Nene si mosse nervosamente nella sua, come se volesse staccarsi, poi le sue piccole dita ricambiarono la stretta, trovando conforto nelle loro mani intrecciate e semicongelate.

L'esercito avanzò verso nord, lungo la riva della baia di Yatsushiro in direzione di Kumamoto, e alla fine si accampò per la notte.

Isla sentì dei sussurri. A quanto pareva avrebbero avuto la strada libera fino a Kumamoto e attraverso lo stretto di Shimonoseki. I soldati confidavano nell'onore dell'imperatore, che avrebbe concesso loro il passaggio e avrebbe ascoltato ciò che il suo vecchio amico aveva da dire. Isla avrebbe tanto voluto non conoscere la realtà dei fatti.

«Tuo padre si è unito alla battaglia?» chiese a Nene.

Con le labbra che tremavano, la sua compagna scosse la testa. «È un mercante. Ha detto che aveva di meglio da fare, e io me ne vergogno. Ormai saprà che sono partita. Ero così imbarazzata dalle sue parole che non gli ho detto nulla a riguardo. Ma non è un uomo cattivo, e adesso mi dispiace non averlo salutato.»

Anche Nene sarebbe morta lì? Suo padre aveva appena perso la sua unica figlia, la figlia che sarebbe stato così orgoglioso di dare in sposa a un samurai? Niente di tutto ciò sembrava avere più senso.

Il Castello di Kumamoto era la più vicina roccaforte dei soldati dell'esercito imperiale e la loro tappa iniziale, prima di dirigersi a Tokyo. Era controllato da un maggior generale di nome Tani Tateki. Kono raccontò a Keiichirō che quell'uomo aveva combattuto al fianco di Saigō-sama e Kirino-san solo nove anni prima. Questa volta, però, lo avrebbe fatto contro di loro, fianco a fianco con i suoi vecchi nemici.

Molti dei soldati del castello erano originari di Kumamoto o di Satsuma. Questo avrebbe giocato a loro favore? I samurai che seguivano Saigō Takamori lo speravano vivamente. Di certo tutti si sarebbero schierati con la bandiera di Saigō e non con gli infidi soldati influenzati dagli occidentali e dallo *shinseifu*. Oppure avevano voltato le spalle alla loro storia comune, proprio come Tani, e avrebbero combattuto contro di loro?

Keiichirō marciava accanto a Toramasa. La sua armatura di famiglia era rimasta a casa, visto quanto era sgraziata e arrugginita. Non avrebbe saputo come indossarla, e poi l'armatura di metallo non sarebbe stata molto utile contro fucili e cannoni. La maggior parte degli uomini intorno a loro, molti dei quali non avevano antenati samurai e quindi armature ereditate, indossavano spessi *nagagi*, caldi strati esterni di kimono, insieme a *hakama* e *haori* come quello che aveva prestato a Isla. Tuttavia, vide alcuni degli uomini di Beppu indossare con orgoglio le proprie armature. Gli elmi, alcuni con ornamenti simili a corna per farli sembrare più alti e minacciosi, sembravano pesanti e scomodi.

Keiichirō aveva tenuto per sé l'avvertimento della scozzese sull'attacco dei soldati imperiali che mirava al loro arsenale.

Temeva che in troppi si sarebbero comportati come Taguchi: fermi nella loro convinzione che Isla fosse una spia, a prescindere dalla veemenza con cui Nakahara Hisao lo aveva negato.

L'avrebbe mai rivista? Lo desiderava davvero, ma non riusciva a dimenticare il suo monito sul fatto che avrebbero perso la guerra.

Lunghe bandiere rettangolari con lo stemma del clan

Shimazu si muovevano al vento. Saigō-sama era in testa al corteo, trasportato su un palanchino. Secondo alcune voci, aveva avuto una malattia che ormai gli impediva di andare a cavallo. Indossava la sua uniforme occidentale da ufficiale, possente e regale. Voleva presentarsi all'imperatore come un amico, non come un ribelle.

Toramasa bevve un sorso abbondante di *shōchū* e sorrise a Keiichirō.

Il padre di Nakamura Nene aveva riempito la brocca di Keiichirō fino all'orlo, ignorando le sue proteste. Keiichirō era riuscito anche a prendere all'ultimo minuto la tazza preferita di suo padre, quella blu in cui beveva lo *shōchū*, mentre salutava Kana e Yura. Si ripromise che, una volta rivendicata la vittoria al Castello di Kumamoto, avrebbe bevuto il suo primo *shōchū* da quando avevano lasciato Kagoshima. Fino a quel momento, sapere di averlo con sé gli diede un conforto per lui impossibile da spiegare.

13

Il cuore di Isla batteva frenetico mentre marciava al fianco di Nene. Erano sempre più vicini al Castello di Kumamoto.

Sapeva che non sarebbero usciti vittoriosi da quell'assalto, ma non aveva idea di cosa sarebbe successo di preciso o quando.

Avevano marciato per giorni, fermandosi solo la sera per consumare la propria razione di patate dolci e pesce essiccato prima di crollare per la stanchezza. E ancora in marcia, diretti verso nord e bombardati come non mai da una raffica di vento e neve.

Le donne si accamparono al centro, circondate da samurai, contadini e figli di mercanti. Parlavano a bassa voce mentre cucinavano attorno al fuoco oppure bisticciavano. La luce delle fiamme si rifletteva sugli zigomi e sui loro occhi scuri. Isla smaniava di parlare con qualcuno, di rivelare che quello che stavano facendo era una follia e che era meglio tornare a casa, ma sapeva che nessuno l'avrebbe ascoltata. La fiducia che si era guadagnata era troppo fragile perché qualcuno le credesse. Be', qualcuno che non fosse Keiichirō, e lui non avrebbe detto nulla per paura di non sembrare leale nei confronti di una causa importante come quella.

Si torse le mani mentre sedeva in solitudine. Un brivido le corse lungo la schiena. Cosa doveva fare?

Le donne dormivano in gruppo, con le coperte e i vestiti di ricambio stesi sulla neve, usando il calore degli altri corpi e del fuoco per riscaldarsi. Poco più lontani, gli uomini sedevano appoggiati agli alberi e alle rocce lì intorno, con le mani sulle spade o i fucili sulle ginocchia. Isla sentiva le gambe e i piedi pulsare per la marcia ininterrotta e fece una smorfia mentre si massaggiava i polpacci doloranti. Il suo pensiero andò a Hisakichi Kuroki. Keiichirō non aveva trovato alcuna traccia di lui alla *shi-gakkō*. A questo punto, era possibile che non fosse un samurai.

La seconda notte dopo che avevano lasciato Satsuma, Isla si svegliò al buio pesto e si accorse che Nene non era più accanto a lei.

«Nene» sussurrò, ma non era lì. La paura iniziò a insinuarsi dentro di lei. Le altre donne dormivano, Isla sentiva il loro respiro lento, ma la coperta di Nene era appallottolata accanto a lei. Le impronte fresche sulla neve conducevano verso un gruppo di alberi.

Forse doveva andare a cercarla.

No... Doveva essere andata a liberarsi, tutto qui. Nene non era stupida.

Isla si girò sulla schiena, guardando le stelle. La neve si era posata, e aveva creato una coltre bianca nel corso della notte. Non sarebbe passato molto prima che raggiungessero Kumamoto e il castello dove quel reggimento di samurai avrebbe perso in modo atroce contro i soldati imperiali.

Non aveva idea di come fermare tutto ciò. I samurai *volevano* morire in battaglia. Se credevano che la loro causa fosse giusta e che lo stavano facendo per il loro signore, in questo caso Takamori Saigō, allora erano disposti a buttare via la loro vita. Migliaia di samurai lo avevano già fatto in passato.

Ma loro sarebbero stati gli ultimi. A partire dal settembre del 1877, i samurai non sarebbero più esistiti. Il pensiero era straziante. Leggerlo in un libro o al museo era diverso. Le persone attorno a lei erano soldati vivi e vegeti, con cui Isla parlava, faceva il bagno e mangiava. Era destino che la storia seguisse il suo corso? Allora, perché lei era finita lì? Si sentiva impotente come una foglia trascinata via dalla corrente.

Isla ascoltò il respiro regolare delle donne che aveva intorno mentre infilava le mani intrecciate tra le cosce. Si raggomitolò su sé stessa e si limitò ad ascoltare lo schiocco silenzioso del fuoco vicino. E se si fosse rivolta direttamente a Takamori Saigō? Il museo diceva che aveva ripreso «a malincuore» il suo vecchio incarico per guidare quella ribellione. Aveva una malattia che gli rendeva difficile andare a cavallo e doveva trovarsi sulla cinquantina. Sicuramente avrebbe preferito pescare, cacciare e passare del tempo con i suoi figli piuttosto che marciare nella neve per una guerra che non avrebbe potuto vincere. Non credeva davvero di poter raggiungere Tokyo senza incontrare ostacoli lungo la via, o forse sì?

Il pensiero di avvicinarsi personalmente al comandante, tuttavia, la intimoriva. Saigō era una persona imponente e di grande valore, amata dai suoi seguaci. Shinpachi Murata l'aveva trattata alla stregua di un pericoloso animale selvatico, quando Isla si era accidentalmente imbattuta in lui. Alla ragazza straniera, un peso sgradito che si era unito a loro di nascosto, probabilmente non sarebbe stata concessa nemmeno un'udienza. E se anche le avessero permesso di parlargli, cosa avrebbe potuto dire? *Vengo dal futuro, i vostri soldati perderanno e voi morirete in cima a una collina vicino alla vostra città natale a settembre?*

Nel migliore dei casi sarebbe stata messa in ridicolo. Nel peggiore... be', quelle erano spade vere e molti dei samurai più anziani avevano già ucciso, in passato.

Isla si massaggiò distrattamente il collo mentre guardava nell'oscurità, ascoltando il vento che soffiava sugli alberi. I fuochi scoppiettavano qua e là nell'accampamento per tenere lontani i lupi e gli *yōkai*. Immaginò come doveva essere, la sensazione di credere in creature favolose come quelle, sospettare che si annidassero nelle foreste e nei fiumi.

E se si fosse avvicinata a Keiichirō? Se lo avesse convinto in qualche modo che quell'impresa era inutile? Se lo avesse salvato?

Ma lì c'erano migliaia di persone oltre a loro, e non era il caso di andare a spiare i volti di tutti gli uomini che dormivano nella speranza di trovare il suo. Isla sospirò, accontentandosi di cercare di dormire un po', ma dei passi affrettati si mossero verso di lei.

Era Nene. Si sdraiò, senza accorgersi che Isla era sveglia.

Isla pensò di chiederle cosa avesse fatto, ma le sembrava troppo indiscreto. Invece, le domandò: «Il santuario, quello vicino a Kagoshima. Perché tutti ne hanno paura?»

«Non ne so molto» rispose Nene «ma secondo alcuni

capita di trovare degli animali morti, in quel santuario. E la gente che si avventura là dentro scompare.»

Scompare? Il cuore di Isla ebbe un sussulto.

Intendeva forse ciò che lei sperava?

Il mattino seguente Isla si sentì come se non avesse chiuso occhio, prima che l'esercito si alzasse per riprendere a marciare verso nord.

Raggiunto il castello di Satsuma, si inchinarono davanti ai cancelli prima di oltrepassarli. Nell'esercito, intanto, si mormorava che il capo dei samurai non li avesse riconosciuti.

Isla tenne la testa bassa. Il feudatario di Satsuma non amava gli stranieri.

Sentiva il cuore pesante. Kumamoto sarebbe stata un disastro, un disastro sanguinoso e inutile. Nonostante questo, però, andare avanti con gli altri la spaventava meno che tornare indietro da sola.

A metà febbraio entrarono nella prefettura di Kumamoto. Nonostante la neve a volte molto profonda, avevano impiegato solo pochi giorni per marciare da Kagoshima alla città di Kawashiri.

Il castello si ergeva oltre la linea degli alberi, regale ed elegante, sopra un vasto fossato. Se i ribelli avessero conquistato Kumamoto, tutto il Kyūshū sarebbe caduto nelle mani delle forze di Satsuma.

Keiichirō si unì agli altri samurai schierati con i cannoni fuori dalle mura del castello.

«La maggior parte dei soldati di Tani Tateki sono soldati di leva» ricordò Kono a tutti, con il volto sfigurato dal disgusto. «Ha combattuto con Saigō-sama per l'imperatore, ma adesso si è ridotto a guidare un branco di deboli coscritti imperiali. Gli faremo vedere come si fa una vera battaglia.»

Keiichirō osservò i suoi compagni samurai. Erano fiduciosi che la loro forza, il sangue guerriero che scorreva nelle loro vene, avrebbe ridotto senza alcuna difficoltà le linee dei coscritti ancora nascosti nel castello, dato che il maggior generale Tani li aveva barricati tutti all'interno. Aveva scelto di difendere il castello, piuttosto che sfidare i samurai sul campo di battaglia.

Vigliacchi, pensò Keiichirō, ecco perché non siete samurai. Anche se era un'ottima tattica di guerra.

Kirino-san e Beppu-san pattugliarono i ranghi. Sarebbero rimasti lì fino a nuovo ordine, gli dissero. Il capo del secondo reggimento chiese se avessero abbastanza cibo. Ogni samurai aveva la propria scorta di provviste e munizioni, anche se si procuravano molto altro cibo con la caccia. Una sera, Murakami tornò con un intero sacco di pesce appena pescato nel fiume, che condivise con i suoi amici più cari. Per ringraziarlo, lodarono il loro amico e tutti i suoi antenati. Tatsuzō parlò di nuovo dei suoi sogni, per cui i suoi amici lo prendevano in giro, e si raccontarono alcune storie della loro infanzia. Era una situazione quasi piacevole.

Prima che l'ultimo raggio di sole svanisse nella sera, Keiichirō trovò Toramasa seduto sul bordo del fiume, con il suo rasoio *kamisori* in mano.

«Incredibile» esclamò ridendo. «Ti fai la barba in un momento come questo?»

«Certo.» Toramasa si passò delicatamente la lama sul mento. «Ikeda-san dice che sto bene con il viso sbarbato.» Mise da parte la lama e si accarezzò il ciuffo. «Uno di noi deve mantenere le apparenze. Io voglio essere bello anche da morto.» Agitò il rasoio e guardò Keiichirō, che sfoggiava un ispido velo di barba. «Che ne dici, Maeda? Dicono che ho le mani di piuma. Non sentirai nulla.»

«Mi fido della tua parola.»

Diverse ore dopo, quando le stelle ormai brillavano in cielo, Keiichirō fu strappato dai suoi sogni da qualcuno che lo scuoteva violentemente. Le sue dita si strinsero intorno all'impugnatura della katana, annidata nell'incavo del suo braccio mentre dormiva contro la corteccia fredda di un albero. Si svegliò in un sussulto, ma era solo Toramasa. Un luccichio esaltato gli brillava negli occhi.

«Andiamo a vedere i terreni del castello da vicino.»

Scacciando il sonno, Keiichirō si alzò con un fruscio di stoffa. Infilò la spada nella cintura e seguì Toramasa come un'ombra nella notte. Ikeda, senza troppe sorprese, si unì a loro, così come il cugino di Keiichirō, Tatsuzō, e il loro compagno di classe Murakami.

«Quelli nel castello riusciranno anche a vedere un esercito in arrivo» osservò Toramasa. «Ma non quattro soldati.»

«Cosa stai trasportando?» Keiichirō notò il sacco rigonfio che il suo amico portava in spalla. «Dove l'hai preso?»

«In una delle carrozze. Vuoi sbrigarti o no?»

Gli uomini dormivano schiena contro schiena, oppure poggiati contro alberi e rocce. Alcuni erano svegli, ma nessuno fece caso al piccolo gruppo che passava. Altri alimentavano il fuoco o lucidavano le spade.

Le stelle rischiaravano il loro cammino, anche se la zona del castello era illuminata da varie lanterne. I muri di pietra circondavano un vasto terreno. Il castello si ergeva al centro, illuminato dalle lampade e con i tetti spioventi ed eleganti divisi su più piani. I soldati imperiali sostavano in piedi davanti ai cancelli, pronti a qualsiasi segnale di attacco. La sagoma di un soldato nemico, armato di fucile, pattugliava le mura.

Aspettarono che si allontanasse e poi si avvicinarono di soppiatto al fossato antistante alle mura del castello, tenendosi bassi sull'erba.

I samurai evitarono i cancelli principali sorvegliati dai soldati imperiali e continuarono a muoversi tra i cespugli. Il piede di qualcuno colpì una pietra, che rotolò via. Si bloccarono sul posto, immersi nella boscaglia, e le mani si mossero verso l'elsa della spada quando un soldato imperiale lanciò un'occhiata nella loro direzione, ma solo di sfuggita.

Continuarono ad aggirare il fossato. Keiichirō osservò le mura del castello. Gli sembravano impenetrabili, il che non lasciava presagire niente di buono per l'attacco del giorno dopo.

Toramasa si fermò e posò silenziosamente il sacco che aveva con sé. Si inginocchiò e armeggiò con qualcosa. Era lungo diversi metri e assomigliava a una freccia, solo che era molto più spesso, lungo quasi quanto il braccio di Keiichirō, e aveva delle alette di metallo.

«*Bō-hiya*. L'ho rubata dall'arsenale di Somuda» si vantò Toramasa.

Una freccia di fuoco.

Keiichirō guardò in silenzio il suo migliore amico mentre infilava l'enorme freccia nel meccanismo di tiro e puntava verso la cima del muro di fronte al fossato.

«Aspetta» lo fermò Keiichirō. «Non dovremmo usarla in battaglia? Beppu-san vorrà sicuramente farlo.»

Toramasa rispose: «Ma questo è molto più divertente».

«Non siamo qui per divertirci» ribatté a sua volta Keiichirō, mentre Toramasa accendeva la miccia avvolta intorno all'asta e la puntava al di sopra del muro, verso il magazzino.

«Farà un bel rumore, quando esploderà» osservò Ikeda, con voce serena.

«Già.» Toramasa rise di nuovo. Dopo qualche secondo, la sua allegria sparì e Toramasa sembrò improvvisamente allarmato. «Oh, già. Hai ragione.» Si allontanò di corsa dal cannone.

Keiichirō, Tatsuzō e Murakami si guardarono, e scapparono via all'unisono.

Corsero nel fitto della foresta, fin quando non li raggiunse un boato alle loro spalle.

Gli uccelli spaventati si alzarono in volo e i samurai sentirono un urlo rabbioso riecheggiare per tutto il terreno del castello.

Keiichirō osservò il punto in cui si trovavano poco prima. Delle fiamme crepitavano dall'altra parte del muro, la luce arancione si rifletteva con gioia nel fossato. La freccia di fuoco aveva colpito un magazzino, e il fuoco si stava espandendo.

Quando Keiichirō e i suoi amici raggiunsero la cima della collina, videro i loro compagni samurai mettersi seduti e strofinarsi gli occhi, nel tentativo di capire cosa fosse successo. A quel punto, un edificio intero era in fiamme.

«Toramasa» esclamò Keiichirō «forse hai appena ribaltato le probabilità a nostro favore. Ma non diremo mai a nessuno che siamo stati noi a farlo.»

14

Il giorno dopo nessuno parlò dell'incidente, anche se si diceva che il magazzino del Castello di Kumamoto fosse stato danneggiato, ostacolando l'approvvigionamento alimentare del nemico. Qualsiasi elogio avrebbero potuto ottenere per aver leso le scorte di cibo e di munizioni sarebbe finito in secondo piano rispetto al fatto che si erano mossi senza attendere gli ordini e avevano preso un'arma che poteva essere utilizzata in battaglia. Non che i *bō-hiya* fossero granché in confronto ai cannoni che erano arrivati al castello il mattino seguente, insieme ai rinforzi.

Dopo due giorni passati fermi a osservarli, l'esercito imperiale attaccò. Giovani coscritti in abiti occidentali aprirono il fuoco contro i samurai, quando il sole aveva superato lo zenit. I loro colpi erano maldestri, e i samurai non erano certo disarmati.

Keiichirō usò il suo fucile pesante contro i soldati che correvano su per la collina. L'arma gli fumava tra le braccia mentre i soldati di leva urlavano e cadevano. Si accorse che era facile dimenticare che quella era la sua stessa gente, quando indossava pantaloni e giacche con i bottoni e puntava le armi contro di loro. Un uomo che sembrava un contadino crollò tre metri a destra di Keiichirō con un urlo e un buco nel petto. Keiichirō strinse i denti, sforzandosi di non guardare il compagno caduto.

Mai arrendersi.

Un soldato imperiale rotolò giù dalla collina. Il berretto scuro gli volò via dalla testa prima che lui riuscisse a fermarsi, gemendo e sanguinando. Keiichirō sparò un colpo. L'esplosione gli fece tremare il cervello, il fumo gli riempì il naso.

Mai essere sconfitti.

Il plotone dei coscritti si ritrovò urlante e senza più alcuna formazione d'attacco, per la gioia dei samurai. Un grande applauso risuonò tra loro.

«Questi soldati di leva non hanno alcuna possibilità contro i samurai!» gridò Kirino-san, estraendo la sua katana e puntandola in aria. Altri lo imitarono e puntarono le proprie armi nel fumo degli spari e nella luce scintillante del sole, che di tanto in tanto brillava dorata sulle lame. «Prendiamo il castello e facciamo in modo che l'imperatore ci ascolti!» gridò ancora Kirino-san.

Le urla di Keiichirō si unirono a quelle degli altri. L'euforia gli scorreva nel sangue, la vittoria gli ruggiva nel cuore. L'aria intorno ai samurai crepitava di fiducia e spavalderia. Ognuno ricordava il proprio addestramento alla *shi-gakkō*, ognuno sentiva gli insegnamenti di Saigō Takamori scorrere nelle vene.

Un cannone fece fuoco e abbatté un muro ai margini del Castello di Kumamoto, facendo crollare mattoni e pietre nel fossato. Gli alleati cercarono di entrare con la forza nel castello, ma i soldati di leva che brandivano i fucili spararono a raffica contro di loro.

I samurai attaccarono. Molti caddero sotto quella

pioggia di proiettili. Alcuni strisciarono via o furono portati lontano dalla battaglia per essere curati, mentre altri samurai corsero a sostituirli, sparando con i loro fucili contro gli uomini appostati sulle mura. Altri ancora urlavano, sanguinando, mentre cadevano nel fossato con potenti schizzi d'acqua. I cannoni di supporto del clan Shimazu spararono alle mura del castello fino a ridurle in rovine fumanti. Molti urlarono anche mentre morivano, tingendo di rosso tutto intorno a loro, mentre l'aria si riempiva della puzza di polvere da sparo e sangue.

Alla fine, i samurai riuscirono a forzare l'entrata per i terreni del castello.

Keiichirō fece diversi respiri profondi per prepararsi, fucile alla mano, e si unì agli altri. Corsero su per i gradini di pietra verso l'edificio.

Ma qualcosa non andava. Non riuscivano a fare breccia nell'entrata del castello.

Tutta quell'energia, così piena di coraggio fino a pochi istanti prima, si infranse e bruciò nell'aria, per poi fermarsi. Un urlo di ritirata. Keiichirō si guardò intorno alla ricerca di Toramasa e Murakami. Entrambi erano rimasti al suo fianco mentre correvano su per le scale.

Il suo mondo si fermò, finendo in un lampo brutale.

Murakami giaceva accartocciato sui gradini di pietra, con un buco nello stomaco da cui fuoriuscivano organi lucidi e scivolosi.

La testa di Murakami pendeva da un lato mentre Keiichirō afferrava il braccio più vicino per cercare di trascinarlo al sicuro. Il sangue denso trasudava tra i denti ridotti a monconi. Un suono angosciato sfuggì dalle labbra di Keiichirō, un urlo di disperazione. Non sarebbe riuscito a salvarlo.

I suoni della battaglia e la percezione di ciò che gli altri samurai stavano facendo scivolarono nel nulla. Keiichirō si sedette su un gradino e si tirò la testa dell'amico sulle ginocchia.

«Sei stato il più coraggioso dei samurai e il migliore degli amici» mormorò Keiichirō, mentre lottava contro le lacrime. I samurai gli passavano accanto, alcuni gli gridavano di alzarsi, ma lui li sentiva a malapena. Ormai non esisteva più nulla, se non l'uomo che stava morendo sul suo grembo.

Murakami cercò di dire qualcosa, ma si limitò a tossire altro sangue. Si sentiva debole tra le braccia di Keiichirō.

«Smettila, Keiichirō. Alzati e salvati» riuscì a dire il samurai in fin di vita, mentre le sue parole uscivano insieme ad altre bolle di sangue.

Ma Keiichirō non si mosse. Ogni cosa attorno a loro sparì, mentre stringeva Murakami a sé. Gli parlò della loro infanzia e degli scherzi che avevano fatto, e gli promise che tutti a Kagoshima avrebbero saputo che non era mai esistito un samurai migliore e più coraggioso di lui. Mentre parlava, Murakami farfugliò qualcosa e divenne un po' alla volta più pesante. Keiichirō abbassò lo sguardo per vedere gli occhi dell'amico perdere la propria luce. Murakami era morto, ma Keiichirō non lo abbandonò.

«Ricordi quando scacciasti i soldati con la mazza da mochi della tua *obaachan*?» ridacchiò, mentre le sue lacrime si confondevano con la vita scivolata via del suo amico.

Passarono pochi secondi o delle ore. Quando Keiichirō tornò in sé, quasi tutti i suoi compagni erano scomparsi nella ritirata.

Toramasa stava tornando indietro per lui. «Lascialo. È ora di andare.»

Toramasa staccò Keiichirō, ormai intriso di sangue, dal cadavere di Murakami. Mentre si allontanavano in fretta, un proiettile scheggiò il gradino di pietra su cui Keiichirō era seduto fino a un attimo prima.

Toramasa ansimava mentre correva verso gli altri samurai, asciugandosi la fronte sudata. «Sei un idiota! Potevi morire.»

«Ma tu sei venuto a prendermi» ribatté Keiichirō, tornando finalmente in sé nonostante il suo dolore. «Non lo dimenticherò mai.»

Nene piagnucolò, stringendo Isla così forte da farle male.

Avevano trovato rifugio in un boschetto nei dintorni, quando erano iniziati gli spari e i colpi di cannone. Nessuna di loro era una combattente né fingeva di esserlo. Un po' di colpi sparati a caso durante gli allenamenti non le avevano di certo preparate ad affrontare dei soldati addestrati. Quando Nene si era rifugiata tra gli alberi, Isla non aveva visto ragioni valide per non seguirla.

«Spero non sia ferito» singhiozzò Nene.

Le grida e gli spari sembrarono durare una vita, ma poi, inaspettatamente, i suoni dei combattimenti iniziarono a scemare.

Isla si avvicinò al bordo della boscaglia e fissò il castello.

Non era sicuramente un'esperta in fatto di guerra, ma aveva capito che i samurai erano in ritirata. E aveva capito anche che il numero di quelli che stava tornando all'accampamento non si avvicinava neanche lontanamente al numero di quelli che lo aveva lasciato. Lo stomaco le si strinse in una morsa. Quanti samurai erano morti?

Keiichirō era vivo?

Era ferito?

O era morto?

Nene la affiancò e insieme guardarono uno spettacolo disperato, fatto di sangue e volti contorti dal dolore. Cercarono di non respirare la puzza che le avvolgeva, l'odore di ferro e di morte.

Isla sapeva perfettamente che molte persone avrebbero perso la vita, ma vederlo con i suoi occhi era tutt'altra cosa.

Si chinò e vomitò. Le lacrimavano gli occhi. Nene la trascinò indietro e Isla si pulì la bocca, tremando.

«Respira, *lass*, respira» la incitava la voce di sua madre nella sua testa. Fece del suo meglio per seguire quel consiglio. Era quello che lei avrebbe voluto. Sua madre non le era mai mancata così tanto come in quel momento. Isla si sentiva indifesa, priva di ogni potere e capacità di azione. Desiderava essere ovunque in quel momento, tranne che lì.

«Va tutto bene» cercò di confortarla Nene, con le braccia sottili che la avvolgevano.

Non andava tutto bene. Nulla sarebbe mai più andato bene. Ma Isla si aggrappò ugualmente a lei.

Le donne erano rimaste ai margini della battaglia, anche se Hisa Kirino si era unita alla mischia, brandendo la sua spada da samurai con la stessa forza del marito.

I samurai di ritorno crollarono per la stanchezza. Isla e

Nene li raggiunsero silenziosamente per potersi occupare dei feriti.

I coscritti dell'imperatore non corsero a dargli la caccia. Sapevano che sarebbero stati più forti, finché fossero stati protetti dalle mura del castello.

Il cuore di Isla sobbalzò quando scorse Keiichirō accanto a un falò, con Toramasa al suo fianco. Un alone rosso scuro gli macchiava la guancia. I suoi occhi erano persi in uno sguardo smarrito. Isla desiderava andare da lui ma, al contrario, abbassò la testa sotto il cappello di paglia. Conosceva il suo posto, e non era al suo fianco. Quello spazio apparteneva a Nene, che annuì con sollievo quando Isla indicò Keiichirō.

Trovarono un fuoco con sopra uno stufato in cottura. Sempre in silenzio, si affannarono ad aiutare un uomo dal volto rugoso con una bandana in testa, impegnato a distribuire ciotole di patate dolci e alghe secche. Non le degnò di una seconda occhiata mentre lavorava in silenzio, con lo sguardo distante. Quanti amici aveva perso oggi?

«Per ora resteremo qui» la informò Nene mentre si assicurava che lei e Isla avessero una ciotola di cibo a testa, quando ormai i samurai si erano saziati. «I samurai hanno avuto l'ordine di aspettare i rinforzi. Ho sentito dire che stanno arrivando altri combattenti fedeli alla causa.»

Isla emise un sospiro tremante e mandò giù a forza il cibo. Aveva lo stesso sapore della cenere.

Quella notte, Nene spinse il suo giaciglio accanto a quello di Isla per riscaldarsi a vicenda. Isla sognò cannoni che sparavano, uomini che gridavano e un esercito che scendeva più veloce di uno tsunami, tagliando arti qua e là ai loro soldati e marciando attraverso un sentiero di sangue. Nel sogno arrivavano a prendere anche lei, il fuoco bruciava nelle loro bocche.

Quando si svegliò di soprassalto, Nene stava tornando a sdraiarsi accanto a lei e Isla capì che era andata a trovare Keiichirō.

«Sta bene?» le chiese.

Nene annuì e Isla si tirò la coperta sulle spalle mentre Nene scivolava di nuovo accanto a lei, portando con sé il profumo di pino e seta.

Mentre era stesa sveglia e ascoltava Nene dormire, Isla pensò ancora una volta a Hisakichi Kuroki. Forse anche lui era nelle vicinanze, impegnato a combattere il freddo e i ricordi del loro sanguinoso incontro, proprio come stava facendo lei in quel momento. Oppure era morto sul campo di battaglia, lasciando moglie e figli, gli antenati di Isla, ad aspettarlo?

Voleva chiedere in giro ma, guardando i samurai accasciati a terra, forse non era il momento di disturbare il loro dolore.

Keiichirō era esausto, ma ogni volta che chiudeva gli occhi vedeva davanti a sé il volto morto e sdentato di Murakami.

Il sonno sembrava essere sparito del tutto, così si versò un po' della bevanda chiara che portava con sé nell'amata tazza *shōchū* di suo padre. Aveva conservato il suo *shōchū* per berlo se mai avessero vinto quella battaglia, ma in quel momento annebbiare la sua mente era il massimo in cui potesse sperare.

«*Kanpai*.» Alzò la coppa per brindare a Toramasa, seduto accanto a lui, a Murakami e agli altri fratelli caduti. La portò alle labbra.

Il suo sussulto fu così brusco che diversi samurai lì vicino alzarono lo sguardo, alcuni di loro afferrarono persino le spade. All'interno della tazza c'era un enorme insetto con delle lunghe antenne, sei zampe e un grasso corpo nero. Di riflesso, il samurai la scagliò lontano. La coppa si infranse contro una roccia e si spezzò in due.

Nelle vicinanze, Taguchi e i suoi amici scoppiarono a ridere.

«Uno scarafaggio!» Il cuore di Keiichirō batteva forte.

«*Bakamono*, calmati» lo rimproverò Toramasa. «È inverno. Non ce ne sono.»

Naturalmente, Toramasa aveva ragione. Keiichirō si avvicinò alla tazza e vide che qualcuno vi aveva *dipinto* uno scarafaggio. Strinse i pezzi tra le mani. Non sapeva se sentirsi più imbarazzato o furioso per quella situazione.

Taguchi stava sgranocchiando una mela e aveva un sogghigno che a Keiichirō non piaceva.

I pezzi rotti della coppa di suo padre erano troppo da gestire, in quel momento. Keiichirō caricò verso Taguchi.

«Non farlo.» Toramasa afferrò il risvolto degli *hakama* di Keiichirō. «Ho un'idea migliore.»

Quella notte Keiichirō rimase sveglio, lottando per tenere sotto controllo la rabbia. Quando tutti erano ormai addormentati, lui e Toramasa si alzarono all'unisono. Keiichirō strinse i denti per non farli battere nell'aria gelida.

Sapevano qual era la postazione in cui Taguchi stava dormendo.

Le luci delle mura del castello splendevano alla loro sinistra. Gli uomini di Tani Tateki erano riusciti finalmente a spegnere il fuoco quella sera, quando ormai quasi un quarto del terreno era stato ridotto in cenere. Toramasa impugnò il suo rasoio *kamisori* mentre lui e

Keiichirō strisciavano verso il luogo in cui Taguchi era steso. Il samurai russava appoggiato a una grande roccia, con le braccia conserte sul petto e la testa inclinata all'indietro, a bocca aperta.

Se qualcuno li avesse scoperti...

«Va tutto bene. Ho un tocco delicato, ricorda.» Toramasa si inginocchiò davanti a Taguchi e rasò delicatamente metà dei suoi preziosi baffi, ritraendo la mano per qualche istante quando la bocca di Taguchi si contrasse.

Toramasa offrì il rasoio a Keiichirō in un silenzioso invito, ma lui esitò. Non gli sembrava giusto, in qualche modo, dopo tutto quello che era successo.

Toramasa annuì comprensivo, anche se questo non gli impedì di passare delicatamente la lama su un sopracciglio. Taguchi sembrava così stupido che dovettero coprirsi la bocca con le maniche della giacca per non ridere.

Il mattino seguente, Ikeda si presentò davanti a Toramasa, con i lunghi capelli mossi dal vento mentre li sistemava frettolosamente in uno chignon, le spade infilate nella cintura.

Toramasa posò subito la ciotola e si inchinò in segno di saluto.

«Devo supporre che tu abbia a che fare con il nuovo aspetto di Taguchi-san?» chiese Ikeda amichevole, prendendo posto accanto a Toramasa e accettando una ciotola di pesce e patate dolci. Keiichirō respirò lentamente. Se Ikeda aveva capito cosa era successo, era probabile che lo avrebbe fatto anche Taguchi.

«Non vedere il male, non sentire il male, non parlare del male.» Toramasa si riempì la bocca di cibo mentre una coppia di samurai gli passava accanto con un sorrisetto. Un ragazzino che si era unito ai loro ranghi li superò di corsa, ridacchiando e raccontando a chiunque fosse a portata d'orecchi del sopracciglio mancante e dei mezzi baffi di Taguchi.

Mezz'ora dopo, Taguchi se ne andava in giro con passo pesante. «Cos'avete tutti da ridere?» chiedeva a chi lo guardava. «Siamo in guerra, non lo avete capito?»

Raggiunse la riva del fiume per lavarsi e Toramasa alzò le dita per fare il conto alla rovescia. Un urlo strozzato li raggiunse. Tutti e tre scoppiarono a ridere.

15

Arrivarono i rinforzi, con i volti riposati e un carico di vettovaglie.

Toramasa sollevò la sua coppa esultando. I nuovi arrivati sembravano vigili e pronti alla battaglia, e avevano rimpolpato le fila. Adesso c'erano decine di migliaia di soldati. Un numero formidabile.

Gli animi si sollevarono da un capo all'altro dell'accampamento. Saigō-sama si rivolse a tutti loro, con le grandi mani strette dietro la schiena.

La sua voce rimbombò nell'aria: «Non pensate che quelli del castello non siano demoralizzati per le perdite subite durante la ribellione di Shinpuren! Loro non sono altro che ragazzi che giocano alla guerra, e noi siamo i samurai di Satsuma, i migliori guerrieri al mondo! L'imperatore ascolterà ciò che ho da dirgli».

Gli applausi di Keiichirō si unirono agli altri. Una volta preso il castello, l'imperatore sarebbe stato costretto ad ascoltarli.

Per il secondo attacco, i samurai decisero di colpire il Castello di Kumamoto con una formazione a tenaglia diretta ai bastioni. Due gruppi di guerrieri, armati con i fucili e le munizioni rimaste, scesero sui terreni del castello.

Ma i soldati imperiali li stavano aspettando.

Gli uomini andarono dritti verso la morte, sotto gli spari dei soldati che attendevano in cima alle mura e all'interno degli edifici circostanti. Onde infinite di samurai attaccarono le mura, ma furono decimati. Caddero uno dopo l'altro, i corpi disseminati di proiettili e le loro urla nell'aria.

Keiichirō guardò con orrore amici e compagni dell'accademia morire davanti alle mura del castello. Riuscivano a malapena ad arrampicarsi fino a metà, con le spade in mano, prima che pistole e fucili li costringessero a rinunciare riducendoli in poltiglia.

Toramasa si voltò di scatto verso il ponte. «Laggiù!»

Keiichirō lo seguì con lo sguardo. Dall'altra parte del ponte, i cancelli erano aperti. In attesa di una consegna di provviste, forse.

«Potrebbero chiuderli presto. Andiamo!» gridò Toramasa. Lui, Keiichirō e Ikeda corsero in direzione del ponte.

«Siamo vicini alla vittoria! Lo sento» li incitò Toramasa, con una risata. Era il più veloce tra loro a correre. Superò gli altri, correndo sul ponte.

L'arco davanti a loro esplose.

La forza dell'esplosione scaraventò Keiichirō a terra, facendolo atterrare sulla schiena e mozzandogli il respiro dai polmoni.

Rimase per un attimo sotto shock, lottando per respirare mentre un suono acuto gli rimbombava nelle orecchie. Con uno sforzo enorme, si costrinse a rotolare sullo stomaco, con il dolore che gli attraversava il torace, finché non riuscì a prendere una boccata a pieni polmoni dell'aria polverosa che lo circondava.

Una nuvola di detriti si era alzata, trasformando i samurai che combattevano in sagome opache attorno a lui. Il tempo rallentò. I suoni erano niente più che un'eco lontana. Lì vicino, Keiichirō riusciva a vedere Ikeda muovere le labbra. Stava dicendo qualcosa, il suo viso solitamente calmo adesso era terrorizzato. Keiichirō riuscì a rimettersi in piedi e si guardò intorno per cercare il suo amico.

Nel punto in cui Toramasa si era fermato, adesso non c'era altro che una macchia rossa. Qualcosa rimbalzò accanto a Keiichirō e lui la osservò. Il mondo gli crollò addosso.

Era una mano, una mano segnata da una sottile cicatrice rosa riportata in seguito a un errore durante un allenamento.

Keiichirō si inginocchiò in preda all'angoscia. Mori Toramasa non poteva essere morto.

I suoni erano ovattati, i movimenti lenti. Un nuovo dolore si affacciò dentro di lui, un dolore terribile che lo travolse, inghiottendolo come fumo. In quel momento, nient'altro aveva importanza.

Il suo migliore amico se n'era andato.

Morto in un battito di ciglia.

Incredula per il trattamento che i samurai stavano subendo, Isla si diresse verso la collina, come trascinata da una forza inesorabile. Trovò una spada caduta e la raccolse con mani tremanti. L'arma era pesante e sgraziata. Le ci vollero entrambe le mani per riuscire ad alzarla davanti a sé. Nel riflesso della lama, vide il suo volto tra le macchie rosse. La sua pelle era pallida come la neve ormai sciolta, delle ombre grigie le scavavano sotto gli occhi.

«Tutto questo è così inutile» sussurrò Isla, mentre i samurai correvano verso le mura solo per essere abbattuti, crollando a terra come sacchi di mattoni. La spada non sarebbe stata di alcun aiuto. La lasciò cadere.

In ogni caso, ormai era vicina ai confini del castello e poteva aiutare i samurai feriti.

Poi, si fermò e osservò qualcosa davanti a sé.

L'uomo che aveva davanti le era familiare.

Riconobbe i suoi zigomi alti e la sua espressione seria. Con la spada ben stretta in pugno, l'uomo si voltò verso il castello, negli occhi un'espressione spaventosa. Bramava vendetta. Era fermo lì. Reggeva qualcosa di piccolo in una mano. Isla non riusciva a vedere cosa fosse.

Riusciva a malapena a realizzare che quell'atteggiamento aggressivo apparteneva allo stesso uomo tanto gentile che lei aveva conosciuto.

«Keiichirō» gridò. «Kei!»

Stava per correre dritto verso la morte.

«No, Kei, non andare!» Isla urlò ancora. Lui si fermò, ma non guardò verso di lei. Lasciò cadere a terra ciò che aveva in mano.

Non era certa che avesse sentito le sue suppliche.

Isla corse veloce attraverso gli spari, inciampò su un cadavere e afferrò la manica dell'*haori* di Keiichirō. Lo strinse con forza tra le mani mentre lui faceva un passo avanti.

Lui tentò di scacciarla, ma Isla urlò di terrore quando si rese conto che l'oggetto che Keiichirō aveva in pugno era una *mano*, una mano che ancora perdeva sangue e che adesso era abbandonata per terra accanto a loro.

Un'ondata di nausea la investì. Riuscì a osservarla giusto il tempo di chiedersi di chi fosse.

In qualche modo, il suo ultimo grido sembrò far rinsavire Keiichirō, almeno in parte. Sembrava ancora impazzito.

«Isla?»

Il samurai la fissò incredulo. Da vicino, Isla poteva vedere che la scintilla nei suoi occhi, quella che tanto le era piaciuta, non c'era più. Il suo volto era grigio per lo spavento, schizzato di sangue che Isla sperava non fosse suo, e la sua fronte era segnata da profonde rughe, comparse dopo la sua partenza da Kagoshima.

Non era contento di vederla né tantomeno persuaso ad abbandonare il suo piano. Cercò di liberare il braccio dalla presa, ma Isla si tenne stretta a lui.

«Lasciami andare» gridò, strattonando il braccio con forza. «Ho un torto da riparare.»

Le buone maniere di Keiichirō sembravano scomparse. Non c'era spazio per altro, se non per la sua furia nuda e cruda.

«No, ti prego! Guarda!» Indicò le mura del castello, a cui i samurai cercavano di arrampicarsi, solo per incontrare i proiettili e le spade dei nemici. Gli spari rimbombavano nell'aria, gli amici e i compagni di accademia di Keiichirō cadevano come sassi in una valanga. «Stanno morendo tutti, Kei. Morirai anche tu. Non andare, è inutile, lo capisci?»

«Io non sono un codardo.»

«No che non lo sei, ma...»

Un urlo riempì l'aria, un grido femminile che le fece gelare il sangue. Sia lei che Keiichirō si voltarono. Un soldato imperiale puntava un fucile fumante contro Nene, che era rannicchiata davanti a lui e implorava per la sua vita. Il soldato rise di lei.

Keiichirō caricò e gli conficcò una lama nel collo. Le sue risate si trasformarono in gorgoglii e cadde a terra con un tonfo.

Isla aiutò la sua amica ad alzarsi. Le tremavano le labbra, e sembrava terrorizzata.

Alle sue spalle, li raggiunse un rumore sordo che fece urlare Nene. Isla vide una donna distesa immobile sul terreno. Il suo cappello era finito chissà dove. Metà del suo busto era stata spazzata via, con cascate di sangue che si riversavano nel fango. Nene si districò dalla presa di Isla e si accasciò accanto alla ragazza morta.

«Aiko-chan!» singhiozzò, stringendo a sé la donna morta. «Aiko-chan!»

L'orrore travolse Isla mentre guardava il volto di Aiko, paralizzato dallo shock.

Lì vicino, un samurai abbatté un soldato imperiale che impugnava un fucile. Isla sentì le viscere diventare come acqua. Voleva crollare e singhiozzare, ma si costrinse ad afferrare Nene, che si divincolò ancora dalle sue braccia come una bambina capricciosa, aggrappandosi alla sua amica.

«Se n'è andata, Nene. Non c'è niente che tu possa fare.»

Isla la trascinò via da Aiko e si voltò verso Keiichirō, ancora fermo tra le macerie del ponte. Non stava correndo a mettersi in salvo, ma neanche a raggiungere i suoi amici, che venivano falciati uno dopo l'altro.

Il fumo le bruciava la gola. Le sue braccia protestarono per lo sforzo quando trascinò Nene via con sé. Le lacrime si facevano strada tra le macchie di fango sul suo viso. La testa le pulsava, piena dei rumori della guerra.

Niente imprese. Niente romanticismo. Dovevano andarsene da lì.

Il cuore di Keiichirō tuonava come un animale feroce contro la sua cassa toracica.

Ikeda si accovacciò, con gli occhi vitrei, fissando il punto in cui era morto Toramasa. Sembrava non accorgersi neanche dei soldati che combattevano intorno a lui.

«Ikeda!» gli urlò Keiichirō, strofinandosi furiosamente gli occhi che bruciavano. «Combatti!»

Ikeda sbatté le palpebre e impugnò la spada. Solo allora corse verso alcuni soldati lì vicino, mentre Keiichirō si volgeva verso Isla e Nene.

«Venite con me» sbraitò alle due donne, infilando la spada nella cintura. «E state giù.»

Tornò in sé e le raggiunse. Keiichirō prese Nene in braccio e iniziò a correre insieme a Isla su per la collina per mettersi in salvo.

«Rimanete qui» ordinò, mentre tornava indietro di corsa per trovare Ikeda.

Isla avvolse le braccia intorno a Nene, tirandola a sé mentre si accasciavano a terra. Nene era a malapena cosciente. Anche Isla avrebbe preferito perdere i sensi. Il suo peggior incubo era niente in confronto all'orribile spettacolo a cui stava assistendo in quel momento.

Gli scontri proseguirono quella notte, con migliaia di spari e centinaia di feriti.

Al mattino presto, prima che i primi raggi di sole potessero illuminare il cielo, i samurai rimasti rabbrividirono per il freddo gelido. Alla fine, non erano riusciti a conquistare il castello. Avevano commesso un peccato capitale in guerra: avevano sottovalutato l'avversario. Ora sapevano che le probabilità di vittoria si erano pesantemente sbilanciate a favore dei soldati e del loro generale.

Le scorte stavano per terminare. Non potevano continuare a sprecare risorse in quel modo.

«Facciamoli morire di fame» fu l'ordine che circolò tra i samurai. Si trincerarono nel terreno gelido, dividendo tra loro il cibo e i vestiti di ricambio. Avrebbero fatto morire di fame i soldati nel castello. Li avrebbero costretti ad andarsene e alla fine avrebbero ucciso o catturato chiunque ci avesse provato.

I samurai potevano cacciare o richiedere altri rifornimenti. Finché avessero bloccato i rinforzi al castello, Tani e i suoi uomini sarebbero stati costretti a uscire per primi.

Il dubbio si fece strada nel cuore di Keiichirō. Le parole di Isla, come un presagio di sventura, riecheggiavano sempre più forti nella sua mente.

Non andare. È inutile.

Molti dei suoi amici erano morti. Kono era caduto per una ferita d'arma da fuoco. Murakami era morto. E Toramasa... be', le mine antiuomo di quei codardi non ci avevano messo molto a finirlo. Lì avrebbe dovuto esserci Keiichirō, non lui.

Il senso di colpa lo opprimeva. Doveva morire insieme a Kono sui bastioni. Lo avrebbe fatto, se solo Isla non l'avesse fermato.

Se fosse morto, però, non avrebbe potuto salvare Nene.

Sia lei che Isla erano ancora vive, in qualche modo, e lui ne era grato.

Le aveva trovate qualche tempo dopo, tremanti e accovacciate in un fosso, l'una accanto all'altra. E mentre lui le guardava, Ikeda si era seduto accanto a lui, con i capelli e il viso intrisi di sangue. Dal momento in cui era esplosa la mina non aveva detto una parola.

Keiichirō ignorò il bruciore che sentiva al braccio, nel punto in cui un proiettile lo aveva colpito di striscio. Ogni movimento che faceva gli causava una nuova fitta di dolore, ma sarebbe sopravvissuto.

«Sei vivo» constatò Tatsuzō, stringendo il fucile al petto mentre sedeva accanto a Keiichirō.

«È bello vederti, Tacchan.» Keiichirō aveva sperato che Tatsuzō sopravvivesse alla battaglia. A casa aveva una famiglia ad aspettarlo, sua moglie incinta Saki e il loro piccolo Jin.

Il mattino seguente i samurai videro che l'esercito imperiale aveva svuotato il fossato nel corso della notte. E ora, nell'oscurità e con i fucili stretti in petto, i soldati lo stavano percorrendo per portare all'interno le carpe *koi* morte. Da ogni finestra e da ogni buco nelle mura del castello spuntavano dei fucili per coprirli, proteggendoli dai colpi dei ribelli più vicini. Era esasperante. Per quanto i samurai odiassero ammetterlo, quei soldati, con i loro abiti occidentali e le armi straniere, si erano dimostrati competenti in battaglia.

«Solo perché hanno un *castello* che li protegge» ringhiò un samurai quando qualcuno lo fece presente. «In un combattimento onesto, sarebbero stati schiacciati. Non ci affronterebbero in campo aperto. Almeno gli abbiamo bruciato il magazzino.»

Grazie a Toramasa.

«Saigō-sama ha ragione. Abbiamo circondato il castello. Moriranno di fame in men che non si dica» aggiunse qualcuno.

«Se non succede prima a noi» mormorò Tatsuzō.

Arrivarono buone notizie per i samurai, esausti dalla battaglia. I samurai di Kumamoto si erano impegnati a unirsi sotto lo stendardo di Saigō Takamori. Avrebbero dato il loro sostegno alla causa e avrebbero portato le munizioni e il cibo di cui avevano bisogno.

Nei giorni successivi, i samurai cercarono di fare breccia nelle mura. Ci provarono, e fallirono.

Non sapevano quante munizioni fossero rimaste a Tani e ai suoi coscritti, ma erano più di quante ne avessero i samurai. Loro avevano portato tutto quello che erano riusciti a trasportare, ma le loro scorte stavano finendo in fretta. E adesso i samurai incaricati di formulare la strategia per la battaglia avevano iniziato a litigare.

«Saigō-sama, dobbiamo sferrare un attacco su larga scala al castello» disse Kirino-san.

Murata Shinpachi concordava con lui, appoggiando l'idea di un'offensiva completa.

«Dobbiamo attaccare separatamente» ribatté Nomura. «Un attacco su larga scala è ammirevole nella teoria, ma nella pratica abbiamo più probabilità di successo se ci dividiamo.»

«Ricordate quando abbiamo preso il Castello di Aizu, Saigō-sama?» rievocò Kirino-san. «Hanno resistito un mese prima di arrendersi. Possiamo farlo di nuovo.»

«Questa non è Aizu» ribatté Saigō-sama. «Non esistono battaglie uguali. Tani era più preparato. Hanno più scorte. L'esercito imperiale avrà presto rinforzi. Dobbiamo intercettarli. Shinowara-san, prendi Kirino-san e tremila uomini e fermali.»

Keiichirō lottò per tenere a bada il terrore.

Avrebbe lasciato indietro Isla e Nene. Non era riuscito a stare un po' con loro da quando le aveva aiutate a salire sulla collina, perché aveva avuto troppe altre cose di cui occuparsi. Ma doveva seguire gli ordini e sperare che le donne rimanessero al sicuro. C'era la moglie di Kirino-san, Hisa, a proteggerle, e non era poco.

Insieme a suo cugino Tatsuzō, Keiichirō si preparò per partire come membro dell'esercito di Shinowara, da obbediente samurai quale era. La mattina marciavano seguendo gli ordini e la sera, quando si rintanavano negli accampamenti o nelle trincee, Keiichirō, Tatsuzō e Ikeda parlavano degli amici che avevano perduto. Il mondo era un posto più buio senza il sorriso di Murakami, le battute di Toramasa o i tranquilli consigli di Kono. Il sonno di Keiichirō era agitato, pieno di ricordi di lui e Toramasa che pescavano insieme, che ridevano mentre scappavano da quel contadino infuriato, che si sfidavano con i *bokken*. Quando Tatsuzō lo scosse alle prime luci dell'alba, gli sembrò di non aver dormito affatto.

Il volto di Isla si faceva strada tra gli occhi di Keiichirō giusto prima che si addormentasse. Sperava che lei e Nene si fossero tenute al sicuro. Perché mai Isla si era unita ai loro ranghi, se era così certa che avrebbero perso?

Con il passare dei giorni, Keiichirō avrebbe voluto provare rabbia nei confronti degli occidentali che avevano forzato il Giappone ad aprirsi al resto del mondo e avevano così istigato il passaggio di potere. Forse, però, era sempre stato inevitabile. Quello era il tempo dei cannoni e degli spari, non delle armature e delle spade.

Gli uomini di Satsuma e i soldati imperiali si erano semplicemente trovati nella mischia, costretti a versare il sangue gli uni degli altri finché non sarebbe rimasta altro che una striscia di morte, tra loro.

Si abituarono alle lunghe attese. Quando uno degli uomini in perlustrazione segnalò la presenza di un battaglione di soldati imperiali a due chilometri a nord che si stava dirigendo verso di loro, Keiichirō si sentì sconfitto prima ancora che il combattimento iniziasse.

I samurai uscirono dal bosco per tendere un'imboscata ai soldati imperiali. Il sentiero si snodava tra due pareti rocciose, il luogo perfetto per un attacco. Keiichirō si rannicchiò tra una roccia e un samurai.

Lanciò un'occhiata all'uomo accanto a lui, e represse un lamento.

Tra le migliaia di persone che si erano radunate in quel luogo, l'uomo al suo fianco doveva proprio essere Taguchi.

«Se dobbiamo morire» gli sussurrò con disgusto Taguchi «voglio che il nome di mio fratello sia libero dalla vergogna.»

Lo aveva seguito, quindi. Keiichirō non disse nulla, limitandosi a osservare il sentiero della scogliera da cui sarebbero arrivati i soldati imperiali. Sentiva l'erba fredda sotto il suo corpo rannicchiato, e la presenza di Taguchi era come una mosca fastidiosa che gli ronzava intorno all'orecchio.

Tenne il fucile puntato sul sentiero. «Parla, allora, prima che arrivino i soldati.»

«Mio fratello non ha violentato tua sorella.»

Keiichirō si girò a guardarlo. Avrebbe voluto conficcare la sua spada dritta nella gola di quell'uomo patetico. «E come fai a saperlo?»

«Ascolta» gli spiegò Taguchi «Kana è andata nel panico quando tuo padre l'ha affrontata. Lei andava a letto con mio fratello di sua volontà. Lo faceva con mezza città.»

«Stai zitto» ringhiò Keiichirō, staccando nuovamente lo sguardo dal sentiero per fissarlo. Taguchi aveva appena qualche anno in meno di lui. «Tieni il nome di mia sorella fuori dalla tua lurida bocca.»

«Maeda. Taguchi» sibilò un samurai lì vicino. «Siete qui per combattere contro i soldati imperiali, non tra di voi. Concentratevi.»

La furia batteva nel petto di Keiichirō mentre si costringeva a ignorare la presenza di Taguchi accanto a lui. L'aria di inizio primavera era come un gelido bacio sul suo viso.

Più aspettavano il loro nemico, più sentiva la parte anteriore del suo corpo intorpidirsi.

Un'ora dopo, apparvero gli uomini dell'imperatore, i capi erano a cavallo e indossavano dei cappelli per ripararsi dall'aria gelida. Portavano stendardi con la bandiera imperiale, il sole nascente con i raggi rossi che brillavano su uno sfondo bianco.

Nessuno alzò lo sguardo verso il punto in cui si nascondevano i samurai in attesa.

Esplosioni e fumo si sprigionarono nell'aria quando iniziò l'imboscata. Migliaia di samurai si lanciarono sul battaglione, colpendo con le spade quando erano troppo vicini per usare i fucili.

Era bello rispondere ai loro attacchi, sfogare un po' di

rabbia, e Keiichirō si sentì rinvigorito, in gran parte dalle parole di Taguchi.

Non poteva essere vero.

Perché, in quel caso, avrebbe significato una cosa sola: sua sorella era una bugiarda, e suo padre era morto per nulla.

16

Con delicatezza, Nene aiutò un uomo a bere un po' d'acqua. Lui tracannava rumorosamente, senza curarsi né accorgersi delle donne che lo stavano aiutando. Era scosso dai brividi, mentre la fasciatura intorno alla vita aveva preso un colorito rosso ruggine.

Alcuni dei soldati feriti si erano arresi nel corso della notte. Isla non poteva fare nulla per aiutarli, e le si stringeva il cuore a pensarci. Sperava che questo samurai ce la facesse. Non sopportava l'idea di sapere che dei semplici antibiotici avrebbero potuto salvare molti di loro, se solo fossero stati già scoperti.

Nene fece del suo meglio per trovare delle erbe naturali per alleviare il dolore – aveva un vero e proprio dono in quel campo – ma il clima gelido e invernale che persisteva non permetteva a molte piante di crescere.

Isla non riusciva a smettere di pensare all'arrivo della primavera e soprattutto al calore che la aspettava. Era stanca del gelo e del freddo, delle dita sempre intorpidite, di essere tutta un tremore durante la notte mentre gli uomini si lamentavano per il dolore intorno a lei.

Non avrebbe mai immaginato che nella sua vita avrebbe visto la morte in quel modo, figurarsi a quei livelli. Era viscerale e ripugnante, priva della gloria tanto declamata dai poeti antichi. La morte era una cosa triste e solitaria, che stava lasciando un buco nero nella sua anima. Vedere il guscio di una persona, sapere che un tempo aveva preoccupazioni, paure e sogni proprio come lei, e vedere adesso la carne secca e dura, la pelle grigia e il corpo immobile, l'aveva cambiata per sempre. Non c'era niente di eroico nel morire in battaglia.

In quei giorni ci mise anima e corpo per tenere in vita i feriti. Le sembrava il minimo che potesse fare.

Delle urla la distolsero dai suoi pensieri. Un paio di samurai, con delle bandane in testa sporche di schizzi di sangue e macchie di terra, stavano trascinando due uomini.

«Cosa stanno dicendo?» chiese Isla a Nene. Quella raffica di parole nel dialetto rapido e tagliente di Satsuma per lei era impossibile da capire.

«Sono prigionieri» rispose Nene sussurrando, con la voce roca. Aveva pianto, come faceva quasi tutti i giorni, evidentemente incapace di dimenticare l'immagine di Aiko che moriva davanti a lei.

Gli uomini che i samurai avevano preso in custodia indossavano semplici kimono, non uniformi dell'esercito imperiale.

Nene aggiunse: «Credo che siano usciti di nascosto dal castello e abbiano cercato di superare la pattuglia di Satsuma».

Uno dei due uomini era fortemente scosso. Emise un singhiozzo e rispose alla domanda. «Il mio nome è Nunoda.»

«Perché le lettere di Saigō-sama all'imperatore sono

rimaste senza risposta, Nunoda?» lo interrogò a voce alta il samurai che lo reggeva.

«Non lo so» gridò l'uomo. «Se lo sapessi ve lo direi.»

Quella protesta di innocenza, che agli occhi di Isla sembrò molto sincera, non riuscì a placare la rabbia del samurai.

Le due donne osservarono in silenzio la scena davanti a loro. Uno strano senso di intorpidimento si diffuse da qualche parte nell'animo di Isla. Gli episodi di violenza casuale e crudele sembravano aumentare ogni giorno di più. Poteva abituarsi a tutto, ma non a quello.

Il mattino seguente, di buon'ora, quando il sole era ancora solo una promessa all'orizzonte dietro gli alberi, Isla venne svegliata da due samurai che la superarono a passo di marcia senza degnarla di un'occhiata. Portavano delle borse gonfie legate in vita.

«Nene?» Isla scosse la sua compagna e le indicò la coppia con un cenno.

Da una delle borse spuntava un ciuffo di capelli neri. Isla deglutì, lo stomaco fece una capriola.

«Saranno state spie, oppure uomini mandati a chiamare i rinforzi» ipotizzò Nene con voce spenta.

Non molto tempo dopo, si udì un urlo improvviso provenire dall'interno delle mura del castello, seguito da risate stridule che sembravano più vicine.

Nene si leccò le labbra secche. «Credo che quei samurai abbiano ucciso le spie e poi abbiano gettato le loro teste oltre i bastioni.»

Isla cominciò a dondolare violentemente su sé stessa, con le mani serrate sulle orecchie. Non voleva sentire altro.

Degli spari risuonarono nell'aria.
Sembravano vicini.
Nene urlò e cadde sulla schiena. Un samurai corse verso di loro, urlando qualcosa, e cacciò dei fucili nelle mani di entrambe, costringendole ad afferrare le armi.
«Non abbiamo scelta. Non possiamo più nasconderci» ringhiò Isla, mentre si alzavano in piedi.
Nene tremava, facendo oscillare anche l'arma che teneva tra le mani. Furono spinte in avanti, verso il combattimento. Isla sentì l'adrenalina scorrerle nelle vene. La morte poteva reclamarle a sé da un momento all'altro, ma adesso che era il momento di agire Isla si rese conto di non temerla. Erano successe tante cose strane nella sua vita, da quando lei e Will si erano lasciati, e in quel momento Isla comprese che tutto quel trambusto aveva fatto crescere in lei una forza e una resilienza che mai avrebbe creduto possibili.
Rimase saldamente al fianco di Nene, mentre i samurai procedevano in lontananza ai loro lati. Nene tirò su col naso sommessamente, avanzando al passo con la folla. Isla non sapeva chi fosse più fortunata tra le due: se Nene, che sembrava preoccuparsi fin troppo di ciò che stava per succedere, o lei stessa, che sembrava non preoccuparsene affatto.
Le mura del castello incombevano davanti a loro, la nebbia del mattino nascondeva i soldati sui bastioni.
«Ci state sparando addosso le nostre stesse munizioni» gridò un samurai, tenendo in mano un pezzo scheggiato di proiettile. «Cosa c'è che non va? Siete a corto di proiettili, oltre che di cibo?»
«Hanno finito i proiettili?» si interrogò Nene, mentre i bisbigli correvano intorno a loro. «Significa che stia-

mo vincendo? E che presto torneremo a casa?» A quel pensiero, una nota di felicità si insinuò nella sua voce.

Isla rimase in silenzio. Nessuno le aveva creduto quando li aveva avvertiti che quell'attacco era destinato a fallire. I samurai la circondavano, Isla sentiva il calore dei loro corpi. Il fucile continuava a sembrarle un oggetto estraneo tra le mani.

«Invece come vanno le *vostre* scorte?» gridò un soldato dall'interno del castello. «Noi ne abbiamo altre in arrivo da Tokyo. Armi, molte armi. E più proiettili di quanti ce ne possano servire per uccidervi tutti.»

«Non se li fermiamo prima noi! I vostri rifornimenti, le armi e i proiettili, devono passare prima da qui.»

Un altro samurai gridò: «Sarà bellissimo puntarvele contro mentre mangeremo i noodles inviati con le armi».

Alcuni degli uomini risero e Isla credette di sentire una risatina anche dall'altra parte del bastione. Li osservò incredula. Erano pronti a uccidersi a vicenda, eppure c'era sempre il tempo per un'ultima battuta.

Nene intuì cosa stava pensando Isla. «Alcuni dei nostri samurai hanno cugini o fratelli nell'esercito imperiale, non dimenticare.»

Lo scontro di quella giornata iniziò, e presto Nene e Isla si trovarono costrette a ritirarsi sotto i colpi di arma da fuoco. Non le importava se la gente le avrebbe considerate delle codarde. Lei li aveva seguiti per Keiichirō, che era stato mandato via giorni prima. E adesso non poteva far altro che badare a Nene, la sua promessa sposa.

Un nitrito di dolore squarciò l'aria. Un cavallo era stato colpito. Aveva la bocca aperta dal panico e mostrava il bianco degli occhi mentre si dimenava e urlava in agonia. Un fiotto di sangue gli colava dal fianco.

«Povera creatura» non poté fare a meno di dire Isla. Era appassionata di cavalli, e quell'animale fedele al suo padrone stava soffrendo.

Nene si avvicinò a Isla e la abbracciò. «Sono stanca» piagnucolò «e ho paura.»

«Lo so.» Isla la strinse e la cullò come avrebbe fatto con una sorella. Quanto avrebbe voluto potersi tappare le orecchie e non sentire più i lamenti di quel cavallo e degli uomini che stavano morendo attorno a lei.

Era ormai passato molto tempo quando Nene alzò lo sguardo, con gli occhi arrossati. Si alzò, spazzolando via il fango dal suo *haori*. «È morto. Isla-chan, aiutami.»

«Che stai facendo?» Isla si accorse a malapena che Nene aveva usato l'onorifico «chan», quello per l'amicizia.

Nene estrasse un pugnale dalla cintura, una *wakizashi* che aveva preso da un samurai deceduto. «Questa è carne.»

Dopo quello che aveva visto, Isla dubitava avrebbe mai più avuto fame in vita sua. Ma le vertigini e la debolezza che sentiva erano più che reali, e sapeva che Nene stava facendo la cosa giusta.

Il cavallo, i cui zoccoli avevano smesso da tempo di scalciare nel fango, giaceva per terra senza vita, le ciocche della criniera agitate dal vento, gli occhi neri e spenti puntati verso il vuoto.

«Con questa carne possiamo preparare la cena» propose Nene. «E con le ossa faremo il brodo. I nostri guerrieri saranno contenti di mangiare bene.»

Isla non ci arrivò subito, ma poi capì: Nene aveva bisogno di rendersi utile. Proprio come lei, quella ragazza era andata fino a lì per cercare di avvertire o proteggere Keiichirō, e probabilmente avevano fallito entrambe. Inoltre, era chiaramente in lutto per Aiko, la sua migliore amica.

Isla fece una smorfia di fronte al loro lavoro poco accurato, ma il risultato fu un pasto che sfamò molti samurai. Quando Nene fece bollire le ossa nell'acqua, ottennero un brodo il cui sapore ricordava a Isla una versione più dolce di quello di manzo. Il suo bisogno di mangiare era più forte della sua repulsione. E poi, fu costretta ad ammettere, sarebbe stato un peccato sprecarlo.

«Nave in arrivo!»

Dalla foschia dovuta alla pioggia torrenziale, emerse un grande vascello che si dirigeva verso riva. I soldati imperiali la raggiunsero sciamando come insetti in un formicaio. Keiichirō serrò la mascella. Il suo fucile era inutile, danneggiato dalla pioggia com'era. Impugnò la spada, mentre l'acqua gli colava dai capelli. Non ricordava l'ultima volta che si era sentito asciutto e al caldo. Adesso riusciva a malapena a sentire le dita dei piedi.

«Difendete Miyanohara! Proteggete la città!» strillò Shinowara. I samurai urlarono in risposta, un impavido grido di guerra che provocò un brivido lungo la schiena di Keiichirō e gli raddrizzò la spina dorsale. Un nuovo senso di determinazione lo attraversò. Non era ancora finita.

L'aria attorno a loro era densa per il fumo degli spari nemici. Un corpo cadde con un tonfo accanto a lui. Senza controllare chi fosse, Keiichirō sfrecciò oltre e colpì un soldato con un fendente. L'uomo urlò e il fucile gli cadde di mano, mentre un taglio mortale dallo zigomo alle costole si tingeva di rosso. Keiichirō sollevò il pesante fucile e lo puntò contro un nuovo nemico.

Il fumo fresco lo accecò mentre si gettava a terra.

«Shinowara-san. Alzati!» gridò una voce.

Keiichirō sentì un tuffo al cuore.

Il loro capo era caduto.

Era circondato di gente impegnata a morire o a combattere. Keiichirō si sforzò di tornare alla carica, e lanciò un grido quando un soldato gli fu quasi addosso. Sollevò il fucile e gli sparò prima che potesse reagire. L'uomo crollò accanto a lui, il petto deturpato dallo sparo.

Scattando in piedi, Keiichirō si trovò faccia a faccia con un uomo dal volto schiacciato che brandiva una spada. Con un ringhio, Keiichirō gettò via il fucile. Anche in quella situazione di vita o di morte, combattere in modo leale era più onorevole. Sguainò la propria lama. Le loro armi si incontrarono in una feroce pioggia di scintille, acqua e fumo che li accecò. Gli occhi dell'uomo si strinsero per la rabbia. Keiichirō aveva il vantaggio della giovinezza e dell'addestramento, ma era esausto, affamato e bagnato fino al midollo. I vestiti intrisi di pioggia rallentavano i suoi movimenti. L'uomo provò un affondo laterale e Keiichirō evitò per un soffio di essere infilzato.

Con un ringhio, abbassò la sua lama muovendola in un ampio arco, mettendoci tutta la forza che aveva in corpo.

Il suo avversario urlò quando la spada gli squarciò il polso e la sua mano cadde a terra con un tonfo. Il soldato gemette, con gli occhi spalancati, e si tenne il moncone sanguinante, indietreggiando nel fumo.

Keiichirō respirava a fatica, le braccia gli pulsavano. La sua vita si era trasformata in un incubo.

«Nene, forse dovresti tornare a casa. Qualsiasi cosa facciano i samurai, non sarà mai abbastanza. Devi rendertene conto.»

«Non posso andarmene. Non se lui sta ancora combattendo» rispose Nene. «Se fosse morto, lo sentirei. E adesso non lo sento.»

Isla la strinse a sé. Anche lei era terrorizzata dall'eventualità che Keiichirō fosse morto. Dovevano tornare a Satsuma, o da qualche altra parte. Il *torii* bianco sarebbe mai riapparso? Ormai Isla aveva quasi rinunciato all'idea di tornare a casa. Quando aveva piovuto, si era avventurata fin dove aveva osato, sperando di scorgere il misterioso portale che avrebbe potuto riportarla da dove era venuta... Sempre che non la portasse ancora più indietro nel tempo, invece che avanti.

A questo punto, però, era sicura che il santuario vicino alla città di Kagoshima fosse la chiave. Era lì che il *torii* era apparso, quindi perché non avrebbe dovuto farlo di nuovo? Isla sentiva la mancanza della sua famiglia più di quanto riuscisse a sopportare. Aveva visto tanta, troppa gente morire, e non dormiva bene da settimane. Voleva fare un bagno, lavare via dal suo corpo la distruzione e la morte che le si erano impresse addosso. Voleva uscire da quel pozzo vuoto dentro la sua anima, che aveva fatto perdere colore al mondo.

Voleva rivedere Keiichirō.

Ma temeva davvero che fosse morto.

Il mattino seguente, Hisa Kirino riunì il gruppo di donne. «Mio marito ha fatto sapere che vuole che noi donne ci ritiriamo» comunicò a gran voce. Le guardava a schiena dritta, con le spade infilate nell'*obi*, il viso duro e i capelli mossi dal vento. Fango e sangue ricoprivano la bandana intorno alla testa e la veste. «Chi desidera restare è la benvenuta, ma non c'è nessuna vergogna nel tornare a Satsuma. Partiremo tra un'ora.»

Isla capì dal labbro tremante e dalle braccia incrociate di Nene che non sarebbe tornata indietro.

«Resterò con te» le promise allora.

I samurai non avevano alcuna possibilità. Ormai era chiaro.

«Maeda» chiamò Ikeda. Keiichirō lo raggiunse. Ikeda aveva un taglio profondo al sopracciglio e la pioggia faceva scorrere il sangue sulla sua guancia alabastrina. «Hanno suonato la ritirata.»

Keiichirō odiava il fatto di non essere riuscito a difendere la città di Miyanohara. Il pensiero di tornare al Castello di Kumamoto lo rincuorava. Sperava che Isla e Nene fossero riuscite a sopravvivere a tutto ciò.

I samurai portarono con sé le loro armi ormai rovinate e si diressero verso Kumamoto. Un umore tetro era diffuso tra tutti loro.

«Spero che al castello abbiano notizie migliori» intervenne Tatsuzō. «Saigō-sama sarà in piedi sui bastioni per salutarci, con lo stendardo di Satsuma su una bandiera che soffia al vento.»

«Sì, e un banchetto che ci aspetta» commentò ironicamente uno degli uomini, che camminava zoppicando. «Pesce alla griglia, spezzatino e riso.»

Tatsuzō gemette. «Smettila! Sto morendo di fame.»

Ikeda sorrise, ma Keiichirō non disse nulla. Il pronostico di Isla su quel fallimento riecheggiava nella sua mente. Si avvicinarono al villaggio di Uto mentre il sole stava tramontando. Si affacciarono su una valle in cui ardevano diversi fuochi.

«Soldati imperiali.»

Kirino-san gli aveva detto che avrebbero attaccato di notte. «Spargiamo confusione tra i loro ranghi. Non possiamo ucciderli tutti, ma se ne facciamo fuori qualcuno e gli rubiamo il cibo, si sentiranno demoralizzati.»

Keiichirō attese con gli altri. A turno fecero da vedette, finché la luna non fu alta nel cielo. Un lupo ululò da qualche parte. Il vento faceva frusciare i rami degli alberi mentre i samurai scendevano di soppiatto dalla collina, con il cuore che batteva per la trepidazione e l'odore di erba e fumo nell'aria. Keiichirō percepì un senso di potere mentre circondavano l'ignaro accampamento. Da lì, osservò un giovane che lucidava il suo fucile. Aveva ancora indosso l'uniforme imperiale. Una bandiera con l'emblema dell'esercito, il sole nascente, sedeva ai suoi piedi.

Come se i samurai fossero un nemico straniero e non il cuore stesso del Giappone.

Aspettarono ancora, fino a quando nell'accampamento non fu tutto immobile. Solo poche guardie erano in servizio.

Keiichirō avanzò di soppiatto, nascondendosi nell'erba alta. Detestava tutto ciò, il doversi muovere di nascosto come una spia, ma godeva dei guai che lui e il suo gruppo stavano per causare. Al segnale di Kirino-san, conficcò la sua *wakizashi* nella schiena di un giovane. Con la mano libera gli tappò la bocca, facendolo cadere delicatamente a terra.

Il suono delle spade taglienti e dei grugniti riempì l'aria. Si lasciarono alle spalle diverse tende con uomini morti o in fiamme. Le loro borse si fecero via via più pesanti. Si imbatterono in un piccolo drappello di soldati imperiali e nel cuore della notte fecero irruzione nel loro accampamento, con l'obiettivo di rubare riso e pesce secco.

I petali dei fiori di ciliegio brillavano bianchi al chiaro di luna, mentre i samurai andavano e venivano come ombre, lasciando dietro di sé una scia di morte. Non ebbero alcuna pietà per i soldati addormentati.

17

Nene e Isla piansero di gioia quando lo stendardo del clan Shimazu superò la collina, segnalando il ritorno di un gruppo molto più ridotto di quello con cui Keiichirō era partito.

I samurai erano magri e sporchi.

Isla cercava Keiichirō con lo sguardo. A ogni minuto che passava senza vederlo, il terrore che provava diventava più profondo e cupo.

Finalmente, lo individuò nella folla. E le mancò il respiro. Keiichirō era ammaccato e sfinito, aveva lo chignon in disordine e la giacca intrisa di sporcizia e sangue, ma era sano e salvo.

Quando le passò accanto, i loro occhi si incrociarono, trasmettendo una conferma che non aveva bisogno di parole, fugace come un battito di ciglia. *Sei vivo. Sei viva.*

Lei e Nene aspettarono che i soldati stanchi si lavassero nel fiume Tsuboi e mangiassero qualcosa. Subito dopo, gli uomini si sedettero in piccoli gruppi e presero a parlare a bassa voce. Keiichirō alzò lo sguardo quando le due donne gli si avvicinarono. La luce del fuoco si rifletteva nelle sue iridi marroni. Quando Nene andò al suo fianco, Isla capì chi mancava.

Toramasa Mori.

«Kei» mormorò, con il cuore a pezzi. «Mi dispiace tanto.»

«Dovete andarvene» rispose lui. «È pericoloso qui.»

«Dobbiamo andarcene *tutti*, o moriremo» ribatté Isla.

«Allora morirò per la nostra causa.»

«Come fai a saperlo?»

«Perché io...» Isla decise che era il momento di dire la verità. «Perché vengo da un'altra epoca. Non so perché sono qui, ma nel mondo da cui provengo io tutto questo è successo molto tempo fa.»

Nene sussultò.

«Di cosa stai parlando?» chiese Keiichirō.

«Venite con me.» Li condusse entrambi verso gli alberi, lontano da occhi curiosi. Il Castello di Kumamoto si ergeva tetro contro il cielo notturno.

«Non sono arrivata in Giappone in nave» spiegò. Prese un bastone e tracciò una forma nella terra. Disegnò il *torii* che l'aveva condotta lì, poi alcuni numeri. «Sono venuta fino a qui in un altro modo. Una strada che ancora non conoscete. Ero a Kagoshima. Sono andata in un santuario e...» Collegò i numeri 2005 e 1877 con una freccia disegnata nel terreno. «C'era un temporale e ho attraversato un *torii* che si trovava nel vecchio santuario.»

«Stai dicendo che vieni dal futuro?» Gli occhi di Keiichirō cercarono un indizio sul suo volto. Voleva capire se stava mentendo.

«So che sembra impossibile.» *È impossibile. Almeno, così credevo.* «Ma quella notte sono arrivata da voi attraverso il santuario. In qualche modo, sono arrivata dal futuro e da allora sono bloccata qui.»

Sembrava che Nene stesse per svenire. Sprofondò su una roccia lì vicino e si coprì il viso con le mani.

Keiichirō, al contrario, valutò le prove a suo favore. Isla era apparsa nell'oscurità, terrorizzando Aiko-san, ed era vestita in modo strano. C'erano il suo bizzarro dialetto, la cronica riluttanza a parlare del suo passato, l'insistenza sul fatto che la guerra fosse inutile. In un mondo in cui la gente credeva negli *yōkai* e negli spiriti, perché non credere anche in un concetto complicato e sconosciuto come i viaggi nel tempo? In quel santuario era anche scomparsa della gente, e nessuno l'aveva rivista mai più.

Questo spiegava tutto e niente al tempo stesso.

Nene la guardò incredula.

Isla aggiunse: «Ho degli oggetti del mio tempo. Cose che usano l'elettricità, molto più avanzate rispetto a qualsiasi vostra conoscenza. I vestiti che indossavo quando sono venuta qui... avete mai visto qualcosa di simile?»

Isla estrasse qualcosa dall'*obi*. Era il cellulare. A conchiglia, solido e dello stesso colore di un livido. «Questo è un *keitai denwa*.» Glielo mostrò. Keiichirō lo prese tra le mani, affascinato. Era duro e di un materiale che non aveva mai visto, aveva anche un certo peso. C'erano dei quadratini con i numeri e l'alfabeto *hiragana*, erano più piccoli di un'unghia.

«Posso parlare con persone a chilometri di distanza.»

«Come?» chiese Keiichirō.

Isla lo guardò confusa per un istante. «Non so come, posso e basta. Ma non è carico in questo momento, è...» Toccò un piccolo foro sul fondo. «Si mette una cosa qui dentro e si carica con l'elettricità. È difficile da spiegare.

Guarda.» Aprì un quadrato marrone piegato, fatto di pelle. «Ho i soldi del mio tempo.»

Nene prese una banconota ancora nitida. 1000 YEN era scritto sia in alto a destra che in basso a sinistra e c'era lo schizzo di una montagna, forse il famoso monte Fuji a chilometri da lì, disegnato davanti a un lago. Keiichirō ne prese un'altra e la girò. C'era l'immagine a inchiostro di un uomo con capelli corti e ondulati e baffi, che indossava una giacca occidentale.

«Questo è denaro?» le chiese. Una sensazione ultraterrena e inquietante lo investì. Tutto ciò non gli piaceva. Ma, quando incrociò lo sguardo di Isla, non vide traccia di menzogna, solo di paura. Paura che lui non le credesse.

«Ecco.» Isla tirò fuori un quadrato di un materiale più spesso. Era più duro della carta, con numeri e lettere ordinati e stampati. Lo mostrò a entrambi. Keiichirō smise per un attimo di respirare. Poi, Isla gli passò una piccola carta dall'aspetto rigido, sulla quale c'era un'immagine di lei, realistica e chiara come se lo stesse guardando da una finestra. I suoi capelli erano più lunghi, il suo viso aveva un'espressione seria e più piena.

Gli occhi di Keiichirō scivolarono sulle parole GOVERNO DEL GIAPPONE. PERMESSO DI SOGGIORNO.

L'indirizzo diceva che viveva a Tokyo, ma la parte più interessante era la voce sul PERIODO DI SOGGIORNO/DATA DI SCADENZA: Ottobre 2005.

Isla guardò Nene e Keiichirō con cautela. «So come dovete sentirvi.» La sua voce era dolce. «Se qualcuno venisse da me e mi mostrasse degli oggetti sostenendo che provengono dal futuro, non gli crederei. Penserei che si tratti di una bugia o di un trucco di qualche tipo.»

Prese la mano di Keiichirō, e lui non la spostò. Le sue

unghie erano rosicchiate al limite, la pelle era pallida come la neve fresca al chiaro di luna. Il tocco gli diede conforto. La frustrazione per il fatto che erano entrambe in pericolo, lì con lui, si sciolse come brina all'alba.

«Penso» si espresse lentamente «che se avessi voluto mentirci, avresti inventato qualcosa di più credibile.»

Keiichirō e Isla si scambiarono uno sguardo. Non aveva tutti i torti.

«Mi dispiace non avervelo detto prima. So che i samurai disprezzano le bugie, ma... avevo paura che non mi avreste creduto.»

«Ti crediamo, Isla-chan» la rassicurò Nene. Poi guardò Keiichirō. «Non è vero?»

Keiichirō lanciò un'occhiata alla donna che avrebbe dovuto sposare.

I capelli di Nene, macchiati di terra, erano legati in uno chignon basso sulla nuca. Il fango le imbrattava la pelle e le guance erano scavate. Il suo volto era segnato da uno shock immobile e dalla lotta interiore di chi è stato messo alle strette da una verità che non vuole accettare.

Keiichirō aggiunse: «Capisco se Isla è qui perché pensava di poterci avvertire. Ma perché ci sei anche tu, Nene-chan?»

«Anche io sono preoccupata, ma per un uomo. Non sei tu, Keiichirō. Mi dispiace di averti disonorato in questo modo. C'è un contadino qui, che combatte per i samurai, e io ci tengo a lui...» Nene si strinse la stoffa dei suoi *hakama* tra le mani. «Si è unito a questo esercito e... e...»

«Non sei qui per Keiichirō?» Isla sbatté le palpebre. «Ma... ma tu eri gelosa, Nene. Non capisco.»

«Lo so, Isla-chan. Mi dispiace.»

«Non esserlo.» Keiichirō le sorrise, mentre Isla rimaneva a bocca aperta. «Tu e io... sei mia amica, Nene-chan. Mi dispiace di non averti potuto offrire qualcosa in più.» Guardò Isla. Sembrava esausta, ma meno tesa di prima. Come se si fosse tolta un peso di dosso. «Isla, la gente del tuo tempo conosce il nome di Saigō Takamori?»

Lei annuì. «Sì. Ci sono *hakubutsukan*, monumenti, statue. Tutti sanno chi è, soprattutto a Satsuma.»

Anche se non capiva tutto quello che diceva, Keiichirō chiuse gli occhi e annuì. Quindi rispose: «Allora non deve cambiare nulla. I samurai non si arrendono». C'era ancora una nota paziente nella sua voce. «Noi non scapperemo. Ma nessuna di voi due dovrebbe essere qui. Kirino-san ha mandato sua moglie a casa con le altre combattenti. Potete andarvene anche voi.»

«Io non vado da nessuna parte» sentenziò Isla, con voce ferma.

18

Nene non era innamorata di Keiichirō.

Per tutto il tempo passato lì, Isla aveva pensato che Nene fosse preoccupata per il suo promesso sposo, proprio come lei. Era stata persino gelosa. Ma Nene era innamorata di un contadino. Un sollievo dolceamaro si fece strada dentro di lei. Nene era innamorata di un altro e Keiichirō la considerava un'amica. Anche se Isla non si era mai permessa di sperare seriamente che qualcosa potesse nascere dai suoi complicati sentimenti per quel giovane e serio samurai, un senso di colpa l'aveva seguita come la nuvola di un temporale per tutto il tempo in cui lei e Nene si erano protette a vicenda.

Adesso erano tutti seduti immobili come statue, aspettando che la notte si facesse più profonda e che gli alberi sussurrassero i loro segreti. Presto sentirono i passi leggeri di Nene e videro un giovane uomo dal fisico snello dietro di lei. Portava un cappello di paglia macchiato di sangue secco e una spada alla cintola. Una benda gli avvolgeva la mano sinistra e i suoi occhi si spalancarono, quando si inginocchiò accanto a loro per inchinarsi in segno di saluto.

Isla sapeva che i genitori di Keiichirō, pensando di fare il meglio per Nene, l'avevano promessa in sposa al loro figlio maschio per elevare la sua classe sociale. Ma per tutto quel tempo Nene era sempre stata innamorata del figlio di un contadino.

«Come ti chiami?» gli chiese Keiichirō.

«Kuroki, mio signore» rispose lui. «Kuroki Hisakichi.»

Il suo nome rimase come sospeso nell'aria. Isla si sentì cadere. La sua mano scivolò dalla presa di Keiichirō mentre il cuore le saliva in gola.

Hisakichi Kuroki. Il mio quadrisavolo.

Isla deglutì, improvvisamente consapevole di tutto.

Non era lì per *cambiare* il passato.

Era lì per garantire che il futuro si *realizzasse*.

Non per salvare i samurai, come aveva creduto, ma per assicurarsi che Hisakichi Kuroki sopravvivesse. Che si sposasse e crescesse il trisavolo di Isla.

I suoi occhi incontrarono quelli di Nene.

Un'altra potente ondata di emozioni la investì. *Nene è la mia quadrisavola.*

Le girava la testa, ma doveva rimanere con i piedi per terra. Doveva trovare le parole giuste per assicurarsi che la sua amica, la sua *antenata*, sopravvivesse a quella guerra.

«Kuroki.» Gli occhi di Keiichirō cercarono quelli di Isla, quando anche lui ricordò che si trattava del nome a cui era interessata, ma lei scosse la testa. Keiichirō rimase in silenzio.

«Abbandonate la guerra» li esortò Isla, rivolgendosi a Nene e Hisakichi Kuroki. «È una causa persa che vi ucciderà. Ciò di cui la gente di Satsuma avrà bisogno dopo la guerra sarà il cibo. Cibo coltivato da contadini come voi.»

Hisakichi Kuroki aveva la stessa curva delle sopracciglia e le stesse guance rotonde del tanto compianto nonno di Isla. L'uomo inclinò la testa di fronte alla verità delle sue parole.

«Per favore, tornate a Kagoshima, tutti e due. Non siete vincolati dagli stessi codici dei samurai.» Prese le mani di Nene tra le sue. Erano fresche e delicate. Isla fece uno sforzo per non scoppiare a piangere. Il suo quadrisavolo era lì davanti a lei, in carne e ossa. «Un contadino e sua moglie non saranno condannati quando l'esercito imperiale vincerà.» Isla strinse una mano di Nene, e lei ricambiò.

Hisakichi Kuroki si inchinò nuovamente a entrambi. «Io voglio combattere con Saigō-sama, ma avete ragione. Non sono un guerriero. Sono sopravvissuto finora solo grazie ai coraggiosi samurai che mi hanno protetto. E Nene...» Le lanciò un'occhiata, lo sguardo più morbido. «Verrai con me? Ho dei parenti a Miyazaki. Potremmo stabilirci in un posto sicuro e creare una famiglia, come abbiamo sempre desiderato.»

Un singhiozzo strozzato uscì dalla gola di Nene. Lei sorrise, con le fossette sempre più profonde, e annuì.

«E voi?» Lanciò un'occhiata a Isla e Keiichirō. «Isla-chan, verrai con noi? Maeda-san?»

Lo stava chiedendo per educazione, per formalità. Nessuno dei due si aspettava, o forse voleva, che un giovane samurai e una straniera si unissero al loro viaggio.

«No» rispose Keiichirō. «Andate voi due. C'è una strada a sud da qui. Prendete un cavallo. Andate più tardi, stanotte, quando tutti all'accampamento staranno dormendo.»

Isla e Nene non si preoccupavano più di nascondere il fatto di essere nell'esercito. Con le battaglie, i morti, le ferite e le scorte che scarseggiavano, nessuno badava più a quelle giovani donne. Isla si sedette accanto a Nene mentre mangiavano della carne di cinghiale che Keiichirō e Tatsuzō avevano cacciato poco prima. Isla continuava a guardare Hisakichi Kuroki.

Aveva così tante cose da chiedergli. Da dirgli. Nene non era solo sua amica, ma anche la bisnonna del suo stesso nonno, che non era mai tornato in Giappone dopo essersi innamorato di una donna scozzese.

«La fattoria vicino a Kagoshima è tua?» chiese Isla a Hisakichi, mentre i suoni di un tranquillo sgranocchiare li circondavano, insieme al crepitio e allo scoppiettio del fuoco.

«È di mio padre.» Hisakichi deglutì, pulendosi la bocca. Nene lo guardò con un sorriso. «Ho sentito che ultimamente ha avuto dei problemi con alcuni giovani che cercavano di braccare i suoi cinghiali.» I suoi occhi guardarono Keiichirō con una strana scintilla, cui lui rispose con un sorriso colpevole.

«Non è mai stata mia l'idea di andare lì. Toramasa... mi metteva sempre nei guai.»

Attizzò il fuoco, spargendo in aria diversi residui di cenere di un arancione accesso, che illuminarono i loro volti. Isla guardò i suoi quadrisavoli. Non riusciva a dire una parola. Non poteva complicare ulteriormente le cose. Se avesse detto loro la verità in quel momento, avrebbe potuto cambiare tutto.

«È ora di andare» mormorò, prima di perdere l'ultimo briciolo di determinazione. Non sapeva se c'era il pericolo che Hisakichi Kuroki cambiasse idea all'ultimo minuto sulla loro partenza, ma non voleva rischiare. Nell'oscurità era facile trovare dei cavalli legati agli alberi, visto che molti dei loro proprietari erano morti. Isla accarezzò il naso morbido come la seta di uno di loro. Si sentiva sempre più triste. Quelle creature avevano visto tanto sangue e scene infernali quanto lei, se non di più. Una giumenta bianca sbuffò e le diede un colpetto leggero con il muso.

«Addio, Isla-chan.» Nene la abbracciò stretta, trattenendo un singhiozzo. «Abbi cura di te.»

«Anche tu.» Isla strinse a sé la sua amica, la sua *antenata*, sentendo per l'ultima volta il suo dolce profumo di legno. Le loro dita si sfiorarono quando Nene fece un passo indietro, con le lacrime agli occhi. Le fossette sulle guance circondavano un sorriso triste. Il suo sguardo si rivolse a Keiichirō e lei gli fece un inchino. «Maeda-san, ti sono immensamente grata di tutto.»

Hisakichi Kuroki si inchinò a entrambi, poi aiutò Nene a salire sul cavallo e montò sul proprio. Isla aveva il cuore a pezzi. Guardò la giovane coppia cavalcare verso est, verso la prefettura di Miyazaki, dove avrebbero iniziato la loro vita insieme. Avrebbero avuto dei figli, un figlio che avrebbe avuto *un altro* figlio, che poi...

Avrebbe avuto il nonno di Isla.

Non discendo dai samurai, realizzò, mentre Nene e Hisakichi scomparivano oltre una collina in un rombo di zoccoli, lasciando un fremito gelido dietro di loro. *Il nonno sarebbe deluso.*

Un brivido la scosse. Se non fosse arrivata fino a lì, se non avesse varcato il *torii* bianco, Hisakichi Kuroki sarebbe morto in quella guerra, segnando la fine della sua discendenza?

Allora, era sempre stato quello il suo destino?

Keiichirō non provava altro che sollievo nel vedere Nakamura Nene e il giovane contadino Kuroki Hisakichi fuggire dall'esercito per costruirsi una vita insieme. Nene era troppo pura per morire lì.

Era in lutto per tutti coloro che erano caduti. Il volto sorridente di Toramasa si fece spazio nella sua mente. Il volto di Kono, di Murakami. Strinse i pugni, cercando di controllare le proprie emozioni. C'era già la presenza di Isla accanto a lui a riscaldare il suo corpo in un modo mai provato prima. C'era una strana elettricità tra loro, come l'attimo prima di un fulmine.

Quella domanda rimase in sospeso tra loro, aspettando di essere pronunciata. Sentì gli occhi di Isla su di lui, una promessa silenziosa. Sarebbe rimasta con lui fino alla fine.

«Era lui che cercavi, vero?» le chiese Keiichirō quando furono soli. «Kuroki Hisakichi. Non c'è da stupirsi se non sono riuscito a trovarlo alla *shi-gakkō*.»

«Perché non è mai stato un samurai» completò Isla. Erano seduti accanto alla linea degli alberi e guardavano l'accampamento. I feriti erano stesi per terra, con i corpi fasciati, lasciando che altri uomini li aiutassero. Alcuni cucinavano il pesce sul fuoco o bevevano dai loro otri in pelle. Tutti avevano il volto provato. Nessuno parlava o rideva. Isla lanciò un'occhiata a Keiichirō. «Vuoi sapere perché lo stavo cercando? Perché è un mio antenato, così come Nene. Solo che non me ne ero resa conto» proseguì. «Mio nonno ha sempre sperato di discendere da un samurai. Lo speravo anch'io.» Fece una risata imbarazzata. «E invece, è sempre stato un contadino. Sono felice che loro siano i miei antenati, comunque.»

«Ecco perché avevi un rapporto stretto con tuo nonno»

rifletté Keiichirō. «Questo è... difficile da capire. Se Nene-chan e Kuroki sono i tuoi antenati, significa che tuo nonno, per cui abbiamo costruito quell'altare accanto al fiume...»

«È il loro nipote di quarto grado.» Isla annuì. «Ti fa venire il mal di testa solo a pensarci, vero?»

Keiichirō tirò fuori la spada per pulirla e Isla si chiese se non lo stesse facendo per scaricare qualche energia nervosa che avvertiva dentro di sé. Forse sentiva il bisogno di fare una cosa qualsiasi per tenersi occupato. «So che è molto da accettare, ma... grazie per avermi creduto.»

Passò un panno sulla lama e la esaminò alla ricerca di macchie rimaste. «Parlami del futuro.»

Isla buttò fuori un respiro. Da dove iniziare? La metropoli di Tokyo, le *chat room*, gli aerei, i videogiochi, i *maid café*, i distributori automatici, i bar karaoke – niente di più lontano dal boschetto in cui si trovavano, dagli uomini che combattevano e morivano armati di spade, dalla gente che cacciava per mangiare.

«Ai miei tempi il Giappone è pacifico e unito» raccontò piano. «È un Paese che trae vantaggio dal commercio con gli altri, ma tutti conoscono e conservano la cultura e le tradizioni.»

Keiichirō concluse: «Quindi, qualunque cosa facciamo, i samurai non ci saranno più dopo questa guerra».

«Temo di no.» Isla appoggiò la testa sulla sua spalla, incapace di trovare le parole per dirgli quanto le dispiaceva. Sapere che tutto ciò che hai sempre conosciuto, tutto ciò per cui hai sempre vissuto, sparirà, per lui sarebbe stato un fardello pesante da portare. Forse era stata troppo sincera.

«Grazie per avermelo detto. E se Nene-chan e Kuroki-san sono i tuoi antenati, significa che anche tu sei giapponese. Questa è la tua storia tanto quanto è la mia.»

Keiichirō si addormentò poco dopo, con le dita intrecciate tra i capelli di Isla. Russava dolcemente mentre il fuoco si riduceva a un mucchio di braci. Isla rimase sveglia ad ascoltare i suoni intorno a loro: il fruscio del vento tra gli alberi, il crepitio delle fiamme quasi spente, le basse voci degli amici lì vicino. Non voleva muovere un muscolo, ma la vescica insistette per farla alzare.

Con delicatezza, si districò da Keiichirō e si sollevò da terra. Nel sonno, vide, non c'era alcuna traccia della tensione che albergava sul suo viso. Sembrava molto più giovane. Si chiese per un attimo cosa sarebbe diventato, se solo fosse nato nel suo tempo. Uno studente, forse, impegnato come lei a indagare la storia della sua famiglia. Oppure un uomo d'affari in giacca e cravatta, uno di quelli sempre di corsa per non perdere il treno e andare a lavorare in ufficio.

Trovò un posto appartato vicino agli alberi per liberarsi. Una brezza le fece venire la pelle d'oca. Isla rabbrividì. Mentre faceva pipì in un punto tranquillo, guardò all'orizzonte, dove le colline sembravano toccare il cielo.

La pioggia cadeva su una collina lì vicino. La osservò incuriosita mentre si sistemava i vestiti. La pioggia si raccoglieva lì, cadendo solo sulla collina, come se qualcuno avesse fatto un buco nelle nuvole.

Il cuore le salì in gola.

Un *torii* brillava in cima alla collina.

Splendeva al chiaro di luna, con il legno bagnato dalla pioggia. Non apparteneva a quel posto, non c'era nessun santuario nelle vicinanze. Riusciva a vedere al di là dell'arco come fosse una finestra.

Vedeva le auto, le luci della città, i treni, come fotogrammi di un video.
Sembrava la sua strada per casa.
Si sentì euforica.
Il vento si alzò, fischiando intorno a lei e facendole svolazzare i vestiti. Un sussurro correva nella brezza come una preghiera, incomprensibile ma irresistibilmente familiare. Isla fece un passo verso la collina. Le sue dita formicolavano, una strana sensazione le risalì lungo le braccia. Era il suo punto d'arrivo, lo sapeva. Il suo respiro accelerò.
Pochi minuti e sarebbe stata a casa. Sarebbe tornata al suo tempo.
Una risata si perse nel vento. Si aggrappò a un tronco lì vicino per non cadere. Ciò che aveva tanto desiderato, adesso era davanti a lei.
Lanciò un'occhiata oltre il confine degli alberi, dove si trovava l'accampamento. Il sorriso si spense in fretta. Da qualche parte lì dietro, c'era Keiichirō ad aspettarla.
No, doveva provare a tornare nel 2005. Non era forse quello che voleva? Era rimasta bloccata a Kagoshima e nel XIX secolo per mesi, immischiata in una guerra che non era la sua, incapace di cambiare nulla. Era arrivata fino a lì per salvare i suoi antenati, per garantire la fuga di Hisakichi e Nene. Il suo compito era finito, ormai. Il suo tempo aspettava solo lei.
Immaginava Keiichirō che si svegliava. Che la cercava, che la chiamava, che si chiedeva perché se ne fosse andata. Perché lo avesse lasciato solo senza nemmeno salutarlo.
Quella scelta era un'agonia. Il portale la stava chiamando. Isla riusciva a sentire il sapore della pioggia, a

vedere brillare le luci elettriche. Avrebbe rivisto la sua famiglia. I suoi genitori che la aspettavano.

Rimase ferma dov'era, combattuta tra la nostalgia e l'amore.

La pioggia batteva sul fianco della collina, il *torii* la attendeva in cima. Vieni, le sussurrava nella sua testa. Il tuo compito è terminato. Torna a casa.

Fece un passo verso la collina.

Le sfuggì un gemito. Non poteva farlo.

Si allontanò dal portale e si accasciò contro un albero. Non poteva abbandonarlo. Non era pronta a farlo.

Allora, la pioggia cessò. Il portale scomparve, lasciando dietro di sé niente più che una collina spoglia. Anche il formicolio era sparito.

Il suo volto era rigato di lacrime quando tornò da Keiichirō. I suoi occhi si aprirono quando la sentì avvicinarsi. Sbatté le palpebre, aggrottando le sopracciglia, come se si fosse appena svegliato.

«Isla?» la chiamò, mentre lei si sdraiava accanto a lui, con le spalle che tremavano.

Lei si rannicchiò nel suo caldo abbraccio.

«Shhh, Isla. Va tutto bene. Ti proteggerò. Te lo prometto.»

Isla tremava tra le sue braccia. Quella era la sua unica possibilità di tornare a casa? Sarebbe rimasta lì per sempre, quindi?

Tra le braccia di Keiichirō, sentiva il battito del suo cuore e ascoltava il suo respiro mentre lui la stringeva. Per quanto ci provasse, non riusciva a pentirsi della scelta che aveva fatto.

19

Isla non sapeva nulla delle battaglie imminenti. Sapeva solo che l'esercito non sarebbe mai uscito dalla regione del Kyūshū e che gli ultimi di loro sarebbero morti al fianco di Takamori Saigō. Sarebbe successo sul monte Shiroyama, a Satsuma, dove tutto era iniziato.

La primavera era finalmente arrivata, l'aria era mite e i ciliegi in fiore. Sembravano un mare rosa pallido e bianco, un turbine di petali che cadeva a terra come neve.

Isla iniziò a diventare insensibile di fronte alle urla dei soldati che morivano, al sangue, agli uomini che si asciugavano con rabbia le lacrime quando un amico o un fratello cadeva. Li osservava da una collina, avvolta in un *haori* macchiato di sangue. Da lì, i terreni del Castello di Kumamoto si estendevano davanti a lei come un dipinto. Gli uomini erano grandi come formiche e correvano intorno ai bastioni, sparando con i loro fucili contro i samurai, che si rintanavano nelle trincee. Per ogni uomo che moriva, a prescindere dal suo lato della barricata, un altro pezzo della sua anima scivolava via.

Lo scopo di Isla, in quel posto, era solo assicurarsi che Nene e Hisakichi ne uscissero vivi? Abbassò lo sguardo sulle mani, quasi si aspettasse di vederle svanire. I palmi erano callosi, le unghie sporche, le punte delle dita segnate da una debole macchia scura che non sembrava andar via, per quanto forte le sfregasse nell'acqua del fiume.

Quell'attesa era un'agonia. Isla non era mai stata paziente. Correre giù per la collina alla ricerca di Keiichirō, però, sarebbe stato un suicidio. Un modo stupido di morire.

Si tenne occupata contando gli alberi, raccogliendo la legna da ardere e cantando sottovoce delle canzoni che conosceva a memoria. Quei motivetti la fecero pensare al Giappone moderno, alla sua vita da studentessa internazionale a Tokyo. Una sera lei e gli altri studenti erano andati insieme al karaoke.

Un sorriso le si allargò sulle labbra screpolate al ricordo del canto stonato di uno di loro. Si era esibito da ubriaco, ed era così pieno di entusiasmo che tutti avevano applaudito e gridato come se fosse una superstar.

Era tutto reale? Era successo davvero? Oppure Isla era sempre stata lì, ferma a osservare la morte e senza alcuna capacità di fermarla?

Di solito Keiichirō la raggiungeva al tramonto, quando il sole illuminava le colline con la sua luce dorata. Aveva i capelli scompigliati, nuovi lividi e tagli sulle braccia e sul collo, il suo *haori* era più logoro che mai, ma tornava sempre sano e salvo.

Ogni volta, Isla lo tirava stretto a sé.

Una sera le annunciò: «Ho delle notizie. Il nemico ha preso uno dei nostri punti di rifornimento vicino alla città di Oe». Si irrigidì, afferrandole i polsi. «Ci hanno costretto ad allontanarci. Non possiamo fare nulla per fermarli. *Niente*.»

«Saigō-sama prima o poi tornerà a Satsuma, te lo prometto» sussurrò lei, prendendogli il viso tra le mani «e tu devi rimanere vivo finché non deciderà di andarsene.» La peluria sulle sue guance le graffiava i palmi delle mani, mentre gli occhi castano chiaro di Keiichirō incontravano i suoi. Una parte della luce che contenevano era svanita.

Si rannicchiarono stretti tra alcuni alberi.

Era una notte senza pioggia, i fuochi del castello illuminavano il terreno sottostante. Una brezza che sapeva di fumo giocava con i lunghi capelli di Keiichirō, sciolti dallo chignon, mentre si godevano un momento di pace.

Le labbra di Keiichirō trovarono le sue in un bacio ardente che la infiammò. La sua bocca si aprì avidamente contro quella di lui, lasciandogli assaggiare il suo sapore. Una traccia di *shōchū*, qualcosa di maschile, una carezza gentile ma affamata che le fece arrivare un'onda di calore fin dentro il cuore. Si separarono, le loro fronti si toccarono, i respiri caldi e pesanti.

Era la prima volta che si baciavano.

«*Oi wa omansa ga wazze sujja*» sussurrò.

Ti adoro, MacKenzie Isla.

A metà aprile, tutti i tentativi di conquistare il Castello di Kumamoto furono abbandonati. Kirino Toshiaki chiese finalmente la ritirata per evitare che venissero tutti massacrati. Stava andando esattamente come Isla aveva predetto.

Keiichirō la tenne stretta a sé mentre si allontanavano dal castello. Doveva proteggerla. Lei aveva cercato di avvertirli e nessuno l'aveva ascoltata. Saigō-sama, per quanto saggio, aveva ampiamente sottovalutato la forza dell'esercito imperiale e degli uomini che avevano difeso il Castello di Kumamoto. Sebbene fossero soldati di leva, strappati dalle loro fattorie e abbelliti con uniformi e armi, avevano migliori armi da fuoco e un numero infinito di soldati pronti a sostituire i caduti. Nemmeno il fatto che molti di loro provenissero dal Kyūshū aveva salvato i ribelli di Satsuma.

D'altra parte, non era nel carattere dei samurai tornare a casa con la coda tra le gambe dopo una sconfitta. Keiichirō accarezzò l'impugnatura della sua *wakizashi*. Sarebbe stata una lama, che fosse la sua o quella del nemico, a decretare la sua fine.

Finché non fosse successo, però, doveva dedicare tutto sé stesso a Isla. In fondo, non era una guerriera. Doveva occuparsi di lei, lo aveva detto anche Kirino-san. Ma lei veniva... dal *futuro*. Faceva ancora fatica ad accettare una cosa del genere.

Le lanciò un'occhiata. Camminava a testa bassa, il cappello di paglia nascondeva i suoi capelli rossi come il fuoco. Keiichirō riusciva a vederle solo la punta del naso mentre camminava. Ormai conosceva a memoria il modo che aveva di muoversi. Avrebbe saputo riconoscerla anche tra centinaia di persone. Forse quella donna era la sua maledizione ma, nei momenti silenziosi che riuscivano a rubare per stare insieme, gli sembrava che fosse tutto il contrario. Per lui, Isla era una benedizione.

Si diressero verso la città di Hitoyoshi. Almeno non c'era più neve. Le colline alberate li circondavano mentre marciavano verso sud. I fiori di ciliegio erano già morti, anche se alcuni petali pallidi e morti giacevano a terra, schiacciati nel fango dai sandali dei samurai.

Ci vollero sette giorni per raggiungere Hitoyoshi. Dovettero fermarsi a più riprese per combattere i nuclei di soldati imperiali e i loro tentativi di continuare a decimarli. L'esercito dei samurai si trincerò in attesa di un'offensiva dell'esercito imperiale e costruì un accampamento. Keiichirō aiutava a tagliare la legna e a cacciare, e quando si faceva sera tutti condividevano storie e ricordi dei propri cari. Nelle notti in cui catturavano cervi o cinghiali, l'umore era quasi allegro.

Erano momenti felici, in cui Isla si divertiva ad ascoltare i racconti della loro giovinezza, dei loro amici e delle loro famiglie. Ikeda Uhei non parlava molto, ma sorseggiava lo *shōchū* fissando il fuoco, mentre le risatine nervose degli altri gli rimbalzavano addosso. Keiichirō non lo conosceva bene, Ikeda parlava più che altro con Toramasa, ma era chiaro che qualcosa dentro di lui si era perso. Una fiamma, che si era estinta nel momento in cui Toramasa era morto.

Era un sollievo non dover lottare per riscaldarsi. Di notte, contavano le stelle e si raccontavano le storie delle costellazioni.

I giorni cominciarono a scorrere uno dopo l'altro, monotoni quando regnava la pace, ma rapidi e sanguinosi quando venivano attaccati. Se anche qualcuno di loro desiderava tornare a casa, non ne faceva parola. Gli ordini erano di attendere ulteriori istruzioni. Per loro, la guerra non era ancora finita. La parola *fine* sarebbe giunta solo con la repressione di tutti i ribelli. Con la morte di Saigō-sama.

Gli uomini si curavano le ferite e facevano i turni di guardia. I giorni si allungavano e i samurai passavano il tempo giocando a *shogi*, un gioco da tavolo con venti pezzi, che gli uomini avevano ricavato da alcuni ciottoli e da una pietra piatta di fiume. Aiutava, ma solo un po'.

Isla e Keiichirō rimasero uniti, dormendo l'uno vicino all'altra. Lui la incoraggiava a nascondersi, ma lei una notte gli sussurrò che odiava aspettare, ascoltare tutte quelle grida nauseanti e le urla di dolore e i fendenti delle spade e il rumore dell'acciaio, chiedendosi se lui sarebbe mai tornato a prenderla nel suo nascondiglio oppure se avrebbe trovato il suo cadavere sul campo di battaglia.

«Il tuo giapponese sta migliorando» le fece notare Keiichirō una sera. Un sorriso si accese sul volto di Isla al chiaro di luna.

«Non parlo inglese ad alta voce da quando ho incontrato quei commercianti olandesi.»

«Insegnami qualcosa nella tua lingua» le chiese.

Lei ridacchiò, un suono che gli scaldò il cuore. «Va bene.»

La luna splendeva sopra di loro, offuscata di tanto in tanto da qualche nuvola.

Un'ora dopo, Keiichirō aveva imparato diverse parole, tra cui *aye*, *wee* per dire «piccolo», e *bonnie lass*, che fece scoppiare Isla in una risata di gioia. Dovette seppellire il viso tra le mani per soffocare il rumore. La sua allegria era come una musica. A Keiichirō sembrò una scintilla di speranza nell'oscurità.

«Sei un tesoro» le bisbigliò Keiichirō, tirandola a sé.

La mattina dopo, la luce del sole inondò l'accampamento e delle grida li svegliarono. Isla si districò dall'abbraccio di Keiichirō e si guardò intorno. D'istinto, si infilò il cappello di paglia in testa mentre lui si alzava, sbattendo le palpebre per togliere ogni traccia di sonno dagli occhi e afferrando le spade.

«Intrusi!» urlò un samurai.

Un rumore agghiacciante di spari riempì l'aria mentre Isla si rannicchiava.

«Stai attento!» gridò a Keiichirō, che già correva ai margini dell'accampamento. Erano in un bosco, quindi si arrampicò sull'albero più vicino e osservò ciò che stava accadendo.

I soldati imperiali si aggiravano per l'accampamento.

Ikeda abbatté un soldato nelle vicinanze e raccolse il fucile che gli era caduto. Dal punto da cui osservava la scena, Keiichirō vide Taguchi, nascosto dietro un albero con la spada davanti a sé, la mascella squadrata in tensione. Un soldato imperiale, avanzando di soppiatto sui suoi stivali lucidi, non vide il samurai finché non gli fu addosso. Taguchi lanciò un grido e sferrò un colpo secco. La testa del giovane soldato si staccò di netto dal collo. Rotolò via nell'erba, mentre il suo corpo si accartocciava.

Keiichirō scese dall'albero e corse verso Ikeda, che stava sparando ai soldati. Quando il fucile fu scarico, lo gettò di lato e sguainò la spada. Keiichirō combatteva alle sue spalle. Sentiva i respiri affannosi di Ikeda contro la sua spina dorsale mentre respingeva un soldato in arrivo.

Un colpo risuonò nell'aria. Taguchi cadde accanto a Keiichirō, con gli occhi spalancati e un buco nel ventre. Nonostante Keiichirō odiasse Taguchi, cercò il colpevole: un uomo dalla faccia sottile e la barba incolta. Prima che il nemico potesse ricaricare il suo ingombrante fucile, il samurai gli si avventò contro e lo colpì in faccia con l'elsa della spada, rompendogli il naso con un rumore disgustoso. Poi gli squarciò il petto con la sua *wakizashi* più corta. Il soldato si accasciò, soffocando nel suo stesso sangue.

Gli occhi di Taguchi si dilatarono. Sentiva la sua vita

scivolare via insieme al sangue dovuto a quella ferita nel ventre. Afferrò la veste di Keiichirō. I suoi occhi imploravano, supplicando Keiichirō di credere che il fratello di Taguchi non avesse violentato Kana.

Per la prima volta, Keiichirō iniziò a mettere in dubbio le parole di sua sorella. Taguchi prese a tremare, la morte sempre più vicina. Fece un ultimo colpo di tosse pieno di sangue prima di accasciarsi. La spada gli scivolò via dalle dita.

Perché i samurai non mentivano, soprattutto non in punto di morte. Keiichirō non aveva visto alcun inganno nei suoi occhi, nemmeno di fronte al freddo ed eterno richiamo della morte. Chiuse gli occhi di Taguchi. Era quello che avrebbe fatto chiunque.

Un moto di esultanza si levò tra loro quando gli aggressori corsero via verso le colline, lasciandosi alle spalle i fucili abbandonati.

Keiichirō non si unì ai festeggiamenti, nemmeno quando Isla accorse con sollievo al vederlo ancora vivo.

Se Keiichirō era destinato a morire in quella guerra, allora voleva sapere la verità su sua sorella. Doveva sapere se la morte di suo padre era stata vana.

Avevano perso solo tre dei loro nell'attacco: Taguchi, e due contadini che Keiichirō non conosceva. Li seppellirono tutti vicino alla linea degli alberi.

«Andiamo a Satsuma» propose a Isla, dopo aver pronunciato delle parole di commiato per i defunti. «C'è qualcosa che devo fare, lì.»

Isla lo guardò, i suoi occhi caldi si addolcirono. «La guerra si sposterà a Satsuma, alla fine» gli spiegò. «Torniamo indietro prima che accada. Siamo qui da sei settimane, è ora di muoverci.»

Se ne andarono quella notte, sgattaiolando fuori dall'accampamento. Mentre camminavano, Keiichirō si sentiva più forte con Isla al suo fianco.

Di notte la stringeva a sé, inspirava il suo profumo e accarezzava i suoi morbidi capelli. Il suo cuore era appesantito dalla domanda che si portava dentro, ma con Isla tra le braccia si sentiva meglio.

Desiderava fare di più con lei. Voleva baciarla e toccarla, ma sarebbe stato sciocco da parte loro spingersi oltre nella natura selvaggia. Tuttavia, questo non fermò il suo desiderio. Una notte la strinse da dietro, il suo bisogno struggente le premeva sul sedere rotondo.

«Scusa» borbottò, lottando per frenare la sua brama.

Dalla voce, sembrava che Isla stesse sorridendo. «Non fa niente.»

Si voltò verso di lui e le loro labbra si incontrarono. Keiichirō sentì un nuovo calore attraversarlo. Il tocco di Isla era morbido come seta. La sua bocca si aprì al suo invito. Un brivido di lussuria lo attraversò quando la sua lingua si posò su quella di lei, il suo odore femminile lo avvolse come un profumo. Lei si voltò per guardarlo in faccia. Le sue mani calde gli tracciarono il busto, scorrendo leggere sulla sua veste. I loro respiri accelerarono, il calore cresceva tra loro, mentre lei gli liberava le spalle nude. Gli baciò il collo e le sue labbra lasciarono una scia ardente fino al petto.

La desiderava così tanto. Voleva toccarla e lasciare che lei lo toccasse, per placare quel desiderio quasi doloroso. Le sue dita tracciarono il collo di lei e trovarono i suoi seni, caldi, morbidi e invitanti. Uno strattone, e la veste sarebbe venuta via, mostrando tutta la sua bellezza.

Un fruscio li fece sussultare.

Keiichirō si alzò a sedere. La veste gli pendeva dalle spalle. Quella notte si erano sistemati sotto alcuni alberi, in caso di pioggia.

I rami sopra di loro si muovevano appena, era una notte senza vento. Eppure, Keiichirō era convinto di aver sentito lo schiocco di un ramoscello. Che lì ci fosse qualcosa. Qualcosa di vivo.

Un nemico.

«Cosa c'è?» sussurrò Isla.

Keiichirō le posò una mano sul braccio per farla tacere.

Poi, li vide. Un paio di freddi occhi giallastri, con le iridi che catturavano la luce della luna, li fissavano dalla boscaglia.

Keiichirō afferrò la sua spada, che teneva sempre vicino a sé. Gli si rizzarono i peli sul collo. In quanti erano a circondarli?

Un basso ringhio eruppe dalla gola della bestia. Una gelida paura si affacciò dentro di lui. Rimase in silenzio e immobile, concentrato su quegli occhi.

Le sue parole erano appena un respiro. «Resta qui.»

Il lupo emerse dalla boscaglia. Era leggero e affusolato, con le labbra tirate in un ringhio.

Keiichirō emise un forte grido, saltando in piedi in un fruscio impetuoso di stoffe. Forse poteva spaventare la creatura. Brandì la spada. I riflessi della luce della luna che filtravano tra i rami facevano brillare l'argento della lama. A giudicare dalla pelliccia opaca e dal corpo magro, si trattava di un cucciolo. Ma anche il più docile dei lupi poteva essere letale.

«*Oi!*» urlò di nuovo mentre si avventava contro la creatura, sperando che scappasse.

Il lupo lo sfidò, raspando a terra con gli artigli. Scattò

per mordergli una gamba. Keiichirō si mosse in fretta per evitare che il polpaccio finisse tra quelle fauci ringhianti e sferrò un fendente contro la creatura. L'animale uggiolò e indietreggiò, facendo colare un po' di saliva sul terreno. Il cuore di Keiichirō batteva forte. Non aveva mai combattuto contro un lupo.

La bestia sfrecciò di nuovo in avanti mentre Isla urlava. Keiichirō sferrò un fendente verso l'alto, sperando di colpirla a metà salto, ma sbagliò tempismo.

Il dolore gli trapassò la spalla mentre il lupo lo trascinava a terra, con i denti che gli scavavano la clavicola. Ringhi e ruggiti gli risuonarono nelle orecchie. Puzzava di pelo e di terra.

Keiichirō si sforzò di spingere via l'animale. Sentiva la spalla in agonia, mentre il lupo piegava la mandibola verso Keiichirō. Si agitava e ringhiava, il suo peso gli gravava sul petto. Qualche altro secondo, e gli avrebbe strappato via la gola a morsi.

Isla scattò in avanti con una pietra in mano, che abbatté sulla testa del lupo con tutta la forza che aveva. Keiichirō estrasse la sua *wakizashi* e trafisse il lupo al fianco. La sua spada si scontrò con la carne rigida e la pelliccia arruffata.

Keiichirō doveva puntare al collo. Trovò lo spazio tra l'orecchio e la spalla e affondò la lama nel pelo con tutta la sua forza, emettendo un ringhio a denti stretti.

La lama incontrò l'osso ancora e ancora, mentre Isla e Keiichirō continuavano ad attaccare e la bestia gemeva, implacabile. Il lupo emise un lamento acuto e, alla fine, schiuse le zanne. Keiichirō gettò il corpo da parte, ma Isla non aveva finito. Colpì la creatura più e più volte, fradicia del sangue dell'animale.

«Isla» ansimò Keiichirō, cercando di metterla a fuoco

nonostante le macchie nere che gli riempivano la vista. «È tutto a posto. È morto.»

Un istante dopo, crollò.

«Kei!» Isla si precipitò da lui e gli premette la mano sulla spalla sanguinante per fermare l'emorragia, mentre lui scacciava quelle macchie vertiginose. «Ti ha morso al collo?» chiese lei.

«Solo la spalla, credo.» Keiichirō strinse la mascella per il dolore che pulsava contro il palmo di Isla. Aveva il volto pallido. Si alzò per guardarsi intorno. La mano libera reggeva ancora la roccia sporca di sangue.

«Era da solo» riuscì a dire Keiichirō alzandosi a sedere. «Ma ci conviene muoverci, non si sa mai.»

Il lupo aveva il cranio rotto e giaceva con le fauci spalancate in un ringhio silenzioso, la lingua rosa che penzolava e la bocca macchiata del sangue di Keiichirō. I due raccolsero le loro borse e ripresero lentamente il loro cammino sulla strada.

Una volta che si furono allontanati, Isla usò il suo *obi* per fasciargli la spalla. «Starai bene?» La sua voce era ansiosa.

«Ho subito ferite peggiori sul campo di battaglia. È solo un graffio.»

«Sei sicuro?» Isla aveva visto i fori lasciati dai denti del lupo sulla spalla.

«Sono sicuro, *bonnie lass*.» Le prese la mano. «Io non mento mai.»

20

Finalmente, la città di Kagoshima emerse all'orizzonte nell'ora silenziosa che precede l'alba. Il monte Sakurajima si stagliava in una sagoma nera contro il cielo, e una scia di fumo serpeggiava fino a incontrare le nuvole. Keiichirō sentì una stretta al cuore alla vista della sua città natale, dei suoi tetti spioventi e delle strade strette e pulite. Nel giro di un paio d'ore in città sarebbe iniziato un nuovo giorno e quelle strade sarebbero state percorse perlopiù da donne e bambini, considerando che molti uomini erano partiti per appoggiare la causa di Saigō Takamori. In quel momento, invece, i vicoli erano bui e quasi deserti. Solo alcune case erano illuminate dalla luce delle lampade.

Keiichirō non vedeva l'ora di infilarsi in una delle sorgenti calde e di dormire su un futon con un tetto sopra la testa. Presto sarebbe stata piena estate, e lui non aveva alcuna voglia di continuare a dormire all'aperto, in balia delle zanzare. La spalla bruciava di dolore ogni volta che muoveva il braccio, e avvertiva delle fitte in tutto il corpo, ma si costrinse a tornare in città fiero e a testa alta.

«Tra non molto albeggerà» osservò mentre raggiungevano il luogo in cui lui e Taguchi si erano azzuffati tanti mesi prima. Un dolore sordo gli strinse il petto al pensiero del suo rivale caduto. Presto avrebbe saputo se Taguchi Hanzō aveva detto la verità, ma non era ancora il momento. Keiichirō si prese qualche istante per fermarsi e inspirare i profumi familiari di casa. L'odore di legno e mare, le deboli tracce di miso. Persino l'erba aveva un profumo diverso, lì. Sapeva di pulito e di fresco. Magari era solo una sua impressione, adesso che non c'era più l'odore pungente del sangue dietro l'angolo, quel terribile odore a cui lui e Isla erano stati costretti ad abituarsi.

Lei si tenne vicina a lui, sollevata dal fatto che erano quasi arrivati alla meta tanto agognata. Si sarebbero messi comodi in casa, avrebbero salutato Kana e giocato con Yura, avrebbero fatto il bagno nella sorgente calda... Non vedeva l'ora.

Fianco a fianco, con le spalle che a tratti si sfioravano, iniziarono a percorrere l'ultimo chilometro camminando sempre più in fretta.

«Shhh» la ammonì all'improvviso, allungando un braccio per fermarla. Un movimento qualche strada più in là aveva attirato la sua attenzione. La tirò in un angolo nascosto nell'ombra. «Soldati» sibilò.

Non poteva essere altrimenti. Quando Isla si affacciò per controllare, vide due uomini che imbracciavano dei fucili e che portavano cappelli e uniformi occidentali. I bottoni d'oro scintillavano alla luce di una lanterna mentre pattugliavano la collina. Keiichirō avvertì un moto di disgusto di fronte a quello spettacolo.

«Come hanno...?» Keiichirō lasciò cadere la domanda. «Con la nave. Ma certo.»

Spostarono lo sguardo oltre il centro della città, fino alla costa. Adesso che sapevano cosa cercare, videro proprio lì, nel primo debole accenno di alba, una massa indistinta. Dovevano esserci almeno una dozzina di navi ancorate al porto.

Saigō-sama non aveva lasciato neanche un samurai a difendere Kagoshima, tutti gli uomini avevano voluto seguire il loro capo. Ora i soldati dell'imperatore se ne andavano in giro come se niente fosse. Riusciva già a immaginarli che infastidivano gli abitanti della città e raccontavano menzogne su Saigō-sama e i samurai per sconvolgerli.

Keiichirō fremeva per saltare fuori dal suo nascondiglio e abbattere quella pattuglia, ma a cosa sarebbe servito? Erano solo uomini che eseguivano gli ordini.

In ogni caso, era orribile vedere il nemico lì, nella sua città natale, come quando trovava le formiche nel riso.

«Quante zone di Satsuma sono sotto il controllo nemico?» si interrogò.

«Non lo so, ma è meglio stare attenti. Andiamo» mormorò Isla, e si rimisero in cammino, facendo attenzione a fare meno rumore possibile e rimanendo nascosti nell'ombra.

Keiichirō si sentiva stretto dal senso di colpa per aver lasciato indietro gli altri samurai. Da una parte, sentiva che avrebbe dovuto essere lì con loro, a combattere al fianco di suo cugino Tatsuzō, di Ikeda e degli altri rimasti in vita, pronti alla prossima battaglia. Dall'altra, però, sentiva il bisogno di scoprire la verità su Kana e sul fratello di Taguchi, e quella poteva essere la sua ultima occasione per farlo. E poi, voleva portare Isla al sicuro, anche se ormai sembrava che anche a Kagoshima fossero cambiate le cose.

«Isla, devo fare una domanda a mia sorella» le spiegò

quando furono al sicuro sulla riva del fiume e diretti verso casa sua, sempre nascosti nell'ombra e con le orecchie aperte, in cerca di altri soldati. «Devi sapere che la risposta potrebbe non piacermi e che potrebbero esserci delle urla. Non è nulla che riguardi te.»

«Capisco. Se hai bisogno di me o vuoi che ti aiuti in qualche modo, sono qui» rispose lei. «Sempre.»

Quelle parole furono un toccasana per Keiichirō. Grazie a lei era riuscito ad affrontare di tutto, cose belle o brutte che fossero. Isla lo faceva sentire forte e sicuro di sé. Sperava che anche per lei fosse così.

Le prese la mano, approfittando di quei brevi istanti da soli per dimostrare almeno una briciola dell'affetto che provava per lei. Le dita calde di Isla si strinsero di rimando. Tutto d'un tratto, Keiichirō si sentiva risoluto e determinato ad affrontare quello che li aspettava.

Quando aprirono la porta d'ingresso, dei passi veloci li raggiunsero. Non era Kana, ma Yura. La bambina indossava uno *yukata* leggero ed era impegnata a mettersi le dita in bocca. I capelli neri le scendevano sulla schiena. Negli ultimi sei mesi era cresciuta, camminava con fare più sicuro e il suo viso aveva iniziato a perdere un po' del tipico grasso infantile. Li fissò, le lunghe ciglia che svolazzavano a ogni piccolo movimento delle palpebre.

«Ciao, tesorino» Isla si accovacciò alla sua altezza e le parlò a bassa voce. «Stai crescendo così in fretta.»

Yura arretrò fino al muro, incerta sul da farsi.

«Yura?» chiamò la voce assonnata di Kana.

«Siamo tornati, sorella» si annunciò Keiichirō.

Kana lanciò uno strillo in risposta. Si affacciò dalla porta scorrevole della sua stanza. Aveva i capelli scompigliati. Sussultò quando i suoi occhi si posarono sulla spalla insanguinata di Keiichirō e sul fango che gli macchiava i vestiti. «Sei ferito.»

«È solo una ferita superficiale» cercò di rassicurarla.

Isla sembrava invisibile. Kana afferrò la mano di suo fratello, dandogli appena il tempo di togliersi i sandali, e lo condusse verso il focolare. Accese una lanterna con mani tremanti.

Solo allora si accorse di Isla. Si limitò ad alzare le sopracciglia sottili per commentare lo stato pietoso in cui si trovavano sia lei che Keiichirō.

I due si scrutarono a vicenda, prima di spostare lo sguardo verso la stanza immacolata, i cuscini quadrati e ordinati e i pavimenti scuri e lucidi.

Ormai erano così abituati a vedere sporcizia di ogni genere e macchie di sangue su capelli e vestiti, oltre alla pelle sudicia e alle unghie sporche, che avevano smesso di farci caso – per non parlare dell'odore che dovevano avere. Per Kana era tutt'altra storia.

Yura giocherellava lì intorno, farfugliando qualcosa tra sé e sé. Kana insistette per dare un'occhiata al morso che il lupo aveva lasciato sulla spalla di Keiichirō, e srotolò con un sospiro impaziente la benda che Isla aveva stretto in fretta e furia nel bosco.

«È sporca. Va' a lavarti nella sorgente calda, fratello, e poi te la sistemerò come si deve» gli ordinò. Lui annuì e uscì dalla stanza, mentre lei iniziò a cucinare.

Abbandonata a sé stessa, Isla rimase in piedi. I vestiti che indossava erano così sudici che non osava muovere un muscolo. Kana aveva osservato le sue mani sporche con tale orrore che Isla non provò nemmeno a offrire il suo aiuto in cucina. Probabilmente Keiichirō non avrebbe detto la verità su come si era procurato quella ferita per non farla preoccupare.

Yura alzò lo sguardo su di lei con occhi pieni di interesse e ridacchiò quando Isla si tolse il cappello, indicando i suoi capelli rossi. Isla avrebbe voluto prenderla in braccio e abbracciarla – si era affezionata molto a lei, nel periodo in cui avevano vissuto insieme. Invece, si inginocchiò per terra, ritraendosi al pensiero di macchiare le assi di legno.

«Ayya» la chiamò la bambina.

Isla sorrise. Anche se erano state lontane per molto tempo, Yura la riconosceva ancora. Quella consapevolezza era un balsamo per l'anima.

«Ayyyya.» Yura corse in avanti e le gettò le braccia al collo. Isla tirò la bambina vicino a sé. La sua innocenza le sciolse qualcosa nel cuore.

«Yura, è sporca. Smettila» la rimproverò Kana, comparendo alle loro spalle.

«È vero» concordò Isla, e si alzò.

Sentirono che Keiichirō aveva finito con l'*onsen*, così Isla uscì a lavarsi a sua volta. Si tolse con piacere quei vestiti di dosso e si sciacquò con l'acqua di un catino prima di immergersi nella sorgente. Pochi minuti dopo, Kana la raggiunse con un asciugamano, una veste pulita e un paio di sandali per lei.

Isla si osservò da cima a fondo. Era dimagrita, anche se aveva messo su muscoli come mai prima d'ora. Portava sulla sua pelle i segni dei mesi passati a mangiare solo lo stretto necessario: lo vedeva dalle costole che sporgevano e dai pallidi stecchini che aveva al posto delle gambe. I tre pasti al giorno, lo zucchero e il caffè erano ormai un lontano ricordo. Era stato un cambiamento brutale. In compenso, aveva imparato ad apprezzare le piccole cose e la loro semplicità, in un modo che non le sarebbe mai stato possibile nella sua vecchia vita in Scozia.

Dovette impegnarsi per togliersi di dosso lo sporco e il sangue secco. Quando fu certa che gli unici segni rimasti erano i lividi sulla pelle, e i capelli bagnati e puliti erano ormai attaccati al collo, scivolò nelle profondità paradisiache della sorgente. Si immerse più volte con tutta la testa. Il calore era un toccasana per il suo cuoio capelluto. Avere dell'acqua calda come quella era un chiaro vantaggio del vivere così vicino a un vulcano.

Cercò di non attardarsi per non far arrabbiare Kana. Con enorme riluttanza, Isla si costrinse a uscire dalla sorgente e si rivestì per tornare in casa.

Trovò Keiichirō intento a osservare Kana che gli medicava la ferita. Ogni minimo movimento tradiva il dolore che provava. La donna mise con cura dei punti lungo il morso che si allungava sulla spalla usando del filo nero. Non batteva ciglio alla vista del sangue. Isla fu sollevata nel constatare che la ferita non era profonda. Non riusciva neanche a immaginare cosa sarebbe successo se il lupo lo avesse morso alla gola. Proprio come si aspettava, Keiichirō rimase in silenzio quando Kana gli chiese spiegazioni.

«Sei dimagrita» osservò, guardando la sorella.

«Non c'è molto cibo» rispose lei irritata. «E quello che ho lo do a Yura. Tu non sembri stare meglio.»

Keiichirō lanciò un'occhiata alla nipote e Isla lo seguì con lo sguardo. In effetti sembrava in salute. Al suo posto, anche lei avrebbe fatto lo stesso.

Kana mescolò qualcosa in una pentola vicina sul focolare sommerso, lanciando un'occhiata al suo interno. «È pronto» annunciò.

Lo stomacò di Isla brontolò al profumo della zuppa di miso calda. Nel giro di qualche minuto, tutti erano concentrati sulle loro scarse porzioni. Isla sedeva in silenzio a occhi chiusi per assaporare ogni boccone. Dopo settimane passate a mangiare qualsiasi cosa riuscissero a procurarsi, si sentì quasi sopraffare dal sapore salato della zuppa.

«Abbiamo visto delle pattuglie mentre venivamo qui. Sono quelle dell'esercito imperiale?» chiese Keiichirō.

Kana annuì. «Tre navi da guerra imperiali sono arrivate qualche settimana fa e hanno preso tutta la polvere da sparo che c'era in città. Adesso i soldati sono ovunque.» La sua voce si incrinò, ma continuò a parlare. «Hanno preso il *biwa* di nostro padre, e mi sono ricordata di quanto mi piaceva quando sia tu che lui lo suonavate. Hanno detto che dovevano confiscarlo, anche se non vedo a cosa possa servire. Ho nascosto l'armatura sotto le assi del pavimento vicino alla porta. Quella non la troveranno.» Fece un gesto verso una parte qualunque delle assi scure del pavimento, accanto all'ingresso. «Non avrei mai pensato che non ci avrebbero permesso di tenere neanche uno strumento musicale.»

Mentre Kana riportava Yura in una delle stanze con i tatami per metterla a letto, lo sguardo di Keiichirō incontrò quello di Isla.

Era evidente che voleva porre a Kana la domanda a cui aveva accennato. Voleva che lei rimanesse lì con lui, o era meglio lasciarli soli? Il volto di Keiichirō era immerso nell'ombra. Non stava dicendo una parola, ma Isla lo avvertì dentro di sé: lui la voleva lì. Si chiese quale fosse la domanda che lo tormentava. Non era sembrata una questione così importante durante il loro ritorno a Kagoshima ma, a giudicare dall'espressione seria che Keiichirō aveva in quel momento, forse lo era. Isla era contenta che le avesse chiarito che non aveva niente a che fare con lei.

Si spostarono in un'altra stanza, quella in cui riposava l'urna di Ujio Maeda. Per fortuna era sfuggita ai soldati imperiali. Senza la vecchia armatura in esposizione, la camera sembrava vuota.

Isla sedette accanto a Keiichirō, lasciando appena qualche centimetro di distanza tra loro, e le labbra di Kana si strinsero leggermente di fronte a quella novità. Si sedette a sua volta davanti a loro, con le gambe piegate sotto di lei. Sembrava surreale essere lì, in quella casa tranquilla e pulita, dopo tutto il caos e la morte a cui avevano assistito. I capelli di Kana erano puliti, la veste perfettamente stirata.

«C'è una cosa importante che vorrei chiederti, Kana.» La voce di Keiichirō era calma, ma Isla percepì comunque la tempesta in arrivo. «Io sono un samurai, e i samurai non mentono. Mi aspetto che anche tu faccia altrettanto, in quanto sorella e figlia di un samurai.»

Kana non si mosse, ma Isla la vide impallidire.

«Taguchi Hanzō mi ha detto qualcosa a cui non volevo credere. Riguardava suo fratello, Taguchi Gorō.»

Sua sorella fissava il pavimento, ma sembrava stesse iniziando a cedere, come se fosse sul punto di crollare su sé stessa. Qualunque cosa stesse per accadere, Kana ne era turbata.

Con un'espressione rassegnata, spostò il suo sguardo

sul fratello. Adesso Isla sentiva di aver colto perfettamente il punto del discorso, e non ne era così entusiasta.

Keiichirō continuò. Isla ascoltò con crescente preoccupazione il suo racconto su come quel samurai, Taguchi Hanzō, che era morto proprio accanto a Keiichirō mentre combattevano contro i soldati imperiali, fosse il fratello dell'uomo che a quanto pareva era il padre di Yura. La persona che Kana aveva accusato di violenza sessuale quando suo padre aveva scoperto che era incinta.

«Nostro padre uccise l'uomo di cui avevi fatto il nome, Kana. Si chiamava Taguchi Gorō» proseguì Keiichirō, con voce pacata. «Nostro padre gli tagliò la gola mentre dormiva. Sapeva benissimo che era un omicidio da codardi, eppure lo fece lo stesso. Per questo motivo, nostro padre, un buon samurai, dovette praticare *seppuku*. Qual è la verità su quanto è accaduto, Kana? Hai detto a nostro padre che quell'uomo ti aveva costretta, ma lo hai fatto per paura? Lui ti adorava, ma era anche un padre estremamente severo. Credo che tu ti sia fatta prendere dal panico. Non volevi dirgli la verità, e così hai mentito.»

Qualcosa si strinse nel petto di Isla.

«Le conseguenze della tua menzogna sono state più terribili di quanto tu avessi previsto. Prima che Yura nascesse io ti ho creduto, e sono andato in guerra odiando Taguchi Hanzō, perché era il fratello del tuo aggressore. In punto di morte, però, Taguchi mi ha guardato negli occhi mentre esalava il suo ultimo respiro, e ha insistito sul fatto che tu fossi stata con suo fratello di tua spontanea volontà. Allora, ho cambiato idea e ho pensato che fosse lui a dire la verità, perché i samurai non mentono mai. Mi sbaglio, Kana?»

Il lungo silenzio dopo il discorso di Keiichirō fu intenso.

Anche se quell'interrogatorio non era rivolto a lei, Isla ebbe paura per le gravi parole di Keiichirō. Una sensazione di calore sbocciò dentro di lei, un terrore che le fece venire la pelle d'oca.

Lo sguardo di Kana era spento. Isla la implorò tra sé e sé di negare tutto, di insistere che lei aveva detto la verità e che era stato Taguchi Hanzō a mentire. Perché, in caso contrario, voleva dire che la crudele accusa di Kana era costata la vita a due uomini.

«Allora?» La voce di Keiichirō era ferma.

Isla si contorse le dita, il cuore in tumulto.

«Sei stata con Taguchi Gorō di tua volontà? Hai mentito a nostro padre?» insistette Keiichirō alzando la voce.

Il labbro inferiore di Kana tremò mentre annuiva.

Isla chiuse gli occhi. Era una cosa orribile.

Le spalle di Kana sussultarono e si lasciò sfuggire un singhiozzo.

Keiichirō si mosse all'improvviso. Alzò la mano e Isla trasalì, in allarme. Kana si coprì la testa, rannicchiandosi su sé stessa. Per un attimo si bloccarono tutti, la mano di Keiichirō in aria, la furia sul suo volto. Poi sospirò e abbassò il braccio, sprofondando di nuovo accanto a Isla. Quei pochi centimetri di distanza tra loro erano spariti.

Sospirò, tutto il dolore del mondo in quel semplice suono.

«Ho avuto paura.» La cortina di capelli neri di Kana le nascondeva la maggior parte del viso e Isla dovette sforzarsi per cogliere le sue parole. La sua voce era poco più che un sussurro. «Pensavo che nostro padre avrebbe ucciso me e la mia bambina se avesse saputo la verità. Non potevo permettergli di fare del male a mia figlia.»

«Non le avrebbe fatto del male» rispose Keiichirō.

Diede uno sguardo all'urna con le sue ceneri, le spalle rigide. «E neanche a te. Lo sai benissimo. Si sarebbe infuriato, ma niente di più.»

Kana cadde in avanti in quello che sembrava vagamente un inchino. I suoi singhiozzi erano diventati dei veri e propri lamenti di agonia, ma Isla non vedeva neanche una lacrima, come se quella disperazione fosse solo una messinscena. Si vergognava a guardarla.

«Mi dispiace, fratello, avevo paura! Non sapevo che nostro padre lo avrebbe ucciso.» Kana premette il viso sul pavimento, le spalle tremavano mentre le sue grida venivano soffocate dal tatami. «Ti prego, ti supplico. Concedimi il permesso di porre fine alla mia vita!»

Isla non credeva che Kana lo stesse chiedendo seriamente.

«Alzati» le ordinò Keiichirō con disgusto. Tirando su col naso, gli occhi arrossati, Kana si raddrizzò lentamente e si sistemò i capelli.

«Kana, non meriti il lusso di ucciderti. Chi si prenderà cura di tua figlia?» La voce di Keiichirō era scossa dalla rabbia, e Isla non lo aveva mai sentito così. Voleva prendergli la mano, ma non sarebbe servito a nulla. «Non ho mai toccato o tenuto in braccio Yura a causa di tutto ciò, della ragione per cui era nata, anche se lei non ha mai avuto alcuna colpa a riguardo. A causa delle tue bugie, nostro padre è morto e Yura non ha né un padre né un nonno.» Keiichirō si voltò verso Isla. Aveva ripreso il controllo, ma la rabbia infuriava ancora nei suoi occhi castani. «Ti chiedo scusa, Isla. Ho bisogno di stare da solo con mia sorella.»

Isla deglutì. Capiva benissimo. Non riusciva a guardare Kana. Non capiva come facesse Keiichirō a mantenere almeno una parvenza di autocontrollo. Dalla forza con cui stringeva la mascella e dal fuoco nei suoi occhi capì che quella calma era solo apparente. Che cosa c'era nel suo cuore, in quel momento? Isla non riusciva a capirlo. Si rifugiò in giardino, lasciandosi alle spalle i loro sussurri, le suppliche di Kana, la rabbia di Keiichirō, come una stanza piena di vespe.

Una volta fuori, la accolse un'aria umida e calda. Le zanzare ronzavano tra i fili d'erba.

Non poteva fare a meno di provare pietà per Keiichirō, e anche per Yura. Quella bambina non aveva nessuno al mondo tranne sua madre, e adesso Kana era stata disonorata. Come si poteva mentire su una cosa del genere? Come aveva fatto Kana Maeda a convivere con il senso di colpa, sapendo che le sue azioni avevano portato alla morte di due samurai?

Isla ripensò alla sua durezza, al sospetto con cui l'aveva guardata, al suo comportamento ostile. Forse era il peso del rimorso per quella situazione. Forse, col tempo, aver rivelato la verità al fratello maggiore le avrebbe concesso un po' di sollievo.

Keiichirō l'avrebbe mai perdonata? Era difficile dirlo. La persona che più avrebbe sofferto per tutto questo sarebbe stata proprio Yura, che ora dormiva profondamente in casa.

Isla pensò a Nene Nakamura e Hisakichi Kuroki. Se solo avessero saputo che erano sangue del suo sangue. A quel punto dovevano essere già al sicuro, e presto avrebbero dato alla luce un figlio, il prossimo Kuroki – il trisavolo di Isla. Poi, alcuni decenni più in là, la loro famiglia avrebbe accolto il piccolo Yoshitomo. Quella giovane coppia che era fuggita dalla guerra non immaginava neanche fino a dove sarebbe arrivata la sua discendenza.

Avrebbe voluto che il nonno fosse ancora vivo. Vivo nel suo tempo. Isla non sapeva se sarebbe più tornata nel XXI secolo ma, se mai lo avesse fatto, le sarebbe piaciuto raccontargli tutto di quella bizzarra avventura, di come la Storia si era svolta davanti ai suoi occhi, e di quanto si era sentita impotente nel cercare di cambiarla.

Gli avrebbe raccontato di come aveva salvato il suo stesso futuro, convincendo Nene e Hisakichi ad abbandonare la guerra.

Di come si era innamorata di un samurai e di come ora avrebbe preferito morire, piuttosto che abbandonarlo.

Keiichirō sbucò in giardino. Aveva gli occhi rossi come se avesse pianto. Isla lo raggiunse e lo avvolse in un forte abbraccio. Kana poteva vederli, ma non le importava. Lo strinse a sé, sentendo il suo corpo muscoloso attraverso la veste. Presto le carezze si fecero intense e le labbra si incontrarono. C'erano solo loro, e nessun altro, sotto la luce delle stelle.

Non ci fu bisogno di parole quando si tolsero i vestiti. Si rivelarono nella nudità senza imbarazzo. I respiri di Isla si fecero pesanti mentre osservava il corpo snello e muscoloso di Keiichirō. Le ciocche dei capelli neri gli ricadevano sul collo. Le ferite dei mesi precedenti si erano trasformate in cicatrici.

Si immersero nell'acqua calda della sorgente ridacchiando. Rimasero fermi a lungo, gli occhi negli occhi. Lo sguardo di Keiichirō vagava famelico sul corpo di Isla. Fu il momento più erotico della sua vita.

Alla fine, sentì quelle mani forti e gentili risalirle lungo le braccia, fino alle spalle.

Keiichirō si beò dei capezzoli che diventavano più turgidi, dell'eco degli ansimi sempre più pesanti. Lui, invece, era quasi imperturbabile, a parte qualche sottile cambiamento ai limiti dell'impercettibile: il modo in cui prendeva fiato in respiri brevi, il fuoco che si accendeva nei suoi occhi quando incontravano quelli di lei, la pressione dei polpastrelli che tracciavano la curva della sua schiena e la tiravano più vicino.

Lei lo sentiva premere contro il fianco, caldo ed esigente. Le cedettero le gambe quando Keiichirō la guidò fuori dalla sorgente, con l'acqua che scorreva sulla pelle.

Si sdraiarono sull'erba, avvolti negli asciugamani che Keiichirō aveva portato in giardino.

Si rifugiarono sotto una tenda leggera, simile a una zanzariera, che pendeva dal ramo di un albero e li proteggeva dagli insetti.

Nascosti dal resto del mondo, protetti dalla nebbia della sorgente nel loro rifugio privato. Isla allungò una mano. Tracciò la linea della mascella di Keiichirō con il polpastrello umido, osservando il suo viso serio, gli zigomi alti e quegli occhi che racchiudevano tristezza, rimpianto e desiderio.

«Sei sicuro di volerlo?» gli chiese. Keiichirō si era infuriato con Kana, e non voleva forzare la mano. Anzi, una parte di lei pensava che avrebbero dovuto aspettare un momento migliore, senza che fossero così logorati dal mondo, senza quelle parole dure che ancora aleggiavano nell'aria.

«Non sono mai stato così sicuro di nulla» rispose lui. Isla dimenticò ogni dubbio.

Inspirò bruscamente quando lui le prese una mano e le baciò il palmo. Le sue labbra morbide le lasciarono una scia di baci lungo il polso. Un fuoco mai provato prima le ardeva dentro.

Il tocco di Keiichirō le raggiunse la spalla. I capelli le solleticavano la guancia, la bocca sulla pelle umida la faceva sussultare. Un intenso fremito di eccitazione la scosse quando la guardò negli occhi. Lei fissò la curva delle sue labbra, la lentiggine vicino alla bocca. Il suo sguardo la faceva sentire bellissima.

Era inebriante. Isla voleva sentirlo dentro di sé, ascoltare i suoi sospiri e mormorii d'amore, voleva che si perdessero l'uno nell'altra.

Una lunga ciocca di capelli di Keiichirō gli cadde sugli occhi e lei gliela infilò dietro l'orecchio. Il suo cuore si infiammò quando lui si fece ancora più vicino e le sussurrò: «*Bonnie lass*».

Keiichirō schiacciò con forza la bocca contro la sua, le mani forti le avvolsero la vita e la spinsero a terra. La passione era così infuocata che la lasciò senza fiato. Una nuova ondata di calore le saliva ora dalle gambe. Erano stesi tra il profumo dell'erba e i vapori. Isla lo voleva così tanto che riusciva a malapena a respirare. Tutte le emozioni degli ultimi mesi si erano accumulate e fuse nel desiderio. Lo sguardo di Keiichirō le fece capire che anche per lui era così.

Keiichirō se la tirò addosso. Le ginocchia di Isla ora premevano sull'erba. I loro sguardi si incrociarono, i respiri sempre più veloci. Quando sentì il suo calore scivolarle dentro, Isla gemette, perdendosi in lui. Ogni spinta le provocava una nuova ondata di piacere. Gli accarezzò piano il petto muscoloso e le cicatrici. Le braccia di Keiichirō la strinsero come se non volessero più lasciarla andare. Affondava sempre più veloce, sempre più a fondo, finché non la mandò oltre ogni limite, tanto che lei dovette mordersi il labbro per non urlare.

Le si riversò dentro caldo e rapido, stringendole la schiena così forte da farle male. I loro corpi e le loro anime erano una cosa sola.

Tornarono a stendersi sull'erba spossati, le dita intrecciate, le fronti madide di sudore premute l'una contro l'altra. Il cuore di Isla si sentiva al sicuro e pieno. E adesso, come avrebbe mai potuto lasciare Keiichirō?

Semplice. Non lo avrebbe fatto.

21

Keiichirō avrebbe dato qualsiasi cosa per essere felice, per sposare Isla e trovare un posto tranquillo dove stabilirsi.

Più giorni passava lontano da Saigō-sama e dal suo esercito, però, più il senso di colpa scavava a fondo dentro di lui.

La notte stringeva l'impugnatura foderata della sua katana, gli occhi fissi sul buio attorno a sé. La decisione di tornare a Kagoshima a quel punto della guerra non faceva di lui un vero samurai, un guerriero di cui i suoi antenati sarebbero stati orgogliosi. Aveva abbandonato la battaglia e lasciato che i suoi amici affrontassero da soli la morte.

In compenso, amava osservare il volto addormentato di Isla. Quanto avrebbe voluto raggiungere Nakamura Nene insieme a lei, trovare un terreno da coltivare e lasciarsi quella guerra alle spalle.

Ma era un sogno impossibile. Se lo avesse fatto davvero, avrebbe perso una volta per tutte la sua anima, un pezzo dopo l'altro. Sarebbe stato un codardo, proprio come Kana.

Non poteva abbandonare il *bushidō*, la via del guerriero.

Era la sua vita.

La sua stessa esistenza.

Si soffiò un po' d'aria sulla fronte. L'umidità era soffocante, persino di notte.

Qualche ora dopo, il sole salì alto nel cielo, portando con sé la stessa aria afosa del giorno prima. Ormai era estate inoltrata. Le cicale frinivano sugli alberi e la gente si affollava sulle sponde del fiume per rinfrescarsi. Le donne di Satsuma, che ora indossavano dei sottili strati di *yukata*, raccoglievano mirtilli in gran quantità. Anche Kana e Yura rientravano spesso a casa con dei sacchi pieni di piccoli frutti blu.

«Kirino Hisa è tornata sana e salva» gli riferì Isla soddisfatta, mentre posava il suo cesto di frutta. «Ha ripreso a lavorare con le donne nubili, come faceva prima.»

«Ci sono ancora le pattuglie di soldati» lo informò Kana. «Non credo sia sicuro per te andare là fuori, fratello. Non con quelle spade.»

Kana aveva smesso di trattare Isla come se fosse un odore sgradevole di cui liberarsi, anche se c'era ancora un'atmosfera tesa tra tutti loro. Per quanto ne sapeva, poi, Keiichirō non aveva parlato a Kana di loro due, anche se ormai la situazione era evidente, visto che dormivano insieme ogni notte nella stanza di Isla. Si era limitato a dirle in privato che Nene aveva deciso di sposare un contadino.

Keiichirō lanciò un'occhiata a Yura, intenta a dargli dei colpetti sulla gamba. La bambina esitò, poi sgambettò verso di lui e gli si mise in grembo. Era calda, morbida e incredibilmente fragile. Con cautela, sua nipote colse la bacca che lui reggeva su un palmo per lei e se la infilò in bocca con un sorriso. Keiichirō gliene offrì un'altra.

Cosa non avrebbe dato per dimenticare quella guerra e fuggire, come aveva fatto Kuroki Hisakichi, ma non si sarebbe mai perdonato per una cosa del genere. Non poteva abbandonare i suoi fratelli. Non poteva abbandonare Saigō-sama.

Una notte in cui faceva più caldo del solito, Keiichirō non riusciva a dormire.

Sognò Murakami. Il suo volto coperto di sangue urlava qualcosa tra i denti spezzati: «Dove sei, Maeda?» Toramasa lo guardava, gridando al tradimento prima di esplodere in brandelli. Beppu-san e Murata-sama, i loro potenti capi, lo guardavano con disgusto, con il sangue che colava dalle ferite lasciate dai proiettili mentre gli davano del traditore. I suoi amici cadevano sotto i colpi di arma da fuoco, mentre Kirino-san correva verso una foresta in fiamme, brandendo la spada sopra la testa. Tutta Satsuma bruciava, e Keiichirō veniva mangiato vivo dai lupi.

Si svegliò di soprassalto, con il viso umido di sudore e lacrime. Isla si mise a sedere accanto a lui. Aveva le sopracciglia aggrottate per la preoccupazione. Quella sera, nemmeno il suo tocco riuscì a placare il senso di colpa che lo stava divorando dall'interno.

Doveva portare a termine il suo dovere di samurai. Era quello il suo compito.

Senza un liuto da suonare, Keiichirō si tenne occupato con una pellicina. Era seduto sulla veranda che si affacciava sulla riva del fiume. Rimase a guardare i soldati imperiali che pattugliavano fino all'alba, quando il sole colorò il terreno con un velo rosso sangue.

«Fratello.»

Non alzò lo sguardo quando Kana si inginocchiò accanto a lui. Sedevano allo stesso modo da piccoli, quando guardavano la gente che pescava o si chiedevano ad alta voce se il monte Sakurajima prima o poi avrebbe eruttato e ricoperto il mondo intero di cenere. Per un attimo, Keiichirō pensò che, se solo fossero rimasti ancora un po' seduti, forse sarebbero tornati indietro nel tempo, avrebbero sentito ancora una volta il profumo della cucina di sua madre e le risate di suo padre.

«So che non mi perdonerai» mormorò Kana «ma ho qualcosa per te.»

Sul suo palmo c'era la tazza di *shōchū* preferita di suo padre. Le due metà che Keiichirō non era riuscito a buttare via, adesso erano come nuove. Keiichirō sorrise nel vedere che il disegno dello scarafaggio era ancora lì. Per qualche strana ragione, gli sembrava giusto così.

Il sole raggiunse lo zenit.

Isla e Kana lavoravano sotto dei parasole scuri per ripararsi dal caldo mentre raccoglievano la frutta. Keiichirō si tagliò la barba lunga di settimane, sorridendo tristemente al rasoio *kamisori* che teneva in mano. Quando il suo viso tornò pulito come una volta, mostrò a Yura le barche da pesca nel porto e la guardò correre sull'erba con gli altri bambini, raccogliendo fiori. La fermò appena in tempo quando cercò di mangiarli. Gli dispiaceva di non essere stato tanto buono con lei in passato, come invece avrebbe potuto, ma adesso era piacevole avere la possibilità di rimediare.

Era una sensazione dolceamara. Magari, senza il pensiero di una guerra a cui tornare, lui e Isla avrebbero potuto avere un figlio insieme. Già immaginava un bambino paffuto e con i capelli castano chiaro, che diventavano rosso ruggine alla luce del sole. Lo immaginava ridere e correre in giro con un bastone di legno, supplicando suo padre di insegnargli l'arte della spada.

Tuttavia, il senso di colpa non gli avrebbe mai permesso di vivere in pace. Forse all'inizio sarebbe riuscito a convincersi che era stata la scelta migliore, lasciare le spade nella vecchia vita e iniziarne una nuova come contadino. Ma presto o tardi il rimorso lo avrebbe raggiunto, all'inizio solo nei suoi incubi, e poi anche da sveglio, risucchiandogli la vita e ogni briciolo della gioia che era riuscito a trovare con la donna che amava.

La sua mano si mosse in un riflesso involontario per sfiorare le spade, ma non le trovò. Lasciarle a casa era stato come abbandonare un pezzo della sua anima. Era ansioso, ma due terzi di Kagoshima erano controllati dal nemico. Era strano guardare i bambini giocare e ridere, ignari di tutto ciò che stava accadendo intorno a loro.

«Kei-chan?»

Una donna snella gli si avvicinò. Aveva i capelli legati in uno chignon ordinato. Un bambino le si era aggrappato a una gamba e lei stringeva un fagotto tra le braccia. Keiichirō intravide una guancia paffuta nella stoffa. Era la moglie di suo cugino Tatsuzō, Maeda Saki.

Keiichirō si inchinò. «Un parto sano. Le mie congratulazioni.»

«Un maschietto.» Saki sorrise mentre cullava dolcemente il neonato. Yura si avvicinò di corsa e Saki si inginocchiò, mostrandole il bambino. Yura gli toccò delicatamente la guancia morbida come seta e il bambino gorgogliò in risposta.

Saki lanciò un'occhiata a Keiichirō. «Ti va di tenerlo in braccio?»

Lui si allungò verso il bambino e osservò i grandi occhi marroni e il ciuffo di capelli corvini. Un istinto paterno quasi doloroso lo avvolse. «Quando è nato?»

«All'inizio di aprile, mentre cadevano i fiori di ciliegio. Il suo nome è Haru.»

Keiichirō cullò il piccolo Haru, il sangue del suo sangue. Il figlio maggiore di Saki, Jin, corse via con Yura per giocare, e lei scoppiò a ridere mentre gli correva dietro. Poi, Saki fece la domanda che Keiichirō aspettava.

«Anche Tatsuzō sta tornando a casa?»

Keiichirō la guardò negli occhi. Non aveva più visto suo cugino dalla battaglia di Kumamoto, mesi prima. «Non so se sia ancora vivo. Era vivo quando sono partito, ma le battaglie sono molte e i soldati imperiali sono forti. Molti di noi sono morti. Mi dispiace.» La sua voce si incrinò mentre i volti dei suoi amici gli lampeggiavano davanti agli occhi.

Saki riprese il suo bambino a labbra strette. Nessuna moglie di samurai avrebbe mai mostrato le proprie emozioni, tantomeno in pubblico e a un uomo che non era suo marito.

Keiichirō guardò il punto in cui Jin, il figlio di suo cugino, stava giocando con Yura. Il bambino nascondeva il viso dietro i palmi delle mani e poi gridava «*Baa!*» per farla ridere. Il suono della risata di Yura era come un raggio di sole, ma nemmeno quello riusciva a penetrare la cupa nube di tempesta che incombeva su entrambi.

«Perché sei tornato?» chiese Saki. Parlava con tono morbido, ma le sue parole lo perforavano come aghi.

Il sottinteso di quella domanda era evidente. Una domanda che Saki aveva tutte le ragioni di fare. Perché *tu* sei qui a Kagoshima quando tanti altri sono morti e c'è ancora una guerra da combattere?

C'erano tanti modi in cui avrebbe potuto risponderle. *Perché dovevo chiedere qualcosa a Kana. Perché sapevo che altrimenti sarei morto. Perché sono un codardo.*

Lasciò che un lento sospiro gli sfuggisse dalle labbra e volasse via con la brezza dell'estate. Il suo sguardo si spostò verso la cima della collina. Due soldati in uniforme imperiale occidentale gli stavano andando incontro per parlargli. Erano armati.

Uno di loro li indicò, urlando qualcosa.

«Jin! Jin!» Saki chiamò suo figlio, che tornò indietro di corsa. Yura lo seguì ridacchiando con i capelli che le svolazzavano sulla schiena, ignara del pericolo.

«La prendo io» gli disse sottovoce Saki mentre i soldati si avvicinavano. «Farò finta che sia mia figlia. Sarai più veloce senza di lei. Va', ora!»

Saki afferrò la mano di Yura mentre Keiichirō scappava via. Si sentiva nudo, senza le sue spade. Un freddo terrore per Saki e i bambini lo invase. Keiichirō si lanciò un'occhiata alle spalle, ma vide che i soldati li avevano superati di corsa.

Attraversò un ponte di pietra sul fiume e si diresse verso la città, evitando per un pelo di finire contro una carrozza trainata da un cavallo. Un vecchio brontolò qualcosa. Si rifugiò negli stessi vicoli per cui scappavano lui e Toramasa da piccoli.

«Fermati!» urlò uno dei soldati. Una donna anziana gridò quando Keiichirō la superò con uno spintone. Svoltò a un incrocio e oltrepassò un negozio di soba, saltando sopra un mucchio di rifiuti maleodoranti. Fece una curva, poi un'altra e si schiacciò contro la parete di legno solitaria di una casa. Rimase nascosto all'ombra del tetto basso, con il petto che si muoveva ritmicamente. Le grida dei soldati lo raggiunsero.

«O-samurai-san?»

Keiichirō si guardò intorno e vide un ragazzino dall'aria familiare. I suoi sandali di paglia erano un po' troppo piccoli e aveva una *wakizashi* infilata nella cintura. Era il bambino a cui aveva dato quel pesce tutti quei mesi prima.

Si portò un dito alle labbra mentre le grida risuonavano nella strada di fianco. Il bambino annuì.

«Li distraggo io» si offrì coraggiosamente. «Così potrete scappare.»

Il respiro di Keiichirō si mozzò per l'emozione. Il bambino gli passò accanto nel vicolo e presto sparì alla vista.

«Ciao.» Keiichirō si strinse ancora di più contro il muro dell'edificio al suono della sua voce. «Potreste aiutarmi? Mi sono perso.»

«Siamo occupati, stiamo cercando un samurai.»

«Un vero samurai?» La voce del ragazzo si alzò come se fosse sbalordito. «Oh, mi piacerebbe vedere un samurai. Mia madre mi dice che un giorno li vedrò, ma non capita mai.»

«Tsk» mormorò un soldato. «Non ti perdi niente.»

I passi si ritirarono e Keiichirō tirò il fiato. Quando fu sicuro di avere via libera, si infilò tra alcuni alberi e prese una strada più lunga per tornare a casa. Quando finalmente arrivò, era già il tramonto.

«Dove sei stato? E dov'è Yura? Sei stato via per ore» sbottò Kana.

Keiichirō spiegò rapidamente ciò che era successo,

aggiungendo: «Yura è con Saki. I soldati mi stavano alle spalle e non sarei riuscito a scappare se l'avessi tenuta con me».

Kana lo guardò sbigottita, stringendo la veste mentre il poco colore rimasto sul suo volto svaniva. Keiichirō la guardò, la sorella che amava e che ora quasi disprezzava per l'errore che aveva commesso. Ma il terrore sul suo viso, il modo in cui teneva gli occhi puntati con ansia sulla porta...

Amava davvero sua figlia.

«È al sicuro. Saki darebbe la vita per proteggerla» la rassicurò.

Isla era indaffarata a cucire nella loro stanza. Una leggera patina di sudore si era posata sul suo viso. Quel giorno, indossava uno dei vecchi *yukata* di Kana, ormai opaco e con i bordi sfilacciati. Keiichirō si inginocchiò davanti a lei, impugnando le spade.

«Non posso più restare» confessò, infilando le lame nella cintura, al loro posto. «Devo unirmi ai miei uomini, a Saigō-sama.»

Isla alzò lo sguardo dal suo lavoro con occhi tesi e stanchi. «Sì» mormorò. «Pensavo lo avresti detto.»

«Non riesco a sopportare il fatto di essere un codardo, di dovermi nascondere.» Si contorse le dita callose in grembo. Voleva tagliarsi la gola, conficcare la sua *wakizashi* nel ventre e buttare fuori tutte le sue viscere per punizione. «Non dovrei essere qui. Devo stare con i miei uomini. Con Saigō-sama.»

Isla gli si avvicinò, il suo odore di terra e di pino lo avvolse. La sua presenza era come un profumo, inebriante e caldo. Con lei si sentiva a casa, come se potesse finalmente mettere via la maschera che indossava con il resto del mondo.

«Sono un samurai» sospirò Keiichirō. Qualcosa si ruppe dentro di lui. «Devo vivere come un samurai. E morire come un samurai.»

Gocce calde gli bagnarono la mano mentre le spalle erano scosse dai tremori. La diga si era rotta. Non riusciva più a trattenere le emozioni. Le calde braccia di Isla lo avvolsero mentre riversava fuori il suo dolore, il dispiacere che aveva rinchiuso dentro di sé per tutto quel tempo. La strinse, singhiozzando sulla sua spalla. Voleva solo che tutto fosse diverso da com'era. Rimpiangeva di essere un samurai. Rimpiangeva che Saigō-sama fosse andato in guerra. Rimpiangeva di essere ancora in vita.

«Partirò» le promise Keiichirō quando si fu asciugato gli occhi. «Per prima cosa domattina. Mi unirò di nuovo alla lotta...»

Il rumore delle nocche contro il legno li fece sobbalzare.

«Polizia imperiale, aprite!»

Kana si affacciò nella loro camera, pallida in volto. «Sono qui. Presto, sotto le assi del pavimento.»

Isla e Keiichirō si infilarono nella sezione nascosta del pavimento il più silenziosamente possibile e si accovacciarono nello spazio scomodo e angusto, accanto all'armatura della famiglia Maeda.

Un giapponese rapido e tagliente accompagnò i passi pesanti sopra le loro teste mentre gli uomini si muovevano.

Yura, adesso a casa, urlò: «*Haha-ue! Haha-ue!*»

«Cosa fate con la mia bambina?» urlò Kana.

«Quindi è vostra?» la interrogò una voce profonda. «I

nostri soldati hanno visto un samurai con questa bambina oggi. Cosa avete da dire al riguardo?»

Keiichirō si accovacciò accanto a Isla, afferrando l'impugnatura della spada. Il suo volto era illuminato appena da alcuni spiragli di luce. Faceva un caldo insopportabile. Isla riusciva a sentire i battiti dei loro cuori. Pulsavano freneticamente, come fossero una cosa sola. Un rivolo di sudore le corse lungo la schiena per l'aria umida e densa. Fece uno sforzo per non asciugarsi la fronte.

Un'ombra calò sul volto di Keiichirō, gettando il resto nell'oscurità. I suoi occhi si indurirono.

«Il samurai è qui, ne sono certo» esclamò uno dei poliziotti mentre Yura piangeva alla ricerca di sua madre. «Dove lo nascondete?»

Troveranno le nostre cose, pensò Isla disperata. Ci scopriranno.

«Ridatemi mia figlia!» gridò ancora Kana.

Uno schiaffo, forte come un tuono, risuonò nella stanza.

Un tonfo. Kana era caduta a terra. Yura urlò più forte.

Era troppo per Keiichirō.

Isla cercò di afferrare la sua veste, ma lui si staccò dal pavimento veloce come un tornado.

Prima che l'ufficiale potesse gridare per la sorpresa, risuonò il rumore di un taglio, quando la spada di Keiichirō lo trapassò. Ci fu un altro tonfo e un gemito strozzato. Il sangue filtrò attraverso le assi del pavimento sopra Isla, l'odore metallico riempì subito l'aria.

Isla venne fuori dal suo nascondiglio nel momento in cui l'altro ufficiale iniziò a ruggire di rabbia, mollando la presa su Yura ed estraendo a sua volta la spada.

Isla si tuffò nel caos e afferrò la bambina. Le seppellì

il viso nel petto e prese a cullarla, mentre raggiungeva il giardino.

«*Haha-ue!*» Yura si dimenava tra le braccia di Isla, che cercava di tenerla stretta.

«Aspetta, piccola.»

Yura continuava a urlare. Con il cuore in gola, Isla sbirciò dietro l'angolo. Keiichirō stava aiutando sua sorella, che stava riprendendo i sensi. I due poliziotti giacevano ai loro piedi in una pozza di sangue.

Isla si precipitò da Kana e le passò Yura, che si aggrappò alla madre. Entrambe scoppiarono a piangere.

«Dobbiamo andare. Ora» intimò Isla mentre Keiichirō scuoteva la spada per pulirla dalle macchie di sangue vivo.

Keiichirō infilò la katana nella cintura, il petto ansante, e ordinò: «Kana, prendi Yura e tutto ciò che riesci a portare con te. Va' a casa di Maeda Saki».

Kana, premendo il viso di Yura contro il petto, annuì. La sua guancia sinistra era arrossata nel punto in cui il soldato l'aveva colpita.

Keiichirō si voltò a guardare Isla. Il sangue che colava sulle assi del pavimento e sui tatami le fece venire il voltastomaco. Distolse lo sguardo dai volti senza vita degli uomini, congelati nello shock. Ancora sangue. Così tanto sangue. Non si sarebbe mai abituata.

«Vengo con te, Kei» esclamò lei. «Il mio posto è al tuo fianco.»

Presero quello che potevano dalle mensole. Non sapevano chi avesse sentito le urla e quando sarebbero arrivati i rinforzi. Uno scarafaggio si aggirava lungo uno scaffale, ma Keiichirō sembrò quasi non vederlo. Era troppo impegnato a svuotare tutte le pentole e le ciotole che avevano in casa.

Isla mise tutto il cibo che trovò nella mano libera di Kana. Yura era stretta contro il petto della madre. Era impossibile dire se fosse ignara della carneficina o se fosse semplicemente troppo piccola per capire cosa era appena successo.

Lei e Keiichirō si cambiarono in fretta e furia i vestiti sporchi di sangue e Isla si assicurò di prendere il telefono e il portafoglio. Erano tutto ciò che le rimaneva della sua vecchia vita.

Una volta fuori casa, Yura allungò le sue mani paffute verso Isla. Lei abbracciò velocemente la bambina e baciò la sua guancia morbida come seta.

«Vieni con noi, Isla?» le chiese Kana. Era la prima volta che le parlava senza il minimo accenno di sprezzante repulsione nei suoi confronti. Adesso, c'era solo la paura per il destino che attendeva suo fratello.

Isla scosse la testa. Il pensiero di correre a nascondersi con le altre donne mentre Keiichirō affrontava la morte era intollerabile.

«Fratello, mi dispiace.» Kana si inchinò a entrambi, con la figlia in braccio, e corse via nell'oscurità senza ulteriori cerimonie.

Isla e Keiichirō fuggirono da Kagoshima e dai due cadaveri che avevano lasciato sul loro cammino, per dirigersi verso gli alberi del monte Shiroyama. Le cicale frinivano tra le foglie, nascondendo i passi in fuga con i loro richiami trillanti.

«Saigō-sama sta tornando a Satsuma» disse Isla. «Andrà sul monte Shiroyama e l'esercito imperiale lo inseguirà.»

Keiichirō sospirò. «Allora è lì che devo andare.»

«Noi.» Isla gli prese la mano e Keiichirō la strinse a sua volta. «Dove noi dobbiamo andare.»

Ikeda Uhei e gli altri erano in inferiorità numerica per sette a uno.

Per come la vedeva lui, non c'era modo migliore di morire. Con la spada in mano e il sangue sui vestiti, proprio come i suoi antenati. Tutto il mare di sangue che avevano vissuto alla fine aveva trasformato le sue vesti, tingendole di un color ruggine. Non ricordava più da tempo cosa volesse dire sentirsi puliti.

L'esercito imperiale li aveva circondati alle pendici di una montagna che Ikeda Uhei non conosceva.

Saigō-sama era partito con un gruppo di feriti. Ikeda si era unito alle grida che avevano esortato il loro capo ad andare via, a sfuggire alle grinfie del generale Yamagata e dei suoi uomini. La guerra sarebbe finita solo con la morte di Saigō Takamori, e per Ikeda non era quello il giorno.

Anche lui era stato ferito.

Gli avevano sparato all'anca e non riusciva a camminare. In più, tutta la gamba destra formicolava, dalla ferita alle dita dei piedi. Si fermò solo quando sentì il fragore di migliaia di passi che correvano su per la collina. Verso di loro. Il ronzio frenetico delle cicale non era niente in confronto a quel frastuono.

«È stato un onore combattere al tuo fianco, Ikeda-san» rantolò Maeda Tatsuzō, che era rimasto lì a causa di un brutto taglio al petto e si trovava accanto a Ikeda. Ogni respiro affannoso gli costava fatica. I denti erano diventati cremisi per il sangue, che ora gli colava sul mento.

«Vale lo stesso per me.» Ikeda abbassò lo sguardo sulla corta *wakizashi* che teneva in pugno, in parte coperta da una macchia marrone scuro. Gli aveva salvato la vita in diverse occasioni negli ultimi mesi. Adesso era il momento di farla finita.

«Sei pronto?»

Il rombo degli scarponi sul fianco della montagna cresceva, scuotendo il terreno come il peggiore dei terremoti. Alcuni dei loro compagni si erano arresi, ma il pensiero del tradimento, della codardia, aveva a malapena sfiorato la mente di Ikeda. Contadini, mercanti, popolani, loro potevano fare quello che volevano. Che implorassero gli uomini dell'imperatore di avere pietà, e che pregassero di trovarne.

I samurai non si arrendevano di fronte alla sconfitta. C'era solo un modo per chiudere quella guerra.

«È un peccato che non abbia potuto vedere la nascita del mio secondo figlio.» Tatsuzō inspirò con forza dal naso, lottando per alzarsi in piedi. Tutto il suo corpo tremava per lo sforzo. Si poggiò finalmente sulle ginocchia. «Se fosse stato un maschio, l'avremmo chiamato Haru, per la primavera.» L'intero fianco sinistro di Tatsuzō era insanguinato, e il sudore imperlava gli scampoli di pelle non intrisi di rosso.

«Haru crescerà sapendo che suo padre era un samurai coraggioso» sospirò Ikeda. «Addio, amico mio.»

Una brezza tiepida e profumata gli lambì il viso sporco di terra. In quel momento, Ikeda pensò a un giovane e bellissimo samurai. Con quanta velocità e ingiustizia era morto, il suo bel corpo fatto a pezzi su un ponte senza alcun preavviso.

Mori Toramasa non avrebbe mai più sorriso, non sarebbe mai più arrossito in quel suo modo affascinante sotto il suo sguardo.

Ikeda cacciò indietro le lacrime e si sollevò sulle ginocchia, nonostante l'anca ormai a pezzi. Il dolore era lancinante. Scostò la maglietta che portava sotto l'armatura per esporre il ventre sodo. Dal pendio sottostante, degli uomini emersero come insetti tra le fronde degli alberi. Le loro uniformi imperiali erano sbiadite, stringevano i fucili e si chiamavano l'un l'altro, risalendo a fatica la scarpata.

Non c'era altra scelta. Praticare *seppuku* in quel momento, oppure essere colpiti da una pioggia di proiettili.

Un grugnito. Il suono di un pugnale che si conficcava nella carne. Ikeda capì che Maeda Tatsuzō lo aveva fatto. Si voltò. Le vene del collo di Tatsuzō si gonfiarono e un'espressione immobile si affacciò sul suo volto, mentre il sangue fresco sgorgava dalle labbra pallide.

Rafforzato da quella dimostrazione di coraggio, Ikeda trattenne il respiro e conficcò il pugnale a sua volta. Più che il freddo bacio dell'acciaio tagliente, sembrò un pugno allo stomaco. Prima di svenire o avere troppa paura, Ikeda fece ruotare la lama di lato, squarciando l'addome. Prese un respiro. Lo colpì un dolore lancinante, come se stesse inalando migliaia di coltelli, e non più l'aria.

Delle grida, il rumore ritmico di passi. Ikeda avvertì tutto questo mentre la vista si offuscava e l'agonia gli bruciava lo stomaco. Sangue umido e caldo, insieme a qualcosa di tiepido e scivoloso, si riversò sulle sue ginocchia e sull'erba.

Le grida si spensero. Un'immagine gli bruciava dentro, adesso che era in punto di morte. Un ricordo. Lui e Toramasa in una sorgente termale. Erano sgattaiolati via dall'accademia per respirare insieme il vapore dell'*onsen*, e poi i loro corpi si erano mossi all'unisono, ognuno perso in un incanto. Era stato il giorno più felice della vita di Ikeda Uhei.

Forse Toramasa lo stava chiamando. Il suo volto sorridente apparve davanti a lui. Ikeda morì in estasi.

MORTE

Venera il cielo, ama l'umanità.

Takamori Saigō

22

Isla e Keiichirō camminavano sotto un acquazzone estivo. Le gocce d'acqua gli imperlavano i capelli come tante piccole stelle, mascherando i passi e il respiro affannato. Erano sempre più vicini al luogo in cui tutto avrebbe avuto fine.

Nel presente di Isla, ai piedi di quella montagna c'erano una strada, dei bar e una statua di Takamori Saigō.

In quel momento, era solo una collina buia e solitaria coperta di alberi e steli di bambù. Un mondo completamente diverso.

Anche se Keiichirō temeva che non avrebbero trovato i loro alleati, non ci misero molto a scovare l'esercito dei samurai, nascosto tra gli alberi alle pendici del monte Shiroyama. Lui e Isla si intrufolarono tra i soldati e, al loro risveglio, nessuno fece caso al loro aspetto, anche se diversi samurai lanciarono delle occhiate esauste in direzione di Isla.

Era stato facile trovare l'esercito. Troppo facile, secondo lei. Rivolse lo sguardo verso il cielo. Non aveva mai davvero creduto in Dio, ma in quel momento non poteva fare a meno di pensare che una forza onnipotente stesse guidando il loro cammino.

Accettò tra sé e sé che il motivo del suo arrivo in quel luogo – se mai ce n'era uno – era stato incontrare Hisakichi e Nene e convincerli a fuggire dalla guerra.

Ma a cosa era servito tutto quel trambusto, se lei era destinata a morire lì?

Forse il portale che aveva visto sulla collina poco dopo la fuga dei suoi antenati era la sua ultima occasione di tornare a casa.

Ma lei aveva scelto Keiichirō.

E non se n'era pentita nemmeno per un attimo.

Forse lo scopo non era mai stato salvare sé stessa, ma gli altri discendenti di Hisakichi Kuroki. C'erano state quattro generazioni tra lui e Isla, decine di Kuroki che avevano vissuto la loro vita e forse lasciato un segno nel mondo.

Oppure, al contrario, non c'era mai stato alcuno scopo.

In ogni caso, aveva incontrato Keiichirō, era rimasta con lui.

Avevano pianto insieme per coloro che avevano perso, per le famiglie che non avrebbero mai più rivisto.

Ciononostante, Isla sentiva che la sua vita non era mai stata tanto ricca e appagante.

Nel frattempo, l'esercito rimaneva nascosto tra gli alberi del monte Shiroyama. Quando giunse la notizia che Takamori Saigō era tornato, i samurai corsero dal capo e si inchinarono davanti a lui. Erano felici che fosse vivo e vegeto, lì con loro. Saigō raccontò di essere sfuggito alla presa dei nemici fuggendo attraverso foreste e montagne.

«Ikeda non è qui» le fece notare Keiichirō. «E nemmeno mio cugino Tatsuzō. Che ne è stato di loro?»

Saigō li intrattenne con i racconti delle ultime settimane mentre sedevano intorno al fuoco. «Ci hanno cacciato da Miyakonojō. Hanno cercato di intrappolarci con una manovra a tenaglia, ma siamo scappati.»

«Yamagata non deve essere stato molto felice a riguardo» osservò uno dei guerrieri, e una risata si diffuse tra gli alberi.

Si riferiva a un generale dell'esercito imperiale. Con molta probabilità, doveva essersi strappato la barba per la frustrazione vedendo Saigō sfuggirgli per l'ennesima volta.

Isla sedette in silenzio tra gli alberi accanto a Keiichirō. In giorni come quelli, era così strano sentire delle risate.

Gli occhi calorosi di Takamori Saigō incontrarono quelli di tutti gli uomini del gruppo intorno a lui, il fuoco si rifletteva nelle sue iridi scure. «Abbiamo fatto resistenza sul monte Enodaké. Io ho bruciato la mia uniforme e i miei documenti e sono riuscito a sfuggire ancora una vola all'esercito imperiale, ma i feriti sono rimasti lì per praticare *seppuku*. Per quanto ne so, gli uomini che vedete attorno a voi sono gli unici rimasti.»

Indicò con un cenno tutti i suoi soldati, logorati dalla guerra. Alcuni erano fasciati con bende ormai vecchie, e tutti indossavano vesti o armature di metallo macchiate di sangue.

Era un numero ridicolo di uomini. Isla ripensò a tutti quelli che avevano lasciato le proprie famiglie per andare in guerra, a tutti i rinforzi che li avevano raggiunti a battaglia iniziata. Aveva sempre saputo come sarebbe andata, ma questo non le impedì di provare una profonda tristezza.

Il corpo di Keiichirō si irrigidì accanto a lei. Ikeda e Tatsuzō erano morti, quindi.

Isla lo sapeva, lo sapevano entrambi, ma fu comunque un colpo al cuore.

Le loro mani si incontrarono nell'oscurità e lei gliela strinse per confortarlo. Le sue dita erano fredde come il ghiaccio, nonostante il caldo dell'estate.

Shinpachi Murata, con la barba e i baffi incolti e arruffati, sedeva a testa alta accanto al suo capo, silenzioso e forte, mentre tutti piangevano i fratelli e gli amici caduti per quella ribellione. C'era anche Shinsuke Beppu, inginocchiato accanto a un disperato Toshiaki Kirino.

«Non posso più scappare» ammise Saigō. Si spostò leggermente, le folte sopracciglia si aggrottarono in un'espressione di dolore mentre trovava una posizione più comoda. «Il mio corpo è debole e malato. Questa sarà la nostra ultima battaglia.»

Ci fu un lungo silenzio. I soldati compresero il significato delle sue parole. Ad aspettarli era rimasta solo la morte.

Una sera di alcuni giorni dopo, quando il frinire delle cicale si era spento già da tempo, Isla si avvicinò a Kirino-san. Si sentiva inquieta all'idea di trovarsi di fronte allo stesso uomo che aveva visto nei libri e nei musei.

«Straniera. Sei qui.» Non sembrava sorpreso o sconvolto, ma Isla pensò che doveva averne viste tante, ormai. Era difficile che qualcosa potesse ancora prenderlo alla sprovvista.

Aveva un taglio ormai vecchio sulla guancia e dei lividi grigi lungo il collo. Probabilmente aveva evitato per un pelo di essere strangolato a morte. I suoi vestiti erano sporchi e i capelli ormai lunghi fino alle spalle, più simili a un nido arruffato. Era impegnato ad accendere il fuoco. Lavorava con la mascella serrata e intanto lottava con il tremore alle mani.

«Volevo solo farvi sapere che vostra moglie è al sicuro» gli sussurrò Isla. «Hisa-san sta lavorando con le altre donne della città, come sempre. Le sta facendo lavorare sodo, e le fa anche allenare, proprio come faceva quando sono arrivata io.»

Le labbra di Kirino-san si serrarono in una linea dura. Non disse una parola. Isla esitò, poi si alzò. Quando si mosse per lasciarlo solo, alcune scintille accesero dei ramoscelli mal accatastati e lo sentì mormorare: «Grazie, straniera, mi fa piacere sentirlo. Le piacevi, pensava fossi una persona determinata. E di solito lei non sbagliava».

Isla si voltò e si inchinò. Andò a cercare Keiichirō. Una lacrima le scivolò sulla guancia al pensiero che Kirino-san, il grande veterano, non avrebbe mai più rivisto Hisa-san.

Una coltre di dolore le scese pesante sulle spalle.

Con la fine della guerra sempre più vicina, la consapevolezza di ciò che stava per accadere la lasciava quasi intorpidita. Non c'era tregua né respiro, in quella situazione.

La realtà era che mancavano munizioni, rifornimenti e rinforzi. Nessuno li avrebbe più aiutati. Tutti avevano perso un fratello, un padre, un figlio o un amico. I vestiti dei samurai erano stracciati e pendevano sui loro corpi smunti. Avevano combattuto con coraggio, ma era stato tutto inutile. Nei mesi trascorsi da quando avevano lasciato Kagoshima, non erano arrivati neanche a cento miglia da Tokyo e l'imperatore non aveva parlato neanche una volta con Takamori Saigō, il suo vecchio amico.

Quella a cui i samurai si erano votati, non era stata altro che una folle ed estenuante perdita di tempo, che aveva finito col minare lo spirito di molti fedeli sostenitori di Saigō. Le opinioni tra loro erano sempre più contrastanti.

Alcuni samurai volevano tornare a casa e preferivano rischiare di essere catturati dalle pattuglie dei soldati imperiali. Altri, invece, volevano opporre un'ultima disperata resistenza e morire abbattendo quanti più nemici possibile. Per come la vedeva Isla, quelle opzioni erano una peggio dell'altra. E poi, non aveva sentito nessuno suggerire un'altra ipotesi, ovvero che prima o poi l'imperatore decidesse di graziare Takamori Saigō. Sarebbe andata davvero così, lo aveva visto al museo. La storia che conosceva non le era mai sembrata tanto lontana.

I giorni passavano monotoni. Non succedeva nulla, e le lunghe ore di sole trascorrevano a fatica. Altre volte, venivano attaccati da una marea di soldati. Arrivavano a Kagoshima via nave, attraccando alla baia, e gli alleati imperiali avevano sempre nuove armi e munizioni, oltre a un'eterna dedizione alla causa. Quella di uccidere i ribelli, fino a che non ne fosse rimasto neanche uno.

Dopo un po', Takamori Saigō e ciò che restava del suo esercito fuggirono più in là, sul monte Shiroyama, mentre altre navi da guerra navigavano all'orizzonte. La montagna dominava la città e il mare, dove si trovava l'onnipotente vulcano Sakurajima.

Ormai non c'era più via d'uscita.

I samurai cercarono di risalire il pendio verso la cima. Molti di loro erano feriti o zoppicavano. Isla prese Keiichirō per mano.

Lui fece una smorfia, un guizzo di dolore attraversò il suo volto stoico.

«È per la spalla?» gli sussurrò. Più di una volta lo aveva sorpreso a esaminare la ferita quando pensava che lei non stesse guardando.

«Starò bene» insistette lui. *Sei sicuro?* Quelle parole le rimasero incastrate in gola. Sapeva già perfettamente come le avrebbe risposto. *Sono sicuro, bonnie lass. Io non mento mai.*

Isla scelse di non metterlo alla prova e guardò invece avanti a sé. Takamori Saigō zoppicava, Shinsuke Beppu lo sosteneva da un lato e Toshiaki Kirino dall'altro, aiutando affettuosamente il loro capo quando faceva fatica a camminare.

L'esercito aveva abbandonato da tempo il palanchino di Saigō, che ora doveva essere trasportato per metà lungo il pendio. Saigō indossava uno *yukata*, le sue enormi spalle erano diventate un mucchio di ossa che ricadevano sulla schiena. Era ferito o malato, oppure semplicemente troppo vecchio per sforzi come quello. Era chiaro che non avrebbe resistito a lungo.

Isla lo sapeva già, ma era comunque un pensiero terribile.

Prima di quel viaggio, per lei i personaggi storici erano sempre state figure distanti e non proprio reali, persone conosciute solo per le loro valorose gesta. Non venivano ricordati per il modo in cui svegliavano di soprassalto da un incubo o per le battute tra amici che li facevano sogghignare di nascosto. In quel momento, Takamori Saigō le sembrava tutto meno che distante o irreale. Ogni centimetro del personaggio carismatico che conosceva era reale per lei: un uomo vicino ai cinquant'anni, che stava morendo un passo alla volta, ma che non perdeva il suo orgoglio ed era pronto a offrire un sorriso e una parola di ringraziamento ai suoi uomini. Si accamparono vicino ad alcune grotte. Una sera, Isla notò il suo sguardo puntato sul fuoco, che però affogava nella tristezza. Forse stava pensando alla sua famiglia o a suo figlio, cui aveva promesso che un giorno sarebbe diventato un grande samurai. Oppure al fatto che aveva guidato quella ribellione mosso solo da una grande riluttanza, e che adesso molti di coloro a cui teneva sarebbero morti, se non lo erano già.

Isla dovette distogliere lo sguardo.

Quella collina, quel posto, pensò, nel XXI secolo sarebbe stato un osservatorio, un punto panoramico del monte Sakurajima.

Come era potuto diventare un posto dove spendere cento yen per usare il binocolo e mangiare coni gelato? Come era stato possibile metterci una strada asfaltata e delle panchine? Per quale motivo la gente andava proprio lì per fare un'allegra gita fuori porta, lo stesso posto in cui il mondo dei samurai era morto? Non sentivano forse il peso della solennità, del rispetto, dell'amore che quel luogo trasmetteva?

Keiichirō era al fianco di Isla, forte e sempre più silenzioso.

La montagna era circondata. Le navi li attendevano in mare, e mille uomini o forse più erano a guardia di tutti i sentieri principali.

Saigō era sfuggito così tante volte che erano decisi a metterlo alle strette una volta per tutte. Il generale Yamagata aveva raggruppato tutte le sue forze nei dintorni della montagna e non si sarebbe fermato finché i ribelli non fossero morti.

Anche se Isla fosse stata all'oscuro di tutto, era chiaro come il cielo d'inverno cosa stava per succedere.

Iniziò a piovere. I samurai si rintanarono nelle grotte. Gli uomini parlavano a bassa voce, divisi in piccoli gruppi. Ormai nessuno più giocava a *shogi*, nessuno più rideva.

Isla e Keiichirō trovarono un angolo tranquillo e si strinsero l'uno all'altra per trovare un po' di conforto, mentre qualcuno accendeva il fuoco all'entrata della grotta.

Isla si grattò le braccia sottili, devastate dalle zanzare. La sua pelle era diventata grigia, le vene in rilievo sottopelle. Erano giorni che non sentiva più lo stimolo della fame. Non sapeva se le sarebbe mai più tornato. Il volto di Keiichirō era incavato, ma la cosa peggiore era il dolore, che sembrava avergli tolto ogni briciolo di energia rimasta dentro di lui. Isla appoggiò la testa sulla sua spalla sana, chiudendo gli occhi. Il fuoco crepitava e scoppiettava. Gli uomini parlavano a bassa voce. Era una situazione quasi pacifica, e per un momento Isla riuscì a convincersi che lo fosse davvero.

Beppu-san sedeva lì vicino, con il volto teso. Anche lui era dimagrito, i suoi muscoli erano sporgenti, la pelle era tirata sugli zigomi alti, e nel pizzetto c'erano tracce di sporcizia ormai vecchia. Impugnava la spada appesa al fianco sinistro come se fosse pronto a estrarla nel giro di un istante. Il suo petto si muoveva a ogni respiro, gli occhi non abbandonavano la parete della caverna.

«Mio fratello è laggiù» mormorò infine Saigō, senza aggiungere altro. Si mise seduto all'entrata della grotta e, quando fu buio, si trasformò in un'ampia ombra che oscurava le stelle.

Nessuno li attaccò, anche se l'esercito imperiale sapeva che erano lì. Lo percepivano dentro di sé, sentivano i richiami occasionali tra i soldati. L'esercito non aveva bisogno di attaccare, perché poteva semplicemente aspettare che i samurai morissero di fame o di sete.

Per Isla, la parte peggiore di quella situazione era che gli uomini laggiù non erano loro nemici. Non proprio. Non si trattava di una guerra del bene contro il male, quanto più di una guerra di necessità: entrambe le parti sentivano di doversi difendere dall'altra, senza che ci fosse un motivo concreto per farlo. Una parte si batteva per l'onore dei samurai, l'altra per l'onore del proprio imperatore.

Saigō rimase seduto in silenzio, con le spalle sempre più curve. Migliaia di uomini lo avevano seguito in guerra e le loro morti pesavano come un macigno sulla sua anima.

Keiichirō era in lutto per gli amici che aveva perso. Odiava il fatto di non essere riuscito a riunirsi con Ikeda o Tatsuzō. Non aveva mai avuto la possibilità di dire a suo cugino quanto fosse orgoglioso di lui, né di ringraziare Ikeda per i suoi saggi consigli. Perché aveva aspettato?

Erano morti gloriosamente, a testa alta e con le spade strette in pugno, come ogni samurai che si rispetti, ma gli faceva comunque male sapere che non c'erano più. Pensò alla moglie di Tatsuzō, Saki, al loro bambino appena nato, Haru. Almeno lui e Jin sarebbero cresciuti sapendo che il loro padre era morto da guerriero.

«Isla» sussurrò qualche tempo dopo nella grotta. «Chi vivrà? Chi sopravviverà a tutto questo? Lo sai?»

Lei lo guardò, con occhi tristi.

Keiichirō sapeva che Isla aveva predetto tanti mesi prima che sarebbero morti in quella battaglia, e tutto si era svolto esattamente come aveva detto. Erano stati mesi di combattimenti, di scorte che scarseggiavano, di buchi nell'acqua per salvare la via dei samurai.

Ma non era la disperazione a stringergli il cuore. Il suo unico rimpianto era che Isla aveva scelto di rimanere e morire accanto a lui. Keiichirō si era chiesto se farla fuggire via, ma dove sarebbe andata? Nene era partita da tempo con il suo amato. Kana avrebbe potuto riprenderla con sé, ma Isla non avrebbe accettato di rimanere in lutto in una città sconosciuta a cui non apparteneva, lei, la straniera di cui nessuno si fidava per davvero.

«La moglie di Kirino-san, Hisa, lei rimarrà in vita. E anche qualcun altro» mormorò Isla.

«E Saigō-sama?»

Lei incrociò il suo sguardo con aria angosciata. «Pensi che vorrebbe essere salvato?»

Keiichirō scosse la testa, sapendo che era la verità. «Ho sentito dire da qualcuno che suo cugino fa parte dell'esercito imperiale. Persino il fratello di Saigō-sama combatte per l'imperatore. Tutto questo non ha senso per me.»

«A chi lo dici» rispose Isla. Una lacrima, brillante come una stella, le scese sulla guancia e sull'*haori* che usava come cuscino.

«Avete sentito?» La voce squillante di Murata-san fece voltare tutti verso l'entrata della grotta.

Keiichirō e Isla si aspettavano di sentire il rumore dei nemici che marciavano sull'erba, o magari degli spari. Keiichirō seguì gli altri all'esterno. Isla si mosse dietro di lui con un fruscio di stoffa.

La luce della luna illuminava il fianco della montagna, gli alberi di bambù sbatacchiavano l'uno contro l'altro, mossi da una leggera brezza. Keiichirō sentiva una patina di sudore sulla pelle. La luna era un perfetto disco d'argento sospeso sull'oceano.

Il vento portò con sé le note di una canzone.

Come una persona sola, i samurai rimasero fermi ad ascoltare con stupore. Era una musica splendida. Molti volti si rigarono di lacrime.

Keiichirō non ricordava l'ultima volta che aveva sentito della musica, a parte quando lui stesso strimpellava con il suo *biwa*. Isla era in piedi accanto a lui e tirava su col naso. La musica li catturava a ogni folata di vento. Era una fisarmonica, suonava una canzone che Keiichirō aveva già sentito ma di cui non conosceva il nome.

«Stanno suonando per noi» bisbigliò Isla.

Per quel breve momento di tregua, nessuno era più in guerra.

La luna piena splendeva in cielo e gli animali della foresta tacevano. All'alba avrebbero dovuto combattere ancora una volta. Qualcuno doveva aver pescato da qualche parte una fisarmonica per offrire agli ultimi samurai un po' di conforto, prima della loro fine.

Keiichirō sentì affiorare le lacrime. Era sempre stato bravo a respingerle. Gli bruciavano negli occhi e gli annebbiavano la vista. La maggior parte dei samurai li superarono per ascoltare meglio la musica. Molti di loro zoppicavano o si trascinavano per via di vecchie ferite. Nel frattempo, la mano di Isla scivolò sotto la sua manica e gli afferrò il braccio.

Keiichirō non aveva mai temuto la morte ma, ora che la fredda consapevolezza della fine gli serrava la gola, si ritrovò a soffrire. Quando aveva incontrato per la prima volta quella bizzarra straniera, non avrebbe mai immaginato di poter provare qualcosa per lei. Il suo destino era sempre stato al fianco di Nakamura Nene, ma ormai lei era lontana, al sicuro e con l'uomo che amava. Avrebbe voluto che Isla fosse lì con Nene. Quella coraggiosa donna dai capelli rossi non meritava di morire in una terra e in un tempo a lei estranei.

Quando la musica si disperse nel vento e una nuvola oscurò la luce della luna, quel breve momento di pace si perse nell'aria.

«Suppongo sia giunto il momento.» Kirino Toshiaki sollevò una bottiglia di ceramica piena di *shōchū*. Diversi samurai applaudirono e gli uomini bevvero a turno la bevanda chiara. Ce n'era abbastanza per un sorso a testa. Keiichirō assaporò il suo, lasciando che il liquido gli scorresse sulla lingua e ricoprisse ogni angolo della bocca. L'alcol gli bruciò nello stomaco e lo aiutò ad attenuare la tensione. Stranamente, si ritrovò a pensare a Taguchi, che aveva insistito anche in punto di morte sull'innocenza del fratello. Alla fine, aveva ragione lui. Si voltò verso Isla. Il suo volto era attraversato da uno sguardo altrettanto solenne. I suoi pensieri non dovevano essere poi tanto diversi, allora.

Senza curarsi di chi avrebbe potuto vederli, Keiichirō la strinse in un profondo abbraccio.

«Adesso dormite un po'» ordinò Saigō-sama, quando nella bottiglia di *shōchū* non rimase più nulla.

Isla rimase sveglia. Era stesa il più vicino possibile a Keiichirō, tra lo sporco del terreno di pietra e l'aria soffocante. Ogni battito del cuore la portava più vicino al mattino, quando tutto sarebbe giunto a una fine rapida e sanguinosa. Nulla aveva importanza ora, se non stare vicino all'uomo che amava.

Anche Keiichirō non dormiva, sebbene tenesse gli occhi chiusi. Aveva sciolto i capelli per la notte. Isla arricciò una ciocca intorno al dito, era morbida come seta.

Isla stava pensando che aveva visto morire troppa gente. Aveva sperimentato gli orrori della battaglia e la rapidità con cui qualcuno poteva cadere ed esalare l'ultimo respiro. Non c'era gloria, né romanticismo o esaltazione. Finiva tutto in un attimo, prima ancora di rendersene conto, in modo folle e caotico. Non si poteva fare altro che cercare di sopravvivere. Ogni volta che chiudeva gli occhi, vedeva uomini che cadevano urlando, reggendo tra le mani le proprie viscere o stringendo occhi o gole insanguinate. Percepiva ancora l'odore del sangue e il rumore degli spari fin dentro le ossa.

Era cambiata per sempre, ma almeno aveva salvato il futuro della sua famiglia. Nene Nakamura e Hisakichi Kuroki avrebbero avuto dei figli, che alla fine avrebbero portato avanti la discendenza fino alla nascita di suo nonno. Lui sarebbe andato nel Regno Unito e lì avrebbe sposato una donna scozzese, la nonna di Isla.

Isla. Anche lei sarebbe nata di nuovo in futuro. Questo pensiero la rassicurò, almeno un po'. Nel suo tempo, aveva vissuto una vita abbastanza dignitosa. Aveva lavorato sodo, era riuscita ad andare in Giappone, aveva reso orgogliosi i suoi genitori, si era goduta la vita. Forse andava bene così. Sperava che potessero tutti trovare un po' di pace anche dopo la sua scomparsa. Chissà come sarebbe stato morire. Magari avrebbe affrontato quel momento con coraggio. Lo sperava.

Fece scivolare le dita dai capelli di Keiichirō al suo petto, tracciando le linee della veste ormai sudicia. Una mano salda afferrò la sua, mentre le loro labbra si trovavano. Sentì l'emozione crescerle dentro per quella richiesta silenziosa, per la disperazione del suo abbraccio.

Nell'oscurità, circondati dai loro compagni di sventura, Keiichirō mise da parte ogni premura e si spostò per sdraiarsi sopra di lei. I suoi respiri erano frenetici e pesanti. Il cuore di Isla si riempì allo stesso modo di amore e di agonia mentre lo liberava dai vestiti. Le cicatrici di Keiichirō brillavano bianche nell'oscurità.

Entrò in lei con un'urgenza che la fece sussultare. Dolore ed estasi si mescolarono mentre si muoveva, riempiendo il suo mondo. Un gemito, forse un singhiozzo, gli scappò dalle labbra mentre seppelliva il viso nel suo collo, tenendosi stretto. Isla si aggrappò a lui allo stesso modo. Aveva il cuore a pezzi.

«Quando succederà?» le sussurrò più tardi, mentre il cielo oltre la grotta annunciava l'alba in arrivo.

La risposta era chiara. Isla rimase in silenzio, e lui annuì gravemente.

Fuori dalla caverna, un'esplosione rimbombò, scuotendo il fianco della montagna.

23

«Isla, nasconditi. Va', ti prego! Se mi ami, non costringermi a vederti morire. E non rimanere lì a guardarmi, voglio che mi ricordi come sono adesso, vivo e innamorato di te.»

La richiesta di Keiichirō era così disperata che non poté opporsi.

Si erano lasciati alle spalle l'oscurità della grotta da tempo, ormai. Ogni angolo della foresta era pieno di samurai in fin di vita. I loro corpi costellavano il suolo, il bombardamento li avvolgeva in una cacofonia assordante. Un'orchestra di caos e orrore, che suonava una melodia mortale.

Il sangue schizzava, braccia e gambe volavano e l'odore del fumo e del metallo permeava l'aria. Le grida riecheggiavano lungo il fianco della montagna, urla agonizzanti interrotte dal rumore degli spari.

Keiichirō e Isla avevano occhi solo l'uno per l'altra. Il resto del mondo non esisteva più.

Mentre i soldati si avvicinavano, Keiichirō spinse Isla in un cespuglio, accanto a una macchia di canne di bambù. Nei suoi ultimi istanti di vita, era determinato a fare tutto ciò che poteva per proteggerla.

Il sole stava sorgendo, l'alba tingeva il cielo di rosa.

Isla respirava a fatica. I pochi amici che le erano rimasti si reggevano a stento in piedi tra i cadaveri, con le spade bene in alto. Qualcuno lanciò un grido di battaglia, un urlo feroce che nascondeva una profonda disperazione. Tutti i samurai risposero al grido di guerra con una passione che le fece venire la pelle d'oca per l'orgoglio.

Si nascose nella boscaglia. Non osava muovere un muscolo, neanche per scacciare una zanzara che continuava a ronzarle intorno alla testa. Per la prima volta da che aveva memoria, si costrinse a essere paziente.

Sentì i soldati imperiali arrampicarsi sulla collina, gridare un ordine dopo l'altro. I samurai gli si riversarono contro come una valanga, brandendo le loro spade e reclamando altro sangue.

Keiichirō si muoveva con la grazia di un ballerino che si allena da tutta la vita, una furia omicida negli occhi mentre pugnalava un soldato al petto e gettava il corpo a terra. Isla non aveva una spada, né un modo per aiutarlo. Poteva solo stare lì a fissarlo mentre combatteva, terrorizzata dal pensiero che, se avesse distolto lo sguardo, l'uomo che amava sarebbe morto.

Keiichirō difese sia la donna che amava che Saigō-sama, con la stessa determinazione di un animale ferito che protegge i suoi piccoli. Ignorò l'agonia che divampava dalla spalla ferita. Che importanza aveva, se i suoi nemici stavano uccidendo qualcuno a cui teneva? Come potevano fare del male a qualcuno che aveva accettato il proprio destino?

Il sangue gli colava addosso, caldo sulla pelle. Le gocce rosse brillavano sulla spada in un dipinto cremisi e argento. Un flusso di soldati imperiali, con i capelli corti e i baffi pretenziosi sul viso, tentò un attacco ravvicinato con la spaventata esitazione tipica degli uomini che avevano conosciuto solo le armi da fuoco in addestramento.

Keiichirō allontanò la paura. Si concentrò sulla sicurezza che sentiva dentro di sé. Stava facendo la cosa giusta. Beppu-san combatteva al suo fianco e Saigō-sama era davanti a lui, insieme a Murata-san. Il loro capo era ingobbito, sofferente, ma teneva alta la spada. Keiichirō si sentì ispirato da tutto quel coraggio. Sarebbe morto volentieri al suo fianco.

«Ritirata! Ritirata!» gridò qualcuno.

A denti stretti, Keiichirō si voltò e raggiunse i compagni che tornavano alle grotte.

Avrebbe trovato Isla, avrebbe...

Uno sparo.

L'immagine scioccante di Saigō-sama a terra, del dolore sul suo viso rotondo mentre si stringeva lo stomaco.

«Saigō-sama!» ruggirono gli uomini.

Keiichirō corse dal suo capo, con il sangue che pompava nelle orecchie, mentre lo aiutava ad alzarsi. «Saigō-sama, alzatevi! Alzatevi...»

Un fiotto di dolore gli esplose nella schiena.

Isla singhiozzò di sollievo quando lo vide con Beppu e Murata, tutti e tre impegnati a sorreggere la gigantesca figura di Saigō.

Poi, Keiichirō si afflosciò contro la parete della grotta e Isla capì che qualcosa non andava.

Si affrettò fuori dal suo nascondiglio e lo raggiunse. Lo girò su un fianco. Keiichirō aveva gli occhi chiusi e respirava a fatica. Le sfuggì un gemito. Il suo *haori* era a brandelli, la schiena un ammasso sanguinolento di carne. Come faceva a essere ancora vivo?

«Gli hanno sparato» le spiegò Beppu, rimanendo al fianco di Saigō.

Isla alzò lo sguardo, con gli occhi che le bruciavano. Saigō si reggeva il ventre, il sangue gli colava tra le dita. A chi si riferiva Beppu?

«Is...la...» sussurrò Keiichirō.

«Sono qui» gli rispose piangendo.

Keiichirō gemette, facendo uno sforzo per mettersi seduto contro la parete rocciosa all'entrata della grotta.

Beppu e Murata si inginocchiarono a testa china, come se un peso immenso fosse caduto su di loro. Saigō giaceva a occhi chiusi, la ferita allo stomaco non sanguinava più. Una mano era appoggiata sull'impugnatura della spada e il suo volto, macchiato di gocce di sangue, aveva un'espressione serena e pacifica. Era morto.

Il sole continuò a salire in cielo, inondando la montagna di luce.

Il petto di Keiichirō si muoveva con respiri rapidi e superficiali mentre fissava il suo capo caduto. Una lacrima gli colò sul viso sporco, lasciando una piccola scia.

Isla allungò la mano e la asciugò.

Si voltò a guardarla. Il suo volto era intriso di sudore e sporcizia, con schizzi di sangue sulla pelle, ma non era mai stato così bello. Conservava ancora quell'espressione che lei conosceva bene, quella forza che spariva solo di notte, quando dormiva. E, nei suoi occhi, dolore e affetto. Dolore e amore.

Beppu estrasse la spada con un rantolo d'acciaio.

Isla sapeva che intendeva tagliare la testa di Saigō,

ma nulla avrebbe potuto prepararla alla scena che le si parò davanti. La carne recisa dalla lama, il tonfo della testa. I pochi samurai rimasti si prostrarono, inchinandosi per l'ultima volta di fronte al loro signore caduto. Isla aiutò Keiichirō a unirsi a loro e si inchinò al suo fianco, con la fronte poggiata a terra.

Beppu raccolse la testa di Saigō e annunciò che l'avrebbe nascosta.

«Venite.» Murata si alzò in piedi, lottando contro i tremori mentre radunava i suoi compagni. «Andiamo ad affrontare la nostra ultima battaglia.»

Poi, qualcosa colpì Isla alle spalle.

Gridò e cadde in avanti. Per un attimo il terrore la paralizzò, la paura che si trattasse dell'ennesima raffica di cannonate.

Ma sentiva solo un vento ululante e caldo, di quelli che promettono pioggia. A farla cadere era stato un ramo strappato da un albero. Grosse gocce d'acqua cominciarono a schizzare sul terreno.

Si voltò, Keiichirō insieme a lei, che trasalì per il dolore alla schiena. Isla gli prese la mano.

Sulla cima della montagna alle loro spalle infuriava una tempesta incredibile. Pioggia e vento lottavano, racchiusi in una bolla a pochi metri dalla grotta, come se fossero avvolti in un bozzolo invisibile. Le gocce di pioggia cadevano sul suo viso, morbide come baci.

Sulla cima della montagna, Isla vide qualcosa che le gelò il sangue nelle vene.

Un *torii* bianco.

Un portale che poco prima non c'era.

«Isla.» La voce di Keiichirō era debole.

La speranza rinacque dentro di lei. Poteva salvarlo, ci sarebbe riuscita.

Da un momento all'altro, Beppu avrebbe ordinato ai samurai di correre verso la morte, di sguainare le spade e abbattere quanti più soldati possibile prima di piombare nell'oscurità.

I guerrieri si stavano rialzando uno dopo l'altro. Le ferite subite già non contavano più. Erano quasi pronti. Murata, alto e regale ma con gli occhi lucidi, impugnava la spada. Beppu stava tornando da loro, intento ad asciugarsi le lacrime dal viso. Kirino Toshiaki, il marito di Hisa, lanciò un ultimo sguardo al corpo senza testa di Saigō.

«Vieni con me, Kei. Posso salvare entrambi.» Isla era disperata.

Il volto di Keiichirō si contorse. «Non posso.»

«Sì che puoi.» La sua voce era roca. «Non devi per forza morire.»

«Isla. Mi hai detto che Saigō-sama è conosciuto ai tuoi tempi. Che sarà ricordato. È così che succederà.»

I samurai si riunirono, lasciando che il corpo decapitato di Saigō riposasse in pace. Beppu era in testa al gruppo. Lanciò uno sguardo verso la coppia, con una domanda silenziosa negli occhi.

Ti unirai a noi, Maeda Keiichirō? O vivrai come un codardo?

Isla sapeva benissimo che per Keiichirō non c'era altra scelta. Doveva morire lì. I suoi compagni samurai erano caduti intorno a lui, avevano dato la vita per quella causa. Anche se fosse guarito dalla terribile ferita alla schiena, se fosse sopravvissuto, si sarebbe odiato fino al giorno della sua morte.

«È famoso» gli raccontò Isla. «Tutti conoscono il suo nome. Ci sono statue. Libri. Film...» Chiuse gli occhi. «È ricordato come un eroe.»

Keiichirō sollevò il viso e i suoi occhi si aprirono per guardarla. Adesso sembrava in pace, il suo volto era rilassato. «Allora è sufficiente. Ma, Isla, tu devi sopravvivere. Il tuo posto non è qui.»

Quelle parole la colpirono nel profondo. Il suo sguardo fuggì verso la tempesta in cima alla montagna. Il portale era comparso proprio in quel momento, nei suoi ultimi istanti. Era la sua ultima possibilità per tornare a casa.

La sua presenza non avrebbe lasciato alcun segno nella storia.

Keiichirō sarebbe rimasto. Lei aveva giurato di restare al suo fianco.

Ma era terrorizzata all'idea di morire.

«Non più.» Keiichirō non riusciva a reggersi bene in piedi, forse per l'emozione, forse per la ferita. «Ti prego. Vivi, Isla. Torna al tuo tempo. Continua l'eredità di Saigō-sama. Per me è sufficiente.»

«Maeda, è il momento» ringhiò Beppu quando gli ultimi samurai si alzarono per la carica finale, impugnando le spade, riscuotendosi dalle ferite e sputando sangue. Dal fondo della collina si levarono delle grida. Un colpo di fucile rimbombò nell'aria.

Keiichirō baciò Isla, sfiorandole appena le labbra. «Addio, *bonnie lass*.»

Barcollando, con la schiena a pezzi e le ciocche di capelli corvini che gli ricadevano sulle spalle, si avvicinò ai suoi fratelli. «Va'!» le gridò senza voltarsi indietro.

Con il cuore in frantumi, Isla si mise a correre.

Fece un passo verso i samurai, poi si girò dall'altra parte e si lanciò verso la collina e il torrente di pioggia.

Espirò pesantemente quando il caldo diluvio la colpì. Nel giro di un secondo si ritrovò bagnata fradicia. I capelli le si appiccicarono al collo, l'acqua le impregnò i vestiti e la pelle. Barcollò su per la collina, diretta in cima, verso il punto in cui i lampi illuminavano il *torii*. I muscoli bruciavano, la pioggia l'accecava, i vestiti inzuppati erano sempre più pesanti. Si aggrappò a ciuffi d'erba bagnata per non cadere all'indietro, e continuò a tirarsi su.

Solo quando fu quasi al portale si voltò.

Gli alberi le impedivano di vedere la collina sottostante, ma attraverso la pioggia riusciva a scorgere le navi nel porto. Cannonate e spari rimbombavano riempiendo l'aria di fumo. Stavano colpendo gli ultimi guerrieri. Li uccidevano, mentre loro correvano incontro alla morte.

La pioggia la bagnò fino al midollo. Isla non vedeva quasi più nulla. Cadde in ginocchio. Una parte di lei voleva gettarsi a capofitto da quella collina per seguire Keiichirō nel suo destino.

Ma il *torii* non smetteva di chiamarla, come una melodia che la ammaliava e le prometteva di portarla nel suo tempo. A casa. Il vento le correva intorno, spingendola e incoraggiandola ad attraversarlo per lasciarsi tutto alle spalle.

Isla chiuse gli occhi e premette con forza le mani sulle orecchie.

I sussurri la circondavano, mescolandosi alla pioggia che cadeva.

Quando aprì gli occhi, dall'altra parte vide le luci

della città, macchine che passavano, gente con ombrelli e giacche che lottava contro un acquazzone.

Era tutto così familiare.

Così estraneo.

Il tuono rimbombò, il vento la trascinò nel suo tempo e la allontanò per sempre dall'uomo che amava. Il coraggioso samurai che non avrebbe mai più rivisto.

Le lacrime divennero un tutt'uno con la pioggia. Isla varcò il portale.

24

Tremava dalla testa ai piedi. Aveva piovuto così tanto che adesso aveva i capelli fradici, i vestiti incollati alla pelle e le mani congelate. Isla correva sbandando da una parte all'altra, in preda alla confusione. Scivolò e si ritrovò per terra. Si sentiva stordita come se avesse bevuto un intero barile di *shōchū*. Era nel santuario. Sentiva il tintinnio delle campanelle a vento, il frastuono della pioggia sul legno e gli schizzi d'acqua sul viso. Non aveva senso. Forse Keiichirō era da qualche parte lì vicino?

Si costrinse a rimettersi in piedi e si trascinò tra statue e muri di pietra. Le sue mani scivolavano sulla roccia. Lottava per non perdere l'equilibrio in quella tempesta furiosa. Davanti a sé aveva ancora il ricordo del cadavere senza testa di Saigō, e riusciva a immaginare i samurai precipitarsi lungo il fianco della montagna, le spade puntate verso il cielo, le maniche degli *haori* mosse dal vento. Riusciva a immaginare Keiichirō combattere con tutti loro. Aveva il cuore a pezzi.

Un cannone rimbombò nella notte. Isla si accucciò per terra, ancora una volta in preda al terrore. No, non era un cannone, ma delle porte di legno che sbattevano contro il muro, mosse dal vento.

Un'anziana signora lanciò un grido di shock quando Isla quasi le finì addosso e le fece cadere l'ombrello. Isla corse via, scossa dai brividi. C'erano così tante luci. Così tanta gente. Uomini e donne vestiti in modo strano, con abiti e jeans e mille altre cose appartenenti a una vita ormai quasi dimenticata. Si fermarono a guardarla. Il campanello di una bicicletta suonò allarmato, il ciclista per poco non la investì. Isla si sentiva sconvolta e agitata, le girava la testa. Ogni ricordo che cercava di afferrare scivolava via, come fumo tra le dita.

Cosa stava succedendo?

Un uomo imprecò quando lei lo urtò. Isla si districò e finì per strada. Il clacson di un'auto risuonò allarmato.

Una fitta di dolore le investì il braccio e tutta la cassa toracica. La pioggia fredda le colpì il viso, le gocce d'acqua sembravano delle schegge di ghiaccio sulla pelle. Troppe luci e voci la circondavano. Isla respirava a fatica. Percepì il rumore della portiera di un'auto che si apriva, di qualcuno che urlava di chiamare un'ambulanza.

«*Oneesan*, mi sente?» risuonò una voce mentre l'ombra di un uomo si inginocchiava su di lei.

La gente sussultava e indietreggiava. Un uomo in tuta da lavoro era in piedi poco lontano da lei e dirigeva il traffico con una bacchetta arancione. Isla rimase stesa sul cemento freddo e duro, strizzando gli occhi per proteggersi dalla pioggia.

«È stata investita da un'auto. L'ambulanza sta arrivando. Non si muova. Dove le fa male?»

Isla gemeva. Non sarebbe riuscita a muoversi nemmeno se avesse voluto. La bile le bruciava in gola, la testa le girava. Sarebbe stato il colmo se fosse morta lì, a milioni di chilometri dall'uomo che aveva giurato di non abbandonare mai.

L'uomo imprecò. «*Kuso.* Mmm...» Isla intravide una mano gesticolare mentre l'uomo ripescava tra sé e sé qualche frase in inglese. «Come ti chiami?»

«Isla.» Le sfuggì un altro lamento sotto la pioggia. «MacKenzie... Isla...»

E poi, finalmente, il buio.

Maeda Keisuke fissava il soffitto della sua camera da letto. La pioggia martellava contro la finestra.

Erano mesi che faceva lo stesso sogno a ripetizione. Un antico villaggio all'ombra di un vulcano. Dei samurai che indossavano kimono e *haori*, una guerra infinita, una morte massacrante. Una straniera dai capelli rossi, la stessa che aveva fatto notizia qualche mese prima per la sua scomparsa. L'aveva incontrata a gennaio al bar, aveva fatto quattro chiacchiere con lei. Eppure, da quando era scomparsa, non era passata notte senza che la rivedesse nei suoi sogni.

Si stropicciò gli occhi, sospirando, poi rotolò giù dal futon.

La scena era la stessa: una katana che pesava nella sua mano, il sudore che gli incollava i lunghi capelli al collo. La lotta contro i soldati imperiali, il basso rimbombo degli spari, la puzza di fumo, di polvere da sparo e sangue mentre le spade facevano a pezzi un corpo o solo qualche arto, lasciando gli uomini a urlare nel fango. La straniera era stata sua amica, sua amante, e le loro strade si erano separate ai piedi di una montagna.

«*Bonnie lass*» mormorò, parole estranee sulla lingua ma con un retrogusto dolceamaro e familiare. MacKenzie Isla. Per un attimo, sentì il loro ultimo bacio bruciargli ancora sulle labbra. In certi momenti, Keisuke non riusciva a capire cosa fosse reale, se la vita a Kagoshima come studente di Medicina e barista part-time, oppure quella a cui tornava quando chiudeva gli occhi.

Era notte fonda, la prima pioggia autunnale batteva contro i vetri. Il ventilatore ronzava per offrirgli un po' d'aria fresca, un toccasana in quella stagione umida.

Nonostante tutto, sentiva il bisogno di uscire dal piccolo e angusto appartamento in cui viveva.

Keisuke indossò un impermeabile e si infilò le scarpe. Tirò su il cappuccio e si avventurò nella notte. Andò a zonzo per un po', senza nessuna meta in particolare.

I sogni gli balenavano davanti agli occhi ogni volta che batteva le palpebre, come una luce stroboscopica. Si barcamenava tra le esplosioni dei cannoni, boati così forti da far tremare la terra, in una cortina di fumo che rischiava di soffocarlo, ma il suo unico pensiero era la straniera, che era fuggita dalla battaglia perché era stato lui a ordinarglielo. No, non era stato un ordine, ma una supplica. L'aveva pregata di sopravvivere, di non esalare l'ultimo respiro in una terra straniera circondata da nemici. Il rimorso per aver lasciato morire i suoi compagni, la morte come unico modo per espiare i suoi peccati. Con la spada ben in alto e la schiena a pezzi per quella ferita.

Riusciva persino a sentire l'agonia dei proiettili che lo colpivano, il profumo dell'erba e della terra mentre crollava. Aveva la sensazione che quelle immagini fossero più dei ricordi veri e propri che dei sogni. Era come se il tormento e il dolore per quegli amici che non aveva mai conosciuto fossero parte di sé. Si massaggiò il petto sotto la giacca, come se si aspettasse di trovare l'ombra di quelle ferite, i fori lasciati dai proiettili o le cicatrici causate dalle spade.

Raggiunse la strada principale. Era vicina al sentiero che portava al monte Shiroyama, dove la famosa statua di Saigō Takamori immortalava il mitico condottiero. Il comandante che lui aveva incontrato in sogno.

Un'ambulanza, con le luci lampeggianti sotto la pioggia, bloccava metà della strada. Keisuke osservò la scena incuriosito mentre alcuni paramedici, impegnati a parlarsi nel loro modo secco e professionale, trasportavano una barella verso le porte dell'ambulanza.

La paziente era una giovane donna. Aveva i capelli rossi raccolti in ciocche bagnate ed era vestita con degli abiti tradizionali. Aveva gli occhi chiusi ed era pallida come la morte.

Keisuke si bloccò sul posto. Una stretta allo stomaco.

Era lei!

La donna che aveva sognato negli ultimi nove mesi. L'avrebbe riconosciuta ovunque. L'aveva toccata, baciata, aveva fatto l'amore con lei. Le aveva urlato di abbandonare la battaglia, di salvarsi.

Keisuke fece qualche passo avanti, ma fu fermato da un vigile urbano con una segnaletica luminosa nella mano. La pioggia gli gocciolava dal berretto della divisa.

«Mi dispiace, signore. La strada è chiusa. Ci scusiamo per il disagio.»

Keisuke osservò la scena mentre caricavano MacKenzie Isla sull'ambulanza. Stava bene? Sembrava proprio di no. Che cosa era successo? Un'auto era ferma in mezzo alla strada, un uomo dall'aria terrorizzata teneva stretto un ombrello e parlava con la polizia.

Non c'era una cosa che avesse senso, ma Keisuke doveva scoprire che stava succedendo. Doveva andare dalla straniera. Doveva parlarle. Doveva capire.

Isla era vagamente consapevole di una voce che parlava inglese in modo chiaro. Era stesa su un letto rigido. Il forte odore del disinfettante la colpì, pungendole le narici. Il suo stomaco vuoto fece una capriola. Quando aprì gli occhi, scoprì di trovarsi in una stanza poco illuminata. Era pulita, semplice e completamente bianca. Gocce di pioggia punteggiavano una finestra alla sua sinistra, anche se non era più notte e la tempesta sembrava essere passata. Spiragli di sole si affacciavano tra le nuvole.

«La studentessa britannica Isla MacKenzie è stata ritrovata viva dopo essere scomparsa a Kagoshima, nella regione del Kyūshū, all'inizio di gennaio di quest'anno. Al momento, i medici la stanno sottoponendo ad alcuni esami» riferì il conduttore del telegiornale.

L'inglese le sembrava una lingua quasi estranea, ormai. Riusciva a capirlo, certo, ma era come se al suo cervello servisse un attimo di tempo per adattarsi. Si sentiva debole e malnutrita. Il fianco destro le faceva male e aveva un braccio ingessato. Ogni volta che sbatteva gli occhi, poi, una palpebra si contraeva per il dolore. Sentiva la testa pesante. Si accorse presto che le faceva male solo a muoverla.

Un lamento profondo le sfuggì dalle labbra.

Non dovrei essere qui. Devo tornare da Kei. Lui ha bisogno di me, pensò.

Il monitor faceva il classico bip. Isla osservò il televisore, strizzando gli occhi per proteggersi dalla violenta luce blu. Sullo schermo apparve una vecchia immagine sgranata di lei, ritagliata da una foto di famiglia fatta durante una vacanza in Scozia. Nella foto, Isla aveva i capelli lunghi e un sorriso smagliante.

«No, assolutamente no. Non è ancora sveglia.»

Gli occhi di Isla si spostarono su una porta bianca e sulle voci che provenivano dall'esterno.

La porta si aprì, mostrando un medico di mezza età, tanto ordinato e pulito da sembrare quasi innaturale. Isla lo fissò. Intravide anche un agente di polizia giapponese nel corridoio.

Il camice del dottore era fin troppo bianco, il suo volto era rasato e privo di cicatrici. «MacKenzie-san, sono contento di trovarla sveglia» la salutò, in un perfetto inglese. «Io sono il dottor Iwasaki. Come si sente?»

Isla non aveva idea di come rispondere.

Una parte di lei non voleva affrontare tutto quello che sicuramente la aspettava. La polizia, la stampa. Quanto era noto il suo caso? Quante persone erano state coinvolte nella sua scomparsa e ora aspettavano di farle delle domande, domande a cui lei non poteva rispondere?

«Si prenda il suo tempo» aggiunse gentilmente il dottor Iwasaki. «Sono qui per dirle che si è fratturata una costola e il braccio destro in due punti, ma ci aspettiamo che si riprenda completamente. Le faremo una valutazione psicologica e poi la polizia vorrebbe farle qualche domanda.»

Isla lo lasciò parlare. Adesso aveva lo sguardo fisso sul muro. Quel dottore era così meticoloso, così diverso dai samurai che sputavano sangue e intanto insistevano per continuare a combattere, anche se i loro corpi erano sul punto di crollare. Si sentì sciocca, con quel gesso al braccio, e lo infilò sotto le coperte.

«I suoi genitori saranno qui domani mattina.»

Isla alzò la testa di scatto, e subito dopo si pentì di averlo fatto. Una fitta di dolore le martellò il cranio. In compenso, sentì un peso in meno sul cuore. Mamma e papà sarebbero stati lì domani. Le lacrime le riempirono gli occhi. Finalmente avrebbe rivisto la sua famiglia.

«Grazie» riuscì a farfugliare.

La felicità per quella notizia faceva a pugni con il suo animo devastato. Quando chiudeva gli occhi, si trovava ancora sul monte Shiroyama, circondata da samurai morti o in fin di vita, aggrappata all'uomo che amava prima che lui sparisse per sempre. Riusciva ancora a immaginare il suo profumo di legno di cedro, i suoi occhi caldi, il modo in cui le sue dita le scorrevano sulla pelle, facendola rabbrividire ogni volta che la toccavano. Quella stanzetta sterilizzata apparteneva a un altro mondo, che non era il suo.

«Oh, e un'infermiera le ha portato degli assorbenti. Mi ha riferito che ieri sera le sono venute le mestruazioni.» Le fece un inchino e se ne andò, chiudendosi silenziosamente la porta alle spalle e lasciandola sola con il bip costante del monitor.

Le servì qualche istante per assimilare quell'informazione. Un altro, piccolo colpo al petto si unì al dolore che già provava. Nuove lacrime le affiorarono agli occhi. Cosa si aspettava? Cosa sperava? Che le sue notti piene di passione con Keiichirō avrebbero portato a una gravidanza?

Forse ci aveva sperato, almeno un po'. Keiichirō era morto, ma forse, se fosse riuscita a riportare indietro qualcosa di lui...

Chiuse gli occhi. Era un pensiero sciocco, ma si concesse di piangere per il bambino che non avrebbe mai avuto. Di annegare nella delusione per un'impossibilità perduta per sempre.

Un'infermiera passò qualche tempo dopo per togliere la flebo attaccata al braccio e le poggiò un vassoio di cibo sulle ginocchia. Isla assaggiò la piccola ciotola di riso, la zuppa di miso fumante, il salmone alla griglia con ravanelli grattugiati, una piccola porzione di verdure sottaceto e una ciotola di frutta, servita con una forchetta di plastica.

Stava morendo di fame. Ingurgitò tutto il cibo che aveva davanti, non le importava di comportarsi da persona educata. L'infermiera si mise all'opera per sistemare la camera, mentre Isla tornava a sentire quei sapori forti e netti sulla lingua. Masticava a stento, deglutendo a grandi bocconi.

Si bloccò all'improvviso, la gola piena di cibo. Un'ondata di nausea le risalì dallo stomaco, facendola soffocare. Vomitò tutto quello che aveva dentro. Sentiva i chicchi di riso correre giù dalle labbra. L'infermiera le si fece accanto e prese a darle leggere pacche sulla schiena. Nel frattempo, le reggeva un contenitore di cartone sotto il mento.

Passato il momento, l'infermiera le portò un altro vassoio con una ciotola di frutta a pezzi, un cucchiaio e un bicchierino di carta con dell'acqua.

Era tardo pomeriggio quando finalmente la lasciarono sola. Era esausta. Si alzò dal letto e barcollò per un attimo, poi fece alcuni passi traballanti fino alla doccia. Lottando con il braccio rotto, riuscì a sfilarsi il camice dell'ospedale e a mettersi sotto il getto d'acqua. La piccola stanza si riempì subito di vapore.

Era un paradiso. L'acqua era pulita, fresca e aveva una

temperatura perfetta. Sgorgava da un soffione brillante, e nel giro di pochi secondi la bagnò come un pulcino. Le uscì un gemito di piacere mentre si appoggiava alla parete, inspirando il vapore e tenendo il gesso all'asciutto. Voleva rimanere lì per sempre.

Era una sensazione meravigliosa potersi passare lo shampoo tra i capelli e asciugarsi con un asciugamano. Scoppiò quasi a piangere quando trovò uno spazzolino da denti e un tubetto di dentifricio accanto a un minuscolo lavandino. Si spazzolò i denti per cinque minuti di fila, stando ben attenta a non guardarsi allo specchio.

Di nuovo a letto, più fresca di prima, spense la televisione e sospirò. Tornò a sdraiarsi e rivolse lo sguardo al soffitto. Nella sua testa riecheggiavano ancora le grida e lo stridio delle spade che si scontravano, così forti contro i rumori dell'ospedale e del traffico all'esterno. Le labbra di Keiichirō che sfioravano le sue, come se il suo fantasma fosse lì con lei. Le sue orecchie, abituate ai pericoli in agguato, arrivavano fino ai passi in lontananza. Passi e voci che vagavano per l'ospedale. Il ronzio costante del condizionatore. Il soffio del vento. Le sirene dell'ambulanza.

Non sapeva dove avessero messo il suo *yukata* e voleva evitare di chiamare qualche infermiera per scoprirlo. Quel vecchio abito avrebbe portato a domande imbarazzanti. Il portafoglio, invece, era al sicuro. Qualcuno lo aveva messo sul comodino accanto al bicchiere di carta ormai vuoto, piegato e infilato sotto il suo cellulare scarico. Le banconote da mille yen erano ancora lì dentro, insieme alla piccola tessera di plastica con la foto che aveva mostrato a Keiichirō e Nene. Sembravano passati secoli da quando era arrivata a Kagoshima quell'inverno, nella speranza di trovare informazioni su Hisakichi Kuroki.

Lo hai trovato davvero, ricordò tra sé e sé.

Fece uno sbuffo, che si trasformò in una risatina. All'improvviso, le sembrava tutto così ridicolo. Scoppiò a ridere e si strinse al cuscino, seppellendo la faccia nella federa di cotone.

Ci mise un po' per calmarsi e, quando si fu asciugata gli occhi, si rialzò con fatica per mettersi seduta.

In effetti, aveva trovato il suo quadrisavolo, ma quando era arrivata in città per scoprire la storia del suo antenato, non pensava certo che ci sarebbe finita letteralmente dentro.

Se avesse saputo cosa sarebbe successo, sarebbe mai entrata in quel santuario? E se non l'avesse fatto, sarebbe stata lì, grazie alla fuga di Hisakichi e Nene?

La porta si aprì e Isla si sdraiò di nuovo, chiudendo gli occhi. Non voleva parlare con nessuno, tantomeno con un agente di polizia che magari era entrato con la forza. Dei passi leggeri raggiunsero il lato del letto e un vassoio di metallo tintinnò quando il nuovo arrivato lo posò sul comodino.

Il visitatore parlò con voce dolce. Una voce maschile, che non era quella del medico. «Isla?»

Lei aprì gli occhi di scatto. Per un attimo, pensò di trovarsi in un sogno.

Zigomi alti, capelli lunghi e legati in alto, uno sguardo serio che si scioglieva in un sorriso di riconoscimento. Per un secondo, un assurdo secondo, Isla pensò che fosse lui.

Ma non poteva essere Keiichirō. Kei era morto più di un secolo prima. E poi, il giovane samurai non indossava certamente l'impermeabile.

Isla si aggrappò alle lenzuola. La raggiunse il profumo speziato dei chiodi di garofano e un ricordo si fece strada nella sua mente annebbiata. L'uomo che adesso era davanti a lei le aveva servito un caffellatte alla cannella in un bar, a gennaio, quando era appena arrivata a Kagoshima.

Cosa ci faceva lì, nella sua stanza d'ospedale? Perché somigliava così tanto all'uomo che Isla aveva amato e perso? Era un'allucinazione?

Sentiva la testa pesante. I suoi occhi lo scrutarono dalla testa ai piedi, dal petto agli abiti del XXI secolo. Un senso di amara delusione le bruciò dentro. Quel ragazzo non era Keiichirō.

«Isla? Buonasera.» Il barista si appollaiò su uno sgabello accanto al letto. Era troppo vicino, troppo familiare. «MacKenzie Isla? Ti ricordi di me? Una volta abbiamo bevuto insieme un matcha alla tapioca.»

Alzò gli occhi per incontrare quelli di lui. La somiglianza era inquietante, anche se c'erano delle differenze. La mascella era più squadrata, l'attaccatura dei capelli non aveva la caratteristica forma a V di Keiichirō. Ma il modo in cui la stava guardando aveva catturato la sua attenzione.

Nella sua mente confusa e indolenzita, in quel momento sentì che era Keiichirō a fissarla. Era una sciocchezza – lo sapeva benissimo, non era esaurita fino a quel punto – ma si aggrappò comunque a quella sensazione.

«Chi sei?» mormorò.

«Potrà sembrare strano» rispose lui. I suoi caldi occhi marroni, la lentiggine che accompagnava uno dei due, corsero dai capelli alla bocca di Isla, prima di tornare a guardarla. «Ma io ti conosco. E tu conosci me.»

«Sono finita al telegiornale...» mormorò lei, mentre un pozzo di emozioni minacciava di inghiottirla.

«No, non è per quello.» Il ragazzo si fece più vicino. «Sei tu, vero? *Bonnie lass?*»

Isla sussultò per lo shock.

«So che è strano.» Le prese la mano. Le sue dita erano calde. Lei abbassò lo sguardo. Avrebbe voluto non staccarsi più. «Sono mesi che faccio dei sogni. E in questi sogni ci sei tu.»

Epilogo

«È qui che sei cresciuto, *Okaasan*?»

«Sì. Vedi quell'enorme vulcano sull'acqua, laggiù?»

«Wow! È enorme.» Gli occhi del bambino si spalancarono per la meraviglia, mentre osservava l'imponente monte Sakurajima.

«C'è un bellissimo *onsen* lì vicino, ci andremo più tardi. Quando arriviamo lì ti racconto ogni cosa sui vulcani. Che ne pensi?»

Nene teneva in braccio suo figlio, Hisakichi era al suo fianco. Erano passati quattro anni dall'ultima volta che era stata a Kagoshima. Suo padre, con cui si era scambiata svariate lettere da quando si erano stabiliti nella fattoria di Miyazaki, non vedeva l'ora di conoscere il suo primo nipote.

Ora passeggiavano lungo la riva del fiume verso quella città tanto familiare, con il mare che scintillava oltre i tetti spioventi. I *sakura* erano in fiore. Un tetto di ciliegi riparava la famiglia dal primo sole primaverile. I petali rosa pallido cadevano come neve e il piccolo Ichirō ridacchiava ogni volta che uno gli finiva sul naso.

Per quanto fosse emozionata, Nene era anche nervosa. Hisakichi non aveva conosciuto suo padre prima del matrimonio. I suoi genitori avevano sempre voluto che lei sposasse un samurai, un membro di quella nobile classe di guerrieri che ormai non esisteva più. Nene si era sposata per amore, e adesso viveva con la sua famiglia in una fattoria di proprietà del marito. Era tutto ciò che aveva sempre avuto il coraggio di sognare, e anche di più.

Hisakichi percepì la sua apprensione e prese in braccio il figlio piccolo. Suo marito aveva la pelle abbronzata dal lavoro sotto il sole. Portava una veste molto semplice sulle spalle. Il lavoro alla fattoria era duro, ma Nene non era mai stata così felice: lei e Hisakichi stavano ufficialmente insieme, e non dovevano più incontrarsi di nascosto nella sua fattoria o scambiarsi lettere tramite Aiko-chan come delle spie.

Un dolore sordo le strinse lo stomaco al ricordo della sua cara amica, e di quando l'aveva stretta tra le braccia mentre esalava l'ultimo respiro. Era una sensazione che non avrebbe mai dimenticato. Tante persone che amava se n'erano andate. Hirayama Aiko, Maeda Keiichirō, MacKenzie Isla. Anche dopo quattro anni, la loro mancanza era quasi insopportabile. Quanto avrebbe voluto presentare suo figlio a ognuno di loro.

La sorella di Keiichirō, Kana, le aveva raccontato in un mare di lacrime che suo fratello era morto sul monte Shiroyama insieme agli ultimi samurai. Una morte valorosa. Nessuno sapeva cosa fosse successo a Isla. Il suo corpo non era mai stato ritrovato.

Isla aveva sostenuto di provenire da un'altra epoca. Quelle affermazioni, ormai, sembravano quasi un sogno. Nene non era sicura di crederci. Forse la sua amica scozzese era finalmente tornata in patria. Le piaceva credere che MacKenzie Isla fosse viva, da qualche parte nel mondo. Forse un giorno si sarebbero persino riviste.

In quel momento, le faceva un certo effetto tornare nel luogo in cui era cresciuta, in cui aveva passato gli anni ad aiutare il padre a vendere stoffe pregiate e attrezzi agricoli, a pensare che nel suo destino ci fosse il matrimonio con un giovane uomo che per lei era solo un amico. Il futuro l'aveva portata su strade ben diverse. La città di Kagoshima era ancora scossa dalla perdita di tutti quegli uomini in guerra. Nene era contenta che suo padre non si fosse unito al conflitto che era ormai noto come *Seinan Sensō*, la guerra del Sud-Ovest.

Isla aveva cercato di avvertirli a riguardo: era stato un massacro, una disfatta. I samurai erano stati condannati nel momento stesso in cui il loro grande condottiero aveva messo piede fuori dalla città.

In qualche modo, quel posto sembrava più vuoto senza Saigō Takamori. Era stato conosciuto e apprezzato da tutti, persino dai più poveri. Anche se il suo Paese lo aveva bollato come traditore, l'amore della gente di Satsuma nei suoi confronti non si sarebbe mai spento.

«Guarda lì» le indicò Hisakichi quando raggiunsero un pendio erboso lungo la costa del fiume. Ichirō si dimenò finché non lo fece scendere e il ragazzo corse via sulle sue gambe paffute.

«Fa' attenzione! Non avvicinarti troppo all'acqua» lo ammonì Nene. Gli uomini amavano giocare in modo irruento con i figli: non appena iniziavano a camminare, subito volevano istruirli a combattere e a essere coraggiosi. Dal canto suo, Nene avrebbe protetto Ichirō come un tesoro e lo avrebbe tenuto nascosto dal mondo, se solo avesse potuto.

Suo figlio rimase a distanza dalla riva, obbediente, a raccogliere i fiori di ciliegio caduti. Nene seguì lo sguardo di Hisakichi per capire cosa stava fissando.

Era un piccolo altare di pietre. Una specie di tomba tirata su alla bell'e meglio, eppure aveva uno strano fascino.

Nene si inginocchiò per scrutarlo da vicino. Suo padre era un mercante e le aveva insegnato a leggere e scrivere, per essere sicuro che qualcuno capisse le lettere che arrivavano alla fattoria gestita da altre donne analfabete. I due *kanji* incisi in modo maldestro su una pietra di fiume lunga e piatta le fecero aggrottare la fronte.

«C'è scritto Kuroki.» Alzò lo sguardo verso il marito. Aveva dei petali tra i folti capelli. «Non pensavo che avessi parenti a Kagoshima. L'ha fatto qualcuno che conosci?»

Il marito si accovacciò accanto a lei e studiò a sua volta le incisioni. Allungò le dita affusolate per tracciarne il contorno. Il primo carattere, *nero*, e il secondo, *albero*. Lo stesso modo in cui si scriveva il suo cognome. «Non sarò l'unico Kuroki da queste parti, suppongo.»

«È meglio fare una preghiera, non si sa mai.» Nene si alzò in piedi e si inchinò al piccolo altare. Non sapeva perché, ma le dava una sensazione particolare.

Hisakichi la imitò e, dopo aver ripescato Ichirō, portò anche il bambino a rendere omaggio a quello strano altare.

Nene rimase lì ancora per un attimo mentre Hisakichi inseguiva il figlio ridacchiante, che voleva arrivare fino alla fine del prato. Sopra di lei, un occhialino giapponese cinguettava su un ramo.

Pensò ai suoi amici caduti e decise di approfittare di

quel viaggio per rendere omaggio anche alle loro tombe. Era il minimo che potesse fare.

«Aspettate!» chiamò la sua famiglia. Il marito e il figlio erano scappati lungo la riva del fiume. I petali di ciliegio che sfuggivano dal pugno paffuto di Ichirō lasciavano una scia dietro di loro.

Diede un'ultima occhiata al piccolo altare solitario prima di mettersi a correre. Non sapeva bene perché, ma qualcosa in quelle pietre le strappò un sorriso.

Nota dell'autrice

Sono andata in Giappone per la prima volta nel 2011, a diciotto anni, con un passaporto nuovo di zecca e dei soldi finalmente miei. Piansi quando fu il momento di tornare, e pochi mesi dopo ero di nuovo a Tokyo come studentessa internazionale alla Toyo University.

Ci sono tornata ancora una volta dopo la laurea e da allora vivo qui. Ho vissuto prima a Nagano, poi a Tokyo, e ora vicino all'isola di Enoshima, a Kanagawa. Sono davvero felice di aver potuto combinare il mio amore per questo meraviglioso Paese con il sogno di diventare scrittrice.

Il Giappone entrò in uno stato di *sakoku*, o isolamento, nel 1603 e non riaprì al commercio estero fino all'arrivo degli americani, negli anni '50 dell'Ottocento. Durante questo periodo, nessuno straniero poteva entrare nel Paese e nessun giapponese poteva uscirne. Questa condizione lo rese uno dei Paesi più autosufficienti al mondo, caratterizzato da uno sviluppo del tutto particolare.

Capirete quindi che, se volevo scrivere una storia d'amore tra una donna europea e un samurai giapponese, le mie opzioni erano piuttosto limitate.

Sono sempre stata affascinata dalla storia giapponese.

È uno dei motivi principali per cui desideravo trasferirmi in Giappone fin da quando ero bambina. Mi sono divertita moltissimo a fare ricerche sulla ribellione di Satsuma del 1877, che prende il nome dalla provincia di Satsuma (oggi prefettura di Kagoshima), dove i samurai si impegnarono in un'ultima, drammatica resistenza contro i soldati imperiali, intenzionati a sopprimere per sempre lo stile di vita tradizionale in favore del Giappone che conosciamo oggi.

Un avvenimento triste, che è diventato lo scenario per la storia di Isla e Keiichirō. Anche se Keiichirō Maeda è un personaggio di fantasia, molti giovani samurai come lui sono stati coinvolti nella ribellione e hanno dato la vita per il loro amato leader. Anche personaggi storici realmente esistiti, come Toshiaki e Hisa Kirino, Shinpachi Murata e Shinsuke Beppu, fanno la loro comparsa nella storia. Ho cercato il più possibile di descriverli in modo fedele alla realtà.

La ribellione di Satsuma fu l'ultima rivolta contro la modernizzazione e occidentalizzazione che il Giappone stava affrontando per competere con le potenze internazionali. I rapidi cambiamenti provocarono un'onda d'urto di violenza in tutto il Paese. In quel frangente, la classe dei samurai cessò di esistere. Takamori Saigō dovette riprendere a malincuore il suo vecchio incarico per guidare la ribellione, portata avanti con uomini e armi inferiori rispetto all'esercito imperiale. Lui e la sua gente erano condannati fin dall'inizio. Tutto si concluse con un'ultima, sanguinosa battaglia alle pendici del monte Shiroyama.

Seinan Sensō: The Battle of Japan that Changed its History è un manga che fornisce un resoconto straordinario della ribellione. Anche *Samurai Castles* di Jennifer Mitchelhill restituisce delle informazioni affascinanti su vari castelli ancora in piedi in Giappone, tra cui il Castello di Kumamoto, uno dei principali scenari del conflitto. Visitare Kagoshima è stata un'esperienza straordinaria, che mi ha permesso di imparare molto di più sulla ribellione e di seguire i passi di Isla.

La statua di Takamori Saigō si trova oggi a Kagoshima come una sorta di mascotte. È visibile a tutti, e i turisti possono visitare anche le grotte in cui i samurai si nascosero nei loro ultimi giorni. Sono lieta di aver ambientato la vicenda di Isla e Keiichirō in un momento così ricco della Storia.

Ringraziamenti

Non avreste questo libro tra le mani se non fosse per alcune persone molto speciali che hanno contribuito a dargli vita. Mia madre, la mamma migliore del mondo, che ha letto tutto quello che ho scritto e mi ha sempre dato consigli utili e sinceri. Hai sempre incoraggiato il mio sogno di diventare una scrittrice e te ne sarò per sempre grata.

La mia straordinaria agente, Edwina de Charnace, che è stata la prima a dare una possibilità a questo libro e il cui infinito entusiasmo ha reso questo viaggio una gioia dal primo istante.

Il signor Tierney, il mio insegnante del sesto anno, che nella mia relazione di fine anno ha scritto che avevo talento e che avrei dovuto inseguire il mio sogno.

Lexi Cooper, Sarah Karwisch, Alice Creangă, James Reid, SJ e Julie Golden, grazie per essere stati i primi a leggere la bozza del libro. Mi avete dato il feedback e l'incoraggiamento necessari per portarlo alla sua forma migliore.

La mia adorabile editor, Jenny Parrott, per la sua gentilezza, la sua pazienza e le sue storie divertenti, e il team di Oneworld per aver realizzato questo sogno.

Voglio anche ringraziare Michele Matsunaga, che ha

organizzato una visita guidata a Kagoshima tutta per me. La guida turistica, Kiyoko Tokunaga, che ha risposto instancabilmente a migliaia di domande su Takamori Saigō e sulla ribellione di Satsuma. E Hiroshi Wakamatsu, un discendente della moglie di Takamori Saigō, che ha gentilmente sostenuto la scrittura di questo libro e si è rallegrato del fatto che stessi raccontando la storia della sua famiglia.

A tutti coloro che mi hanno assunta come ghostwriter per i loro libri. Ogni singolo progetto mi ha insegnato a essere una scrittrice migliore. Vi ringrazio.

A mio marito, per il suo amore e il suo sostegno, e a mio figlio, Jack Valentine, che era solo un neonato quando ho iniziato a scrivere questo libro. Sei una fonte inesauribile di gioia e ispirazione. Vi amo tutti.

Finito di stampare nel mese di marzo 2025
su carta HOLMEN
con fibra vergine proveniente da foreste sostenibili holmen.com/paper
presso Grafica Veneta S.p.A.
Via Malcanton, 2 – Trebaseleghe (PD)
Printed in Italy

Certificato PEFC
Questo prodotto è realizzato con materia prima da foreste gestite in maniera sostenibile e da fonti controllate
PEFC/18-31-226
www.pefc.it

GRAFICA VENETA
CARBON NEUTRAL

Questo libro è fabbricato da Grafica Veneta S.p.A.
con un processo di stampa e rilegatura certificato 100% carbon neutral
in accordo con PAS 2060 BSI